**Ana Reyes** est titulaire d'un master en beaux-arts à l'université d'État de Louisiane. Elle vit à Los Angeles avec son mari et enseigne la création littéraire aux personnes âgées au Monica College. *La Maison dans les bois* est son premier roman et a été sélectionné en janvier 2023 par le célèbre club de lecture de Reese Whiterspoon.

Ce livre est également disponible
au format numérique

www.editions-hauteville.fr

Ana Reyes

# LA MAISON DANS LES BOIS

Traduit de l'anglais (États-Unis) par Sébastien Baert

Hauteville

Hauteville est un label des éditions Bragelonne

Titre original : *The House in the Pines*

Cet ouvrage a été publié avec l'aimable collaboration de Union Literary, New York et La Nouvelle Agence, Paris.



Directeur : Antoine Béon
Directrice de la publication : Claire Renault Deslandes
Directrice éditoriale : Julia Leloup
Directeur artistique : Fabrice Borio

ISBN : 978-2-38122-653-8

Bragelonne – Hauteville
60-62, rue d'Hauteville – 75010 Paris

E-mail : info@editions-hauteville.fr
Site Internet : www.editions-hauteville.fr

*À Bonk, maman, papa, Bubba, Brian et Hilda.*

# Prologue

Au fond de ces bois, il est une maison qu'il est facile de manquer.

En fait, après avoir jeté un coup d'œil dans sa direction, la plupart diraient qu'elle n'est pas là. Et ils n'auraient pas tort, pas complètement. Ce qu'ils verraient, ce sont les ruines d'une construction, des fondations croulantes envahies par les mauvaises herbes. Une maison abandonnée depuis longtemps. Mais regardez bien le sol, ici, ce béton marqué par le soleil et la glace. C'est l'emplacement de la cheminée. Si vous observez assez intensément, une étincelle s'allumera. Et si vous soufflez dessus, cette étincelle s'épanouira en flambée, une lueur chaude dans cette forêt sombre et glaciale.

Si vous vous approchez, à l'abri du froid, le feu devient plus fort, la fumée vous pique les yeux, des volutes empreintes d'une odeur de pin brûlé si douce qu'on pourrait la qualifier de parfum, avant de s'atténuer au point de vous rappeler l'odeur du manteau de votre mère. Elle murmure dans la pièce voisine. Tournez-vous et voici les murs, timides, comme des cerfs sortant des arbres. Le béton gelé se fait tapis de sol. Ôtez vos chaussures, restez un peu. Dehors, le vent se lève et l'on entend un claquement, un battement proche et rapide. Ce doivent être les fenêtres dans leurs châssis. Une neige légère tombe du ciel et recouvre cette maison accueillante. La bordant pour la nuit. « Bonsoir maison de poupée, et bonsoir la petite souris. » Vous vous rappelez ? Pour une fois, il n'y a aucune raison de se lever, personne à chasser ni à fuir. De la cuisine s'échappent une odeur familière et le crépitement d'un sauté. C'est ainsi que le monde était, jadis, avant les premières coliques, la première brûlure, la première fois où l'on s'est égaré. Et c'est la raison pour laquelle vous choisissez de vivre ainsi. « Bonsoir personne, bonsoir bouillie. Et bonsoir vieille dame calme murmurant “chut !” »

Dormez bien, car, lorsque vous vous réveillerez, cette maison aura disparu.

# Chapitre premier

Maya ne le savait pas encore, mais la vidéo avait déjà commencé à circuler sur les réseaux sociaux. Une séquence pixellisée de six minutes, suffisamment étrange et troublante pour recueillir plusieurs milliers de vues le jour de sa publication, mais pas assez macabre pour devenir virale, pas assez horrible pour qu'on ait envie de la visionner plusieurs fois. Pas pour la plupart des gens, en tout cas. Mais, pour Maya, l'existence de cette vidéo allait bouleverser tout ce qu'elle avait bâti ces dernières années, cette existence parfois désordonnée, mais le plus souvent solide, qu'elle partageait avec Dan, qui ronflait tranquillement à côté d'elle dans son lit.

Elle n'avait pas encore vu la vidéo, car elle évitait les écrans, dont la lumière bleue l'empêchait de dormir. Elle avait tout essayé pour trouver le sommeil : le Bénadryl, la mélatonine, compter à rebours de cent à un. Elle avait retourné le réveil, pris un bain et du sirop pour la toux, mais rien n'y faisait. C'était sa troisième nuit blanche d'affilée. Elle avait emménagé avec Dan au début du mois et pouvait facilement dessiner de mémoire la forme de chacune des taches d'humidité au plafond. Les ramifications de chaque fissure.

Se tournant sur le côté, Maya se rappela qu'il fallait accrocher des rideaux. Le radiateur au pied du lit se mit en marche, un bruit blanc qu'elle aimait bien, d'ordinaire, mais, à présent, le cliquetis de sa grille métallique la gênait. Elle se leva et enfila une chemise en flanelle par-dessus ses sous-vêtements. L'appartement était froid, le chauffage central n'étant que partiellement efficace, mais elle était en sueur.

Elle s'engagea dans le couloir sombre au plancher agréablement frais, passant devant la deuxième chambre, vide à présent, à l'exception du vélo d'appartement que Dan et elle avaient acheté d'occasion sur Internet. Elle n'avait jamais beaucoup décoré les appartements qu'elle avait partagés avec différents colocataires depuis l'université – ni posters, ni photos, ni même de coussin –, mais, ces derniers temps, elle se rendait de plus en plus souvent au grand magasin *T.J. Maxx* après son travail à la jardinerie *Kelly's Garden Center*, juste de l'autre côté du parking, et se dirigeait droit vers les rayons de décoration intérieure. Elle y achetait des tables de chevet, des tapis et d'autres articles qu'elle ne pouvait pas vraiment s'offrir.

Maya avait des projets pour cet endroit. Elle était déterminée à s'y sentir comme chez elle.

Le soleil n'allait pas tarder à se lever. Une lueur hivernale grisâtre éclairait ses récents achats : la table basse pour remplacer celle que le colocataire de Dan avait emportée en partant. De nouvelles étagères pour les nombreux livres qu'elle avait apportés et qui s'ajoutaient à ceux de Dan. Un nouveau canapé en velours vert foncé. Et, accroché au mur, juste au-dessus, le seul objet d'art qu'elle avait conservé au cours de ces sept dernières années.

Un tissage maya de la taille d'une serviette de bain. Une tapisserie rouge, jaune, vert et bleu, où se succédaient des rangées de symboles entrelacés figurant des fleurs et des serpents. Pour Maya, c'était plus qu'un simple ornement. Elle ignorait ce que ces symboles représentaient précisément, mais elle savait que quelque part dans les montagnes du Guatemala vivaient des gens capables de les lire. Dans l'obscurité, elle passa devant la tapisserie pour se rendre à la cuisine.

L'évier contenait la vaisselle sale de la veille, des assiettes dégoulinantes de bolognaise. Elle aimait préparer à manger avec Dan dans leur nouvelle cuisine. Le plat était aromatisé à l'ail et à la tomate fraîche, mais elle n'avait pas trouvé cela bon. Ou peut-être n'avait-elle tout simplement pas faim.

Ou peut-être son estomac était-il serré comme un poing. Dan lui avait demandé si quelque chose n'allait pas, elle lui avait répondu que tout allait bien, mais ce n'était pas le cas. Ouvrant une armoire, elle écarta quelques tasses à café, des verres à eau et à vin jusqu'à ce qu'elle trouve ce qu'elle cherchait. Un verre à liqueur, trois centilitres seulement. C'était tout ce qu'elle boirait, se dit-elle, les photos aimantées sur le congélateur lui rappelant pourquoi.

Elles dataient de la fête d'Halloween précédente. Elle les avait prises dans le Photomaton du bar où elle avait passé la nuit à danser avec des amis. Maya s'était déguisée en « fée sorcière », un personnage qu'elle s'était inventé à la dernière minute en cherchant un costume chez Goodwill, le magasin de l'association caritative du même nom. Elle portait une paire d'ailes scintillantes, un chapeau pointu noir, une robe bleue avec des sequins sur le col, et, curieusement, cela lui avait valu la deuxième place au concours de déguisement.

Dan était Max de *Max et les Maximonstres*. Il lui avait été difficile de trouver une grenouillère grise suffisamment grande pour sa carrure, sans parler du fait qu'il fallait qu'elle soit façonnée de manière éthique, mais Dan avait commencé à chercher bien à l'avance. Il lui avait ensuite cousu une queue en fourrure et s'était fabriqué une couronne en papier cartonné recyclé de couleur or.

Ils semblaient opposés à bien des égards : elle était petite et étonnamment athlétique pour quelqu'un qui n'avait jamais fait de sport, et avait l'air d'avoir un bon coup de fourchette. Il avait les yeux bleus, était blond, portait une courte barbe châtain et des lunettes, tandis qu'elle avait le teint mat et des origines ethniques ambiguës. On lui avait souvent demandé si elle était indienne, turque, mexicaine ou arménienne. En fait, elle était à moitié guatémaltèque, un quart irlandaise et un quart italienne. Son épaisse chevelure noire et ses pommettes saillantes mayas côtoyaient le menton rond et le nez retroussé des Irlandais. Ainsi donc, Dan et elle auraient pu paraître opposés, mais, en y regardant de plus près, on pouvait remarquer une chose dans leur posture : lui était légèrement penché vers le bas, et elle vers le haut, comme s'ils désiraient se rejoindre à mi-hauteur. Ils avaient l'air heureux. Et elle avait l'air un peu éméchée. Pas totalement ivre, mais presque.

Elle sortit une bouteille de gin du congélateur. De la vapeur blanche s'échappa du goulot lorsqu'elle dévissa le bouchon et remplit le petit verre jusqu'au bord. Elle le tendit – santé ! – vers leurs visages grimaçants, et se fit une promesse : le lendemain matin, elle expliquerait à Dan la raison pour laquelle elle n'avait pas été elle-même ces derniers jours, la raison pour laquelle elle n'arrivait ni à dormir ni à manger. Elle lui dirait qu'elle était en manque de Rivotril.

Le problème, c'était que Dan ignorait que Maya prenait du Rivotril. Lorsqu'ils s'étaient rencontrés, elle en prenait déjà tous les soirs pour dormir. Ce n'était pas grave – il fut un temps, on lui en avait même prescrit sur ordonnance –, pourquoi en parler à quelqu'un avec qui elle sortait ?

Avant Dan, elle n'avait jamais fréquenté quelqu'un plus d'un mois. Mais un mois avec Dan s'était transformé en trois, et, avant qu'elle s'en rende compte, deux ans et demi s'étaient écoulés.

Comment expliquer qu'elle ait attendu si longtemps ? Et pourquoi en prenait-elle, d'abord ?

Que penserait-il s'il apprenait que les comprimés ne provenaient pas d'une pharmacie, mais de son amie Wendy ?

Maya avait justifié sa dépendance de bien des façons, se disant que ce n'était pas un mensonge, juste une omission ; qu'elle gardait les comprimés dans un flacon d'aspirine dans son sac à main par commodité, et non pour les dissimuler. Dès le début, elle s'était promis d'arrêter, puis s'était juré de lui en parler dès qu'elle se serait définitivement débarrassée de cette habitude.

Mais elle n'avait plus de petites pilules jaunes, et Wendy, une amie de la fac, ne répondait pas à ses appels. Elle avait tenté de la joindre une dizaine de fois, lui envoyant des SMS, des e-mails, et aussi en l'appelant. Les deux amies étaient restées proches quelques années après l'obtention de leur diplôme, en grande partie parce qu'elles étaient toutes deux restées près de l'université de Boston et qu'elles aimaient faire la fête. Elles se voyaient rarement la journée, mais buvaient ensemble plusieurs soirs par semaine. Mais, maintenant que Maya avait réduit sa consommation d'alcool, elles se voyaient de moins en moins. Avec le recul, elle s'aperçut que leurs brunchs mensuels étaient devenus essentiellement transactionnels : cinquante dollars pour quatre-vingt-dix milligrammes de Rivotril.

Était-ce la raison pour laquelle Wendy ne répondait pas à ses appels ?

Tandis que l'état de manque de Maya empirait – insomnie, impression d'avoir le cerveau en feu, des fourmis sur tout le corps –, elle se demandait si Wendy avait su à quel point ce serait un enfer.

Maya l'ignorait. Le psychiatre qui lui avait prescrit ce traitement sept ans auparavant, le docteur Barry, ne l'avait jamais mise en garde contre une éventuelle dépendance. Il l'avait prévenue que les cachets l'aideraient à dormir, ce qui était le cas, mais un temps seulement. Au fil des mois, il lui avait fallu de plus en plus de médicaments pour obtenir les mêmes résultats, et le docteur Barry avait toujours été heureux de l'aider, augmentant la dose d'un coup de stylo. Jusqu'à ce que Maya obtienne son diplôme universitaire et perde son assurance. Lorsqu'elle n'avait plus été en mesure de payer ses séances, elle s'était retrouvée coupée du monde, et ce n'était qu'à ce moment-là qu'elle s'était rendu compte qu'elle ne pouvait plus dormir sans comprimés.

Par chance, Wendy avait également une ordonnance et ne faisait pas vraiment confiance aux établissements médico-psychologiques. Elle ne prenait aucun des médicaments que lui prescrivait son médecin, préférant les revendre ou les échanger contre d'autres drogues. Maya achetait son Rivotril à Wendy depuis trois ans, depuis qu'elle avait obtenu son diplôme. Elle s'était toujours promis d'arrêter. Elle ne s'attendait pas à ce que ce soit facile, mais la gravité de la situation l'avait prise au dépourvu, et la recherche de ses symptômes sur Google ne l'avait pas aidée. Insomnie, anxiété, tremblements, spasmes musculaires, paranoïa, agitation… c'était supportable. Ce qui l'effrayait, c'était la possibilité d'avoir des hallucinations.

Il lui fallut toute sa volonté pour reboucher le gin et le remettre au congélateur. Elle se rendit dans la salle de bains et but une gorgée de NyQuil, grimaçant lorsque le sirop descendit. Son reflet lui renvoya sa grimace, fantomatique à la faible lueur qui pénétrait par la lucarne couverte de givre. Elle avait le teint pâle et la peau moite, les orbites comme des cratères. Le manque avait eu raison de sa faim, et Maya constata qu'elle perdait du poids, les os de ses joues et ses clavicules étant plus saillants que jamais. Elle se força à desserrer la mâchoire.

Dans le salon, elle se laissa tomber dans le canapé et ôta sa chemise de flanelle trempée de sueur. Elle alluma la lampe de bureau et tenta de se plonger dans un livre, un thriller qu'elle avait apprécié jusqu'à présent, mais elle se retrouva à lire inlassablement le même paragraphe. Le silence lui semblait pesant. Bientôt, la rue résonnerait des voix des usagers de la ligne verte, des automobilistes qui monteraient dans les voitures garées le long du trottoir et des portières qui claqueraient.

Entendant des pas, elle se retourna. Elle vit Dan surgir de l'obscurité du couloir. Il semblait à demi endormi, des épis plein la tête. Il s'était couché tard pour réviser ses examens de troisième année de droit.

Ils avaient tous les deux vingt-cinq ans, mais Dan faisait plus de choses de sa vie ; c'était du moins l'impression qu'avait Maya. Bientôt, il obtiendrait son diplôme, passerait le barreau et se lancerait à la recherche d'un emploi, ce qu'elle ne lui enviait pas. Ce qu'elle lui enviait, c'était sa confiance en lui. Il souhaitait devenir avocat spécialisé dans l'environnement, un objectif qu'il poursuivait depuis qu'elle le connaissait, alors qu'elle travaillait à la jardinerie, s'occupant des clients et des plantes en pot depuis qu'elle avait obtenu son diplôme à l'université de Boston.

Elle ne trouvait pas ce poste indigne d'elle, mais elle redoutait parfois que ce soit le cas de Dan, ou qu'il lui reproche son manque apparent de motivation. Au début de leur relation, elle lui avait raconté qu'elle souhaitait devenir écrivain, et il l'avait soutenue ; il lui arrivait de lui en parler, de temps à autre, lui demandant quand il pourrait lire son travail. Mais la vérité, c'était que Maya n'avait rien écrit depuis sa dernière année de fac.

Et, ces derniers temps, il avait renoncé à lui poser la question, comme s'il avait cessé de croire qu'elle irait au bout.

Il plissa les yeux pour la voir dans la pénombre. Maya était assise en sous-vêtements sur le canapé, tandis que lui portait un pantalon de jogging, des chaussettes en laine et un tee-shirt à manches longues.

— Salut..., grogna-t-il. Ça va ?

Maya acquiesça.

— Je n'arrivais pas à dormir.

Mais Dan n'était pas idiot. Il était même extrêmement intelligent ; c'était en partie pour cela qu'elle l'aimait. Il savait que quelque chose n'allait pas, et elle voulait le lui dire – elle s'était promis de le faire –, mais ce n'était manifestement pas le moment. (Comme toujours.) Se levant du canapé, elle jeta sa chemise de flanelle qui la démangeait sur ses épaules et traversa le salon pour poser une main sur son bras.

— J'étais sur le point de retourner me coucher.

Elle le regarda dans ses yeux fatigués avant de regagner son lit.

Il était difficile d'établir depuis quand la chambre était si désordonnée. Ni l'un ni l'autre n'était naturellement soigneux, mais ils parvenaient à garder le salon et la cuisine propres. Les invités n'ayant jamais de raison d'aller dans leur chambre, Maya et Dan laissaient leurs vêtements par terre, des tasses sales, des verres à vin et des livres éparpillés un peu partout, et, ces derniers temps, la situation s'était dégradée. Le désordre ne l'avait jamais dérangée, mais, désormais, la pièce ressemblait étrangement à l'intérieur de sa tête.

Elle s'étendit et ferma les yeux, et Dan sembla s'apprêter à lui dire quelque chose. Elle attendit. Jusqu'à ce que son souffle se fasse régulier, comme s'il était endormi.

Elle se mit aussitôt à rêver. Un instant, Maya écoutait la respiration de Dan, et l'instant d'après elle se rendait à la cabane de Frank. Éveillée, elle avait oublié cet endroit, mais, endormie, elle en connaissait le chemin par cœur : un étroit sentier dans les bois, puis un pont jusqu'à la clairière, de l'autre côté. La cabane se trouvait dans la clairière, entourée d'un mur d'arbres. Deux fauteuils à bascule inoccupés semblaient avoir été abandonnés sur le perron. La porte était fermée à clé, mais Maya, dans son sommeil, avait toujours la clé.

Elle entra, non pas parce qu'elle le voulait, mais parce qu'elle n'avait pas le choix. Une partie d'elle – celle qui rêvait – insistait pour y retourner nuit après nuit, comme si elle était censée y faire quelque chose. Quelque chose qu'elle était supposée comprendre. Un feu accueillant crépitait dans la grande cheminée de pierre. La table était dressée pour deux personnes. Deux bols, deux cuillères, deux verres encore vides. Le dîner mijotait dans une marmite sur la cuisinière, une sorte de ragoût. De la viande cuite et du romarin, de l'ail et du thym – cela sentait bon –, et elle sentit son corps commencer à se détendre, son pouls ralentir, même si la terreur fermentait dans ses tripes et enroulait ses tentacules autour de son cœur.

Cela ne ressemblait pas à un rêve.

Elle savait que Frank était là. Il était toujours là. Le ruisseau gargouillait doucement derrière la fenêtre, un son paisible, mais Maya savait qu'il valait mieux éviter de se fier aux apparences. Il y avait du danger, ici, tapi sous la surface des choses, tissé dans l'étoffe du lieu. Un danger dans son confort, sa chaleur. Le danger se trouvait même dans le bruit du ruisseau, son doux gargouillis qui s'intensifiait. Le bruit de l'eau qui se précipite sur les pierres. Rythmé et insistant, il devint de plus en plus fort et prononcé, jusqu'à ce qu'il semble lui parler, des paroles jaillissant du babil blanc, mais se dissipant avant qu'elle ait pu les saisir.

Maya écouta, tentant de comprendre, finissant par s'apercevoir que ce n'était pas la rivière qui lui parlait. C'était Frank.

Se tenant derrière elle, il lui chuchotait à l'oreille. Tous les poils de son corps se hérissèrent. Le cœur battant à tout rompre, la terreur hurlant à ses oreilles, elle se retourna lentement.

Puis elle ouvrit les yeux, trempée de sueur.

Il était rare qu'elle se souvienne de ses rêves à son réveil, et, quand c'était le cas, ils ne lui laissaient qu'une vague impression. Mais, les jours qui avaient suivi la prise de son dernier Rivotril, son sommeil était devenu de plus en plus fractionné, et ses rêves plus saisissants. Ils laissaient derrière eux un voile d'effroi. Elle attrapa le réveil et le tourna face à elle. « Cinq heures quarante-neuf ». Prenant soin de ne pas réveiller Dan, elle se leva de nouveau, saisit son ordinateur portable sur le bureau et se dirigea vers le salon sur la pointe des pieds.

Elle lança une playlist « nature » apaisante et ouvrit la recette du gâteau au chocolat allemand de sa mère. Ce soir-là, ils feraient les deux heures de route jusqu'à Amherst pour l'anniversaire de celle de Dan. En temps normal, Maya se serait réjouie de cet événement – elle aimait bien ses parents et lui avait proposé (avant qu'elle se retrouve à court de comprimés) de préparer un gâteau pour sa mère –, mais elle se demandait à présent comment elle parviendrait à tenir tout le dîner, rien que tous les quatre, sans que ses parents s'aperçoivent que quelque chose n'allait pas.

Elle cherchait leurs faveurs. La première fois qu'elle les avait rencontrés, le père de Dan avait estimé qu'il serait amusant de lui parler espagnol, ce qui s'était révélé gênant, car Maya le parlait très mal. Elle ressemblait à n'importe quel anglophone ayant étudié la langue au lycée : ses voyelles étaient trop longues, elle conjuguait ses verbes au mauvais temps... alors que le père de Dan parvenait très bien à rouler ses « r ». « Désolée », lui avait-elle dit en anglais. Depuis, elle faisait tout pour tenter de se racheter à leurs yeux.

Comme leur fils, Greta et Carl étaient intelligents. Des intellectuels. Elle était photojournaliste, et lui professeur de CM2 et poète polyglotte. Maya voulait qu'ils l'apprécient, mais, au-delà de cela, elle désirait leur ressembler. Elle n'avait pas l'intention de travailler éternellement au *Kelly's Garden Center*. Elle aurait voulu leur dire que son père avait été, lui aussi, écrivain, même si sa mère travaillait dans les cuisines d'un centre de désintoxication de luxe.

Mais alors, les parents de Dan auraient souhaité en savoir davantage sur son père, décédé avant sa naissance. Le simple fait de le dire entraînait toujours un moment de gêne, chacun cherchant la bonne chose à dire, et ce soir-là elle ne voulait surtout pas ajouter de la gêne à la gêne.

Elle leur dirait simplement qu'elle ne se sentait pas très en forme. C'était le cas. Elle camouflerait les cernes sous ses yeux et s'efforcerait de ne pas trop remuer sur sa chaise. Elle sourirait, ni trop ni trop peu, et personne ne saurait qu'elle avait peu dormi.

Se frottant les tempes, elle tenta de se concentrer sur le son de la cascade qui sortait de ses enceintes. Elle nota les ingrédients dont elle avait besoin. Noix de coco râpée, babeurre, noix de pécan... Puis, n'ayant pas la capacité d'attention suffisante pour ouvrir un livre, elle se rendit sur YouTube et fit défiler les nombreuses chaînes auxquelles elle était abonnée. Il lui fallait quelque chose qui puisse la distraire du manque qui lui rongeait l'esprit, qui capterait son attention et la retiendrait.

Mais Maya n'était présente sur aucun réseau social. Ses amis considéraient cela comme une excentricité, Dan prétendait trouver cela rafraîchissant, et elle était parvenue à se convaincre qu'il s'agissait d'une sorte de prise de position, d'un parti pris. C'était peut-être le cas, dans une certaine mesure, mais la vérité était plus complexe, et ce n'était pas le genre de choses auxquelles Maya avait envie de penser pour le moment, son niveau d'anxiété étant déjà suffisamment élevé.

Elle visionna une courte vidéo sur un chat qui avait élevé un beagle orphelin comme si c'était le sien, puis une autre sur un Boston terrier doué pour le skateboard. Elle n'avait pas de photo de profil ni d'informations d'identification en ligne, mais cela ne l'empêchait pas de recevoir des publicités et des recommandations ciblées.

Plus tard, elle se demanderait si c'était pour cette raison que la vidéo était apparue dans son fil d'actualité. « Une fille meurt devant l'objectif. » Bien sûr, elle cliqua. D'après la légende, cette vidéo pixellisée de six minutes avait été filmée par une caméra de surveillance dans un *diner* de Pittsfield, dans le Massachusetts, la ville natale de Maya. Bien qu'il ait l'air de dater des années 1950, le restaurant devait être relativement récent, car Maya ne le connaissait pas. Une rangée de banquettes brillantes, pour la plupart inoccupées, était alignée le long des fenêtres. Il semblait que l'on était en pleine journée. La vidéo était en couleurs, mais la qualité était médiocre, tout paraissait délavé. Le sol en damier noir et blanc. Les photos de voitures de collection aux murs. Les seuls clients étaient une famille de quatre personnes et deux hommes âgés qui buvaient un café.

La caméra était dirigée sur la porte d'entrée, destinée à surprendre un braqueur, mais ce n'était pas ce qu'elle avait filmé. Au lieu de cela, lorsque la porte s'ouvrit se présenta ce qui semblait être un couple ordinaire, un homme d'une trentaine d'années et une femme légèrement plus jeune. Elle ressemblait un peu à Maya, avec un visage rond et chaleureux, un grand front et de grands yeux noirs.

L'homme était Frank Bellamy.

Maya en était certaine. Cela faisait sept ans qu'elle ne l'avait pas revu, mais elle aurait reconnu entre mille son petit menton et son nez légèrement crochu. Sa démarche détendue et ses cheveux ébouriffés. La vidéo avait effacé tout signe de vieillissement sur son visage, le rendant exactement comme dans ses souvenirs. Comme si le temps s'était arrêté. Elle regarda le couple s'asseoir à une table et prendre leurs menus plastifiés. Une serveuse approcha avec de l'eau et prit leurs commandes sans les noter.

Ce qui se passait ensuite ressemblait à une conversation normale entre Frank et la femme, sauf qu'il était le seul à parler. Elle écoutait. Elle était tournée vers la caméra, tandis que lui était légèrement de dos, de sorte que la caméra ne filmait que son oreille droite, sa joue, son œil et le bord de ses lèvres quand il parlait.

Maya sentit des tentacules glacés lui enserrer les poumons.

Beaucoup avaient probablement cessé de regarder depuis un moment, car la vidéo en était déjà à cinq minutes, et il ne s'était pratiquement rien passé. Même son titre accrocheur n'avait sans doute pas suffi à retenir l'attention de la plupart des gens. La personne qui avait posté la vidéo aurait peut-être dû couper ce long passage, mais sans doute était-il nécessaire pour montrer que ce qui se passait ensuite sortait vraiment de nulle part.

Maya se rapprocha de l'écran, tentant de mieux distinguer le visage de la femme. Elle ne semblait pas plus intéressée par ce que Frank lui disait que si elle assistait à un cours magistral soporifique, son air détendu ne donnant aucun indice sur ce qu'elle pensait. Peut-être Frank était-il en train de lui raconter une histoire, sans humour, visiblement ni drôle ni surprenante ? Ou peut-être lui donnait-il des instructions ? Ou des indications pour se rendre en un lieu très éloigné ?

Vêtue de sa doudoune jaune, elle porta doucement son regard noir sur le visage de Frank, posant ses coudes sur la table. Maya vit qu'il ne restait plus que vingt secondes de vidéo. Cela se produisit à ce moment-là.

La femme se mit à osciller d'avant en arrière sur son siège. Elle s'écroula vers l'avant, les yeux grands ouverts. Elle ne tenta pas d'amortir sa chute, laissant ses avant-bras sur la table tandis qu'elle s'effondrait la tête la première. Dans d'autres circonstances, la soudaineté aurait pu paraître comique, comme un clown s'affalant sur une tarte à la crème, mais il n'y avait là ni tarte à la crème ni rires. Juste un léger temps d'arrêt avant que Frank se précipite du côté de la femme, se glisse auprès d'elle et lui dise quelque chose, probablement son nom. Maintenant qu'il était face à la caméra, on pouvait voir sa peur et son étonnement.

Lorsqu'il l'attira à lui, la femme s'écroula sur son bras comme un poids mort. La vidéo s'arrêta au moment où la serveuse accourait.

Mais, juste avant la fin, Frank leva les yeux vers la caméra, directement dans l'objectif, et Maya eut l'impression qu'il la regardait droit dans les yeux.

Elle ferma son ordinateur d'une main tremblante.

La vidéo avait été postée moins de trois jours auparavant et comptait déjà soixante-douze mille vues. Frank avait toutes les raisons de croire qu'elle la verrait, ce qui signifiait qu'elle avait toutes les raisons d'avoir peur. Après tout, ce n'était pas la première fois que Maya voyait quelqu'un mourir en présence de cet homme.

# Chapitre 2

Aubrey West, la meilleure amie de Maya au lycée, était morte par une belle journée d'été, peu avant que Maya ne parte à la fac. La mort d'Aubrey n'avait pas été filmée, mais elle avait tout de même attiré l'attention. Des reportages télévisés, des articles de journaux, des ragots. Une jeune fille de dix-sept ans en bonne santé qui tombe raide morte sans crier gare… *Si cela lui est arrivé à elle, alors nous…*, pensaient les gens.

Comme la fille de la vidéo, Aubrey était en train de discuter avec Frank, quand c'était arrivé. Et Maya était convaincue que c'était lui qui l'avait tuée. Elle aurait été incapable d'expliquer de quelle manière il s'y était pris (même si elle avait une idée du pourquoi), et finalement, parce qu'elle manquait de preuves (et surtout de confiance en elle, en sa propre perception, en sa propre santé mentale, même), elle n'avait eu d'autre choix que de passer à autre chose.

D'essayer, du moins.

Maya avait toujours aimé s'enivrer, et ce depuis le jour où Aubrey avait subtilisé une flasque de vodka à sa mère. Elles l'avaient mélangée à du Sunny D. Mais boire était différent, à l'époque. À l'adolescence, Aubrey et elle étaient en quête de toutes sortes de sensations fortes, même si elles se sentaient bien supérieures aux paumés de l'école, qui s'éclipsaient dans le parking entre les cours avant de revenir en se traînant des yeux rouges. Maya n'avait presque que des vingt sans véritablement fournir d'efforts, et Aubrey, même si ses notes ne le reflétaient pas, était intelligente à sa façon. Elle comprenait les gens, et percevait leurs véritables sentiments malgré leur carapace. Comme sa famille avait beaucoup déménagé quand elle était petite, elle était douée pour se faire des amis, mais n'avait pas appris à les garder.

Lorsque Maya avait fait sa connaissance, en cours d'anglais, en troisième, c'était la petite nouvelle que tout le monde trouvait mystérieuse et intrigante – surtout les garçons – avec son regard vert et son sourire narquois. Maya n'était qu'une des nombreuses nouvelles amies qu'Aubrey s'était faites au cours de ses premières semaines de cours, mais, de toutes, leur amitié était la seule qui avait duré. La seule qu'elles avaient entretenue toutes les deux.

Elles avaient travaillé en binôme sur un exposé sur Emily Dickinson et la poésie les avait rapprochées. C'était l'une des raisons pour lesquelles elles travaillaient : le plaisir partagé de se laisser emporter par un beau vers. Mais c'était aussi parce que aucune des deux n'était à sa place ; Aubrey, la perpétuelle nouvelle, et Maya, le rat de bibliothèque. Cette dernière avait un air hispanique, mais avait grandi avec une mère blanche célibataire et ne connaissait pas grand-chose de sa famille au Guatemala. Elle ne se sentait pas à sa place parmi les autres enfants hispaniques, et, à Pittsfield, le fait de ne pas être blanche la faisait sortir du lot.

Maya passait le plus clair de son temps à lire et à inventer des histoires. Elle était plus appréciée des enseignants que de ses camarades, mais cela ne la dérangeait pas. Elle allait devenir écrivain, comme l'avait été son père. Elle allait écrire des livres et devenir célèbre. Elle partirait loin de Pittsfield.

Elle avait été admise dans presque toutes les universités auxquelles elle avait postulé et avait choisi celle de Boston en raison de son cursus de création littéraire et des bourses qui lui étaient proposées. Mais, la semaine précédant le début des cours, Aubrey était morte.

Il y avait eu alors un Avant et un Après.

Elle avait perdu son amie la plus proche. Elle avait été témoin du drame, et, pourtant, jusqu'à ce jour, elle avait eu l'impression d'être passée à côté de quelque chose. Elle avait eu le sentiment de regarder un tour de magie, de comprendre qu'il s'agissait d'une illusion, mais de ne pas savoir comment le magicien s'y était pris.

Cela n'avait aucun sens. Aubrey était en bonne santé et n'avait aucune maladie. Ses parents avaient fait pratiquer une autopsie, mais celle-ci n'avait rien donné et le médecin légiste avait fini par qualifier son décès de « mort subite inexpliquée », comme chaque fois que quelqu'un tombait raide mort sans raison apparente. On mettait souvent ce genre de mort sur le compte d'une arythmie cardiaque ou d'un certain type de crise d'épilepsie.

Seule Maya était convaincue qu'il s'agissait de Frank.

Il n'y avait ni arme, ni poison, ni aucun contact d'aucune sorte. Ni effusion de sang ni blessures sur le corps d'Aubrey. Maya ne pouvait pas le prouver – elle ne parvenait même pas à se l'expliquer –, mais elle était persuadée qu'il les avait tous bernés d'une manière ou d'une autre.

Si elle avait eu la moindre preuve, peut-être la police l'aurait-elle prise au sérieux. Mais, en l'état, ils avaient interrogé Frank et, ne trouvant aucune raison de le garder, l'avaient laissé partir en mettant en garde Maya contre de fausses accusations. Ils l'avaient prévenue qu'elle risquait ainsi d'anéantir la vie d'un homme.

Sa mère avait écouté avec patience ses soupçons, mais, comme ils ne s'étaient pas confirmés, elle avait commencé à s'inquiéter de la santé mentale de sa fille. La maladie mentale était une malédiction dans la famille et, à dix-sept ans, Maya était à l'âge où le mal pouvait frapper.

Elle s'était ainsi retrouvée aux bons soins du docteur Fred Barry, que la mère de Maya avait trouvé dans les pages jaunes.

Au bout d'une heure de séance, le docteur Barry avait diagnostiqué chez Maya un trouble psychotique bref. Le chagrin pouvait en être à l'origine. Il avait déclaré que ses craintes au sujet de Frank étaient délirantes, mais lui avait assuré qu'elle n'était pas la première à réagir par la pensée magique à une mort aussi soudaine et inattendue. Moins de deux personnes sur cent mille mouraient subitement pour des raisons qu'une autopsie ne pouvait révéler.

Dans certaines cultures, on attribuait ces décès à des esprits maléfiques. L'esprit tentait toujours d'expliquer ce qu'il ne comprenait pas – il inventait des histoires, des théories, des systèmes de croyances entiers – et l'esprit de Maya, d'après le docteur Barry, était du genre à voir des visages dans les nuages et des messages dans les feuilles de thé. Des motifs là où les autres n'en voyaient aucun. Cela signifiait qu'elle avait une bonne imagination, mais une imagination qui pouvait l'induire en erreur.

Les neuroleptiques avaient atténué la certitude qui brûlait en elle selon laquelle Frank les avait tous dupés d'une manière ou d'une autre, mais ce sentiment n'avait jamais totalement disparu. L'horrible conviction que le docteur Barry se trompait – même si tout le monde le croyait – et que Frank avait bien assassiné sa meilleure amie reprenait le dessus, parfois, comme une idée noire qui refusait de la quitter.

Et la peur l'avait peu à peu gagnée. Maya était devenue un témoin gênant. Si Frank était un tueur, elle avait toutes les raisons d'être effrayée, et le fait qu'elle ne sache pas de quelle manière il s'y était pris ne faisait qu'aggraver les choses, cette terrible incertitude l'empêchant d'aller de l'avant. Mais, avec le temps, elle avait appris à ne plus parler de ses soupçons au docteur Barry. Ni à personne d'autre, d'ailleurs. Elle ne supportait plus qu'on la regarde comme si elle était folle. Satisfait de constater qu'elle ne délirait plus, le docteur Barry l'avait déclarée guérie, bien qu'un peu anxieuse, et avait remplacé ses neuroleptiques par du Rivotril.

Cela avait fonctionné. Le médicament avait atténué ses peurs et l'assommait la nuit.

L'alcool l'avait également aidée. Tout au long de ses études, il lui était régulièrement arrivé de se retrouver complètement ivre plusieurs soirs par semaine. Elle était tout de même parvenue à obtenir de bonnes notes, mais uniquement pour les matières faciles, des cours magistraux surchargés où personne ne savait comment elle s'appelait et où il importait peu qu'elle soit sobre. Elle tentait de se convaincre qu'elle s'amusait, et c'était peut-être le cas, mais elle avait du mal à s'en souvenir. Il y avait suffisamment de photos embarrassantes d'elle en ligne, dansant sur des tables, toujours un verre à la main, pour suggérer qu'elle s'amusait comme une folle.

Après l'université, elle avait été ravie de trouver un emploi au *Kelly's Garden Center*. Et, même si elle s'asseyait de temps à autre à son bureau pour écrire, elle ne dépassait jamais la première page de quoi que ce soit. Le problème, c'était qu'elle n'aimait plus être seule avec ses pensées. Lorsqu'elle avait rencontré Dan, elle travaillait à la jardinerie et partageait un appartement avec son amie Lana depuis plus d'un an.

Ils s'étaient rencontrés lors d'une fête, à l'heure où tout le monde était soit en train de suer sur la piste de danse, soit en train de parler trop fort dans la cuisine, soit en train de se prendre un rail. Maya était partie du principe que Dan et elle étaient défoncés lorsqu'ils avaient commencé à discuter en faisant la queue aux toilettes, sinon comment expliquer qu'ils bavardaient encore le lendemain matin au petit déjeuner, installés l'un en face de l'autre dans le restaurant mexicain préféré de Maya ?

Devant une assiette de *huevos rancheros* et un café *de olla* à la cannelle, ils avaient parlé de tout et de rien, mais, ce dont Maya se souvenait le plus, c'était d'avoir appris que Dan, comme elle, avait lu une version pour enfants de l'*Iliade*, quand il était petit, et qu'il était depuis obsédé par la mythologie grecque.

Découvrir qu'un autre aimait les mêmes histoires qu'elle avait peut-être joué ? Ou peut-être était-ce parce que, en parlant de ces histoires, ils parlaient en réalité d'eux-mêmes ? Mais cela faisait des années que Maya n'avait pas abordé avec quelqu'un le traumatisme central de son existence, et, bien qu'elle n'en ait pas parlé à l'époque, elle trouvait un certain réconfort dans la tendresse que Dan éprouvait envers Cassandre, la prophétesse maudite, condamnée à ne jamais être crue.

Ce n'avait été qu'à leur troisième ou quatrième rendez-vous que Maya s'était rendu compte qu'il ne buvait presque pas – tout au plus deux verres lors d'une soirée – et qu'il ne se droguait pas. Cela signifiait que la cocaïne – pour Dan, du moins – n'avait joué aucun rôle lors de leur première conversation. Ce qui n'était pas rien.

Cela signifiait aussi que, contrairement à la plupart des hommes qu'elle avait fréquentés et qui, rétrospectivement, avaient plutôt été des compagnons de beuverie, il était parfaitement lucide en sa présence. Qu'un homme sobre s'intéresse à elle l'avait angoissée au début, mais, avec le temps – au fil des brunchs et des dîners, des longues discussions et des silences de plus en plus confortables –, Maya s'était surprise à vouloir rester lucide avec lui, afin de savourer chaque instant passé ensemble. Leurs promenades à vélo le long de la Charles River. Les marathons télé devant *Iron Chef*, sur le canapé. Les repas compliqués qu'ils préparaient ensemble chez lui.

Pour Maya, passer tout ce temps sans boire une goutte d'alcool n'avait pas été facile, au début. Parfois, des souvenirs surgissaient de nulle part, tels des léviathans endormis depuis longtemps, menaçant de se réveiller et de l'engloutir tout entière. Aubrey s'écroulant par terre. L'éclat noir dans le regard de Frank. La terreur de savoir qu'aucun des efforts de Maya pour passer inaperçue ne suffirait s'il décidait de la retrouver.

Mais ce n'était pas tout. Ces derniers temps, Maya bataillait avec d'autres démons. Après dix ans sans avoir été sobre un seul jour, elle avait oublié comment gérer les difficultés du quotidien, comme aller faire ses courses ou se coucher à une heure raisonnable. Quand elle était contrariée, il lui semblait curieux de ne pas se soûler.

Parfois, elle se surprenait à s'en prendre à Dan sans raison et à s'en vouloir par la suite. De crainte de le faire partir, elle s'efforçait de dissimuler son anxiété, et se gardait d'évoquer les sueurs froides qui la réveillaient à l'aube, et les insomnies qui l'accablaient. Mais tout cela avait fini par s'apaiser, grâce au Rivotril qui avait remplacé la vodka et le gin qu'elle aurait normalement pris pour s'assommer.

Il lui arrivait aussi, parfois, de consommer du Rivotril durant la journée, à des doses de plus en plus élevées au fur et à mesure qu'elle s'accoutumait. Ce qui comptait, c'était que son ancienne peur n'était plus aussi envahissante que Maya ne l'avait redouté. La plupart du temps, ses pensées la laissaient tranquille, ou peut-être suffisamment de temps s'était-il écoulé. Elle mangeait bien et faisait de l'exercice, buvait rarement plus d'un verre par nuit (accompagné de quelques comprimés du flacon d'aspirine qu'elle gardait dans son sac à main pour éviter que Dan en prenne un jour par accident).

Et, ces derniers temps, lorsque Maya pensait à Aubrey ou à Frank, ou rêvait qu'elle était de retour à la cabane, elle se réconfortait avec les paroles du docteur Barry, qui lui avait garanti qu'elle n'aurait rien pu faire pour Aubrey. Que personne n'aurait rien pu faire. Que ce n'était la faute de personne. Pas même celle de Frank. C'était ce que Maya se disait chaque fois qu'un numéro inconnu l'appelait, chaque fois qu'elle entendait des pas derrière elle dans une rue sombre. Mais comment deux femmes pouvaient-elles mourir, sans raison apparente, en parlant au même homme ?

# Chapitre 3

— Alors, qu'est-ce que je suis censé voir, exactement ?

Dan avait chaussé ses lunettes, mais il semblait déconcerté par la vidéo, et par la situation en général. Quand il s'était réveillé, à 7 heures, elle était en train de faire les cent pas dans le salon, et, à présent, plutôt que de s'expliquer, voilà qu'elle lui montrait une vidéo.

— Frank Bellamy, annonça-t-elle lorsque, sur son écran, le couple entra dans le restaurant.

— Qui ?

Dan et elle avaient déjà évoqué leurs précédentes relations amoureuses respectives, mais Maya ne lui avait pas parlé de Frank. Elle s'était efforcée de le chasser de son esprit, tout comme le reste de cet été-là, l'été où elle avait, au choix, assisté au meurtre de sa meilleure amie, ou totalement perdu la tête.

— Je l'ai fréquenté après le lycée, avoua-t-elle. On est plus ou moins sortis ensemble.

Leur relation avait duré trois semaines, et s'était achevée le jour de la mort d'Aubrey. Ou, plus exactement, elle s'était transformée en quelque chose d'autre, en une terreur qui avait déteint sur tous les aspects de l'existence de Maya.

Haussant un sourcil, Dan lui adressa un sourire en coin.

— Qu'est-ce que c'est ? Du cyberharcèlement ? Je devrais être jaloux ?

— Contente-toi de regarder.

Elle souhaitait son regard impartial. Dan réussissait en fac de droit, car il était doué pour repérer des détails qui échappaient à d'autres et pour comprendre de quelle manière ils s'intégraient dans une histoire.

— Dis-moi si tu remarques quelque chose d'anormal chez Frank, lui demanda-t-elle.

En voyant sa tête, Dan recouvra son sérieux. Il reporta son attention sur la vidéo, prenant place sur leur canapé tandis que Maya s'installait à côté de lui, ses jambes nues repliées sous elle. Elle n'arrivait pas à croire qu'elle lui montrait cette vidéo.

D'un côté, elle voulait oublier Frank, comme elle y était parvenue jusqu'à quelques heures auparavant. Elle voulait se rassurer en se disant qu'elle se faisait des idées, qu'elle voyait des liens là où il n'y en avait pas. Il aurait été facile de cacher la vidéo, non seulement à Dan, mais aussi à elle-même, et de continuer à se comporter comme si être à court de Rivotril était son plus gros problème.

Mais Maya songea alors au visage de la femme morte, qui n'était pas si différent du sien, seulement plus jeune et probablement plus innocent. La probabilité pour qu'Aubrey et elle, à sept ans d'intervalle, tombent toutes les deux raides mortes en présence de Frank était infime. Elle devait imaginer, ou du moins espérer, que Dan trouverait cela suspect.

— Elle te ressemble, déclara-t-il.

On ne pouvait pas nier que Frank aimait les filles d'un certain genre.

— Lui, c'est un beau parleur…, analysa-t-il.

— C'était un vrai baratineur…

La femme à l'écran bascula en avant.

— Qu'est-ce que… (Dan regarda Frank secouer la femme par les épaules en criant.) Attends, dit Dan. Elle n'est pas…

— Si !

Maya se recroquevilla, serrant l'extrémité de ses manches dans ses poings.

— J'ai fait des recherches sur elle. Elle s'appelle Cristina Lewis et a vingt-deux ans. Avait, se reprit-elle.

— Je ne comprends pas. Que s'est-il passé ?

Maya secoua lentement la tête.

— Je ne sais pas non plus. Mais je pense que…

Après tout ce temps, elle avait énormément de mal à formuler ces mots enfouis profondément.

— Je pense que c'est lui qui l'a fait.

Dan écarquilla les yeux.

— Qui a fait quoi ? Qui l'a tuée ?

Elle acquiesça.

— Comment ?

— Je ne sais pas.

Il attendit qu'elle poursuive. Elle déglutit.

— Tu te rappelles quand je t'ai parlé de mon amie Aubrey ?

— Bien sûr. Celle qui est morte…

Il s'était exprimé doucement, sachant combien c'était difficile pour elle.

Maya lui avait parlé d'Aubrey et de sa mort, mais elle n'avait pas répondu à la question que tout le monde se posait en apprenant que quelqu'un était mort : « Comment ça s'est passé ? » Maya n'avait pas voulu en parler, à l'époque, mais il le fallait, à présent.

— Aubrey est morte, expliqua-t-elle, de la même manière que Cristina. Elle s'est juste… écroulée. Je l'ai vue.

L'incrédulité sur le visage de Dan était encourageante.

— Qu'a dit le médecin légiste ?

— Il existe une expression pour désigner les cas où l'on est incapable de déterminer la cause de la mort de quelqu'un : la « mort subite inexpliquée ». C'est extrêmement rare et ça arrive presque toujours quand la personne meurt dans son sommeil. Elle ne se réveille juste pas.

— Oh ! C'est… terrible.

— Mais le truc, c'est qu'Aubrey était réveillée quand c'est arrivé. Et elle discutait avec Frank.

Dan se pencha sur l'écran de l'ordinateur portable, fit reculer le curseur, et revisionna la partie où Cristina mourait. Puis il la regarda de nouveau pendant que Maya le dévisageait, espérant qu'il comprendrait ce qui lui avait échappé.

Mais lorsqu'il reprit la parole, il avait l'air perplexe.

— Comment l'a-t-il tuée ?

« C'est comme s'il avait une sorte de pouvoir… » C'était ce qu'elle avait confié à la police, quand elle avait dix-sept ans, mais, à présent, elle était plus avisée. Il fallait absolument qu'elle ait l'air plus rationnelle.

— Je n'ai jamais compris, avoua-t-elle. Mais si quelqu'un en était capable, c'était bien Frank.

Dan fronça les sourcils.

— La police ne l'a pas interrogé ?

— Ils l'ont laissé partir.

Ses épaules s'affaissèrent.

— D'accord… Et Cristina Lewis ? Tu sais comment elle est morte ?

Elle entendit le doute s'insinuer dans sa voix et goûta de nouveau à la vieille colère qui l'avait saisie chaque fois que quelqu'un – la police, le docteur Barry, sa mère – avait mis sa parole en doute.

— Tiens, dit-elle en affichant un article du *Berkshire Eagle* sur son ordinateur. C'est tout ce que j'ai pu trouver.

Elle le regarda lire l'article, sachant que ce serait inutile.

D'après l'article, Cristina était originaire de l'Utah, elle avait été peintre et travaillait comme caissière au musée du Berkshire. Soit sa mort était vraiment aussi inexplicable qu'elle en avait l'air, soit la presse n'avait pas été informée de tout ce qui s'était passé.

Après avoir expliqué le déroulement des événements – un récit qui ne différait guère de ce que montrait la vidéo –, le journaliste citait son petit ami en deuil, Frank Bellamy : « Ça me dépasse. J'aurais aimé pouvoir faire quelque chose. »

Ce n'étaient pas ses paroles qui bouleversaient Maya, mais le fait que l'article le présente comme un témoin.

— Il est dit ici que la mort n'est pas considérée comme suspecte, constata Dan. La police a dû interroger Frank, puisqu'il était présent.

— C'est ce qui s'est passé la dernière fois, pesta Maya.

Dan se tourna vers elle. Il remarqua sa posture crispée et ses tempes moites. Les cernes noirs sous ses yeux.

— Ça va ?

— Oui, répondit-elle, je suis juste contrariée.

Il sembla sceptique. Inquiet, même.

— Que se passe-t-il ? demanda-t-il. Ça n'avait pas l'air d'aller avant même que tu voies la vidéo.

Elle aurait pu en profiter pour lui parler du Rivotril. Mais Dan ne la croyait pas au sujet de Frank. Il essayait, mais ne la croyait pas. Lui avouer qu'elle était en manque n'aurait fait qu'aggraver les choses.

— C'est juste le fait d'avoir vu mourir cette fille…

Elle s'interrompit.

— J'imagine… Ça a dû être très dur de perdre ta meilleure amie.

Elle sentit les larmes lui monter aux yeux. Elle détourna le regard. En constatant combien elle était bouleversée, n'importe qui d'autre aurait pu se contenter de chercher à la consoler. Mais, contrairement à elle, cela ne gênait aucunement Dan de dire aux gens ce qu'ils ne voulaient pas entendre. Pour rien au monde elle n'aurait souhaité changer cela chez lui, mais cela la fit souffrir. Il n'y avait personne en qui elle avait plus confiance, et, s'il ne croyait pas que Frank ait pu tuer Cristina, alors il avait sans doute raison.

Maya était probablement paranoïaque.

# Chapitre 4

Elle savait que le gâteau serait délicieux. Intensément chocolaté, garni de noix de pécan. Il serait magnifique sur le plateau qu'elle avait acheté à cet effet. Elle voulait impressionner la mère de Dan, une photojournaliste réputée. Le gâteau devait être parfait, et ce serait le cas, parce que Maya avait appris à cuisiner avec sa mère, Brenda Edwards, qui avait elle-même appris auprès de sa propre mère, et il en allait ainsi depuis toujours, une lignée de femmes qui avaient fait de la pâtisserie antistress des années durant, avant même que quelqu'un invente le terme.

Dans son enfance, Brenda avait eu une sœur, Lisa, dont le comportement l'avait amenée à préparer de nombreux desserts. Enfants, les deux filles avaient été meilleures amies ou ennemies, en fonction de l'humeur de Lisa. Celle-ci avait la faculté de distordre son environnement pour l'adapter à son humeur. Elle pouvait transformer une ennuyeuse séance de shopping en une aventure, ou une sortie à la plage en une épreuve infernale.

Où que Lisa aille, les portes claquaient et les voix s'élevaient. Les seules constantes dans son existence étaient ses parents, ses trois frères et Brenda. Et, de tous, Brenda était celle qui la connaissait le mieux. Celle qui s'en voulait le plus pour ce qui s'était passé.

À quinze ans, Lisa avait commencé à soupçonner que la brise provenant d'un lac voisin était chargée de vapeurs toxiques et l'empoisonnait en pénétrant par la fenêtre de sa chambre. Brenda, de deux ans sa cadette, l'avait d'abord crue. Pour être honnête, Silver Lake, qui se trouvait à deux rues de la maison, était notoirement contaminé depuis plus d'un siècle. Dans les années 1800, une usine de coton avait été la première à polluer ses eaux, suivie d'une fabrique de chapeaux, sans compter deux marées noires. En 1923, la surface du lac s'était embrasée, et ce avant même que General Electric y déverse des PCB.

Les soupçons de Lisa n'étaient pas sortis de nulle part, mais, au cours des semaines suivantes, ils avaient tourné à l'obsession, la première des nombreuses hantises dont elle souffrirait tout au long de son existence. Elle avait cessé de prendre des bains, convaincue que les eaux nocives du lac s'étaient infiltrées dans leur réservoir d'eau. Malgré les suppliques de ses parents, elle portait un masque à gaz partout où elle allait. Elle s'était battue contre eux toute sa vie, mais, au fil du temps, les disputes avaient empiré. Elle avait annoncé à ses parents et à ses frères et sœurs que, s'ils ne déménageaient pas, ils allaient tous mourir.

Quand elle avait eu seize ans, il était devenu évident que le problème n'était pas Silver Lake. Quelque chose ne tournait pas rond chez Lisa, mais personne ne voulait l'accepter. C'était à l'époque où on parlait peu des maladies mentales, sans compter que les parents de Lisa – les grands-parents de Maya – étaient des experts de l'esquive. Il n'y avait que dans l'obscurité d'un confessionnal que l'un et l'autre parlaient ouvertement.

Lisa n'avait jamais reçu l'aide dont elle avait besoin et avait dû se contenter de vodka, d'herbe, puis de speed. Le reste de la famille l'avait supportée jusqu'à ses dix-huit ans, âge auquel elle était partie vivre en Californie avec un homme beaucoup plus âgé qu'elle.

Elle était morte à vingt et un ans.

Maya était trop jeune pour avoir connu cette tante dont l'histoire la hantait. Une histoire édifiante. Brenda se sentait encore terriblement coupable. Alors, quand sa fille, à dix-sept ans, avait commencé à dire des choses qui n'avaient aucun sens, elle avait fait appel à un psychiatre. Elle avait ensuite contraint Maya à prendre les neuroleptiques prescrits par le docteur Barry et, à ce jour, Maya ne le lui avait toujours pas pardonné.

Elle n'avait pas vu sa mère depuis plus d'un an, mais Maya pensait à elle chaque fois qu'elle cuisinait. C'était sa mère qui lui avait appris à être précise. La précision exigeait de la concentration. Les mesures rigoureuses de farine l'avaient détournée des cris et des menaces de suicide de sa sœur. Brenda avait appris à sa fille à concentrer toute son attention dans la pâte, et cela lui servait encore aujourd'hui. Elle alluma le batteur, y fit tourbillonner ses ingrédients et ajouta trois jaunes d'œuf. Les souvenirs qui tentaient de remonter à la surface furent emportés dans le mouvement.

Dan ne l'avait pas crue, mais elle refusait de lui en vouloir. Elle préférait remonter le temps, avant d'avoir vu la vidéo – la veille –, jusqu'au moment où, enfin, après presque sept ans, elle s'était laissé convaincre que sa mère avait raison : elle était sans doute comme sa tante Lisa, incapable de voir au-delà de ses propres illusions « L'esprit malade, avait déclaré le docteur Barry, est rarement capable de reconnaître sa propre maladie. » Au fil des ans, ces paroles avaient réconforté Maya, car, si elle délirait, elle n'était pas en danger : Frank n'avait pas vraiment tué Aubrey.

La vidéo avait fait voler en éclats ce réconfort, et Maya s'était retrouvée à dix-sept ans, seul témoin d'un meurtre. À la différence près qu'elle comprenait désormais qu'elle ne pouvait rien y faire. Elle savait qu'il ne fallait pas aller voir la police… elle avait déjà essayé. Elle avait vainement tenté d'en parler à Dan. Que pouvait-elle faire d'autre ?

Glissant le moule à gâteaux dans le four, elle commença à préparer le glaçage, à griller les noix de pécan et à faire mijoter le lait. Elle incorpora la noix de coco râpée, la goûta et, pour une fois, s'abstint d'en prendre une nouvelle cuillerée. Le glaçage terminé, elle n'avait plus rien à faire avant de sortir le gâteau du four.

Elle rouvrit le congélateur. Elle avait été si raisonnable, ces derniers temps, si modérée, et voilà que, à midi à peine, elle se servait son deuxième verre de la journée. En même temps, n'était-ce pas une forme d'urgence ? Dans n'importe quelles circonstances, cette vidéo aurait provoqué une crise. Mais, à bout de nerfs et en manque de sommeil, c'était insoutenable.

Et puis, il y avait le dîner avec les parents de Dan.

Maya se brûla la main en sortant le moule du four. Elle passa la brûlure sous l'eau sans se soucier de la douleur. Cela la fit redescendre sur Terre. Elle compta ses respirations. Elle se dit que cela ne valait la peine de s'attarder ni sur la vidéo, ni sur Frank. Surtout pas dans son état.

— Mon Dieu, ça sent délicieusement bon, ici, déclara Dan en rentrant. (Il posa son regard sur ses mains, sous le robinet.) Tu t'es brûlée ?

— Ce n'est pas très grave.

Il avait l'air préoccupé, mais s'agenouilla en silence pour défaire ses lacets. Il devait être las de lui demander comment elle allait.

— Comment se passent les cours ?

— Ça va, répondit-il d'un ton empreint de douleur.

C'était un grand procrastinateur, préférant concentrer des semaines d'études sur les trois derniers jours avant les examens. Il passa la journée dans ses livres pendant que Maya rangeait la chambre et arrosait les plantes. Dan et elle envisageaient d'avoir un chien, ce qui signifiait qu'ils devaient se débarrasser de leur euphorbe et de sa sève toxique. Elle photographia la plante grasse de près d'un mètre de haut avec ses tiges aux extrémités orange, puis envoya le cliché à quelques-unes de ses amies pour voir qui en voudrait.

Elle l'envoya également à sa tante Carolina, dont l'amour des plantes avait inspiré le sien. *Tía* Carolina vivait à Guatemala, et Maya ne l'avait rencontrée qu'une seule fois, mais elles étaient restées en contact. C'était le seul lien de Maya avec le pays d'origine de son père.

Elle tenta de lire, ensuite, mais renonça aussitôt et alla se promener pour éviter de faire les cent pas dans l'appartement. Elle resta dans son quartier, passant devant d'autres immeubles identiques au sien, avec un escalier de secours métallique qui zigzaguait le long de la façade, et des maisons de ville en brique dotées de perrons en béton. Elle longea Commonwealth Avenue jusqu'à l'université de Boston, où elle avait fait ses études, passa devant des épiceries et un kebab où elle allait souvent, à l'époque, avant de poursuivre jusqu'à la rivière Charles, couverte de plaques de glace. À chacun de ses pas le long du fleuve, au milieu des joggeurs et des cyclistes, elle tentait de ne pas penser à Frank.

Lorsqu'elle rentra chez elle, il était presque l'heure de partir, et Dan était stressé. Il avait accepté cette visite chez ses parents des semaines auparavant, sans se douter de la quantité de travail qu'il lui resterait à faire à la dernière minute. Maya se servit une tasse de gin et la but en prenant sa douche. Elle était déjà parvenue à chasser Frank de ses pensées, elle pouvait très bien recommencer. Elle ne penserait plus à lui, ni à Aubrey, ni à Cristina.

Elle se maquillait rarement, mais, ce soir-là, elle mit de l'anticerne. Elle enfila son plus beau pull, un cachemire couleur crème, un pantalon de velours marron et des bottes à petits talons. Elle couvrit son gâteau avec le couvercle en verre en forme de cloche du plateau, jeta quelques vêtements et une brosse à dents dans son sac à dos, et attendit près de la porte pendant que Dan cherchait ses clés.

— Je les ai trouvées, dit-il en se précipitant dehors avec des chaussettes dépareillées.

Dan prit le volant. Chacun perdu dans ses propres pensées, ils quittèrent la ville pour les forêts du cœur de l'État. Amherst était à deux heures de route, à l'ouest. Pittsfield, la ville natale de Maya, n'était qu'à une heure de là, mais les deux villes étaient très différentes. Pittsfield avait jadis été une métropole dynamique, mais cette époque avait pris fin avant la naissance de Maya. Elle ne s'était jamais vraiment remise du départ de General Electric, dans les années 1980.

Amherst, en revanche, grouillait de jeunes gens issus des cinq universités de la région. Même si les étudiants étaient partis pour l'hiver, le centre-ville semblait plus animé que celui de Pittsfield. Aucune boutique n'était fermée. Les jeunes familles et les professeurs entraient et sortaient des cafés et des restaurants, qui s'approvisionnaient directement chez les producteurs. Le cinéma indépendant annonçait un film dont Maya n'avait jamais entendu parler.

La maison où Dan avait grandi était spacieuse et contemporaine, avec des angles aigus et de grandes baies vitrées ombragées par des haies. Il y avait plus de neige là qu'à Boston. Elle couvrait la pelouse d'un fin drap blanc. Dès qu'ils descendirent de la voiture, le père de Dan se présenta à la porte.

Carl, qui ressemblait à Dan en plus costaud et en plus blond, était enseignant en CM2, et un poète célèbre dans la région. Apparemment, ses élèves l'adoraient, et Maya comprenait pourquoi. Il était aussi ouvert d'esprit et chaleureux que Dan. Il salua son fils unique avec un immense sourire. Il serra la main de Maya, puis les conduisit à la cuisine.

— Que puis-je vous servir à boire ? Nous avons prévu des daïquiris, la boisson préférée de Greta, mais nous avons également du vin et de l'eau gazeuse.

— Un daïquiri, ce sera parfait, répondit Dan en dissimulant le gâteau au fond du frigo.

— J'en prendrai un aussi, ajouta Maya. S'il vous plaît.

Elle faisait de son mieux pour paraître heureuse et détendue, bien que son état de manque ait tendance à amplifier une anxiété profondément enfouie, sans compter son envie d'impressionner les parents de Dan. Non seulement parce qu'elle aimait leur fils, mais aussi parce qu'ils semblaient avoir tout ce dont elle rêvait pour elle-même. Ils étaient à l'abri du besoin et réussissaient chacun dans leur domaine. Ils étaient payés pour réfléchir. Ils respiraient le bien-être.

Dès que Carl lui tendit un verre, elle commença à se détendre. Elle avait appris en parcourant Internet que l'alcool et le Rivotril agissaient sur les mêmes récepteurs cérébraux, ce qui expliquait pourquoi ils lui faisaient le même genre d'effet. Elle soupira. Elle s'efforça de ne pas boire trop vite. Il faisait bon, et la maison sentait le romarin, l'ail et la viande rôtie. Le mobilier était éclectique. Les œuvres d'art accrochées aux murs provenaient du monde entier : des photographies encadrées, probablement prises par Greta au Maroc, une mosaïque de carreaux, plusieurs masques.

Greta descendit dans une tunique de soie et un pantalon de lin. Grande et élégante, elle se tenait comme quelqu'un qui faisait beaucoup de yoga. Elle avait au moins dix ans de plus que la mère de Maya. Sa chevelure bouclée était plus argentée que noire, mais elle semblait moins fatiguée.

— Danny, dit Greta en embrassant son fils sur la joue, avant de le serrer fort dans ses bras.

Maya se leva pour la saluer, et Greta l'embrassa également sur la joue. Elle sentait l'eau de rose.

—Merci d'être venus.

—Joyeux anniversaire ! dit Maya.

Le dîner était composé d'un gigot d'agneau rôti au romarin, d'une salade et de rattes. Maya prit place à table à côté de Dan et se crispa lorsque Greta s'installa en face d'elle. Greta était intelligente et comprenait le monde avec ses yeux. Maya évita son regard.

Elle fut reconnaissante à Carl d'avoir ouvert une bouteille de pinot noir. Pour tout repas, aujourd'hui, elle n'avait avalé qu'un reste de spaghettis et une bouchée de glaçage. Elle sentit donc vraiment les effets du vin, surtout après le daïquiri. L'alcool sembla desserrer l'étau autour de son crâne. Il adoucit le contour de ses pensées et elle se sentit presque normale lorsque la conversation s'installa de façon décontractée avec Greta à la barre. Ils discutèrent d'une prochaine éclipse qu'elle prévoyait de photographier, et des éclipses en général. Maya ne trouvant rien à dire, elle se contenta d'écouter, et fut même soulagée lorsque Greta se tourna vers elle pour lui demander à brûle-pourpoint si elle avait lu Isabel Allende.

C'était un sujet dont Maya pouvait parler, et elle espérait que les parents de Dan prendraient cela comme la preuve de ses bonnes lectures et non comme une évidence. La soirée se déroulait mieux que prévu. En fait, cela faisait des jours qu'elle ne s'était pas sentie aussi bien. Aussi, dès que Maya vit quelqu'un remplir son propre verre de vin, elle en fit autant. Et elle rit de bon cœur lorsque Carl raconta une anecdote amusante sur le quatrième Halloween de Dan.

Cette année-là, Dan avait voulu se déguiser en citrouille. Ses parents n'ayant pu trouver ce genre de costume dans aucun magasin, Carl lui en avait confectionné un.

—Et, pour être honnête, dit Greta, c'était un bon déguisement ! Très créatif.

— Elle est gentille, ajouta Carl. L'armature métallique s'est effondrée au milieu de la chasse aux bonbons, et tout le monde a cru qu'il était déguisé en carotte !

Maya et Greta éclatèrent de rire. Dan avait déjà entendu cette histoire. Il avait l'air tendu, trouva-t-elle, comme s'il pensait à ses examens. À moins que quelque chose d'autre ne le tracasse.

Peut-être était-elle plus éméchée qu'elle ne le pensait ?

Dehors, le vent se leva. Les fenêtres s'entrechoquèrent dans leurs cadres.

— Heureusement que vous restez ici cette nuit, déclara Greta. On dirait qu'une tempête se prépare.

Un silence s'installa, et Maya baissa les yeux sur son assiette. Elle n'y avait presque pas touché. Elle planta sa fourchette dans un morceau d'agneau.

— Le nichoir ! s'exclama soudain Carl.

Confuse, Maya leva les yeux. Elle les vit tous regarder par la fenêtre, derrière elle, avec appréhension. En se retournant, elle sentit son cuir chevelu la picoter. Sa tête était trop lourde, elle bougeait beaucoup trop vite. Elle comprit immédiatement son erreur.

Ce dernier verre avait été une très mauvaise idée. Maya ne se rendit compte d'à quel point elle était ivre que lorsqu'elle bougea. Et, aussitôt, la force des deux verres de pinot noir, du daïquiri au rhum, de la tasse et des deux shots de gin s'abattit sur elle comme un tsunami. Elle s'efforça de se concentrer sur ce que tout le monde regardait. Le nichoir. Le vent l'avait arraché de sa branche, et la petite maison reposait maintenant dans un enchevêtrement de rameaux qui avaient interrompu sa chute. Mais le vent soufflait fort, les rameaux tremblaient, et, d'une seconde à l'autre, le nichoir, avec ses fenêtres soigneusement ouvragées et son toit en bâtière, allait tomber et s'écraser sur le sol gelé.

Maya eut l'impression de se trouver ballottée à l'intérieur. La pièce tanguait. Le sol oscillait. Elle se cramponna aux bords de son siège pour éviter de chuter.

— Je vais voir si je peux le sauver, annonça Carl.

Il sortit, et il ne resta plus que Dan, Greta, son regard pénétrant et elle. Deux personnes très intelligentes qui pourraient certainement deviner à ses mouvements qu'elle avait la tête qui tournait.

— Eh, dit doucement Dan. Tu vas bien ?

Maya acquiesça, baissant les yeux sur son assiette. Elle sentit sa présence à ses côtés et celle de Greta, face à elle, qui l'observait. (La jugeait.) Maya ne pouvait plus lever les yeux. La nausée montait de son estomac à sa gorge en passant par sa poitrine.

— Vous désirez un verre d'eau ? demanda Greta sans chaleur.

Maya secoua la tête. Il fallait qu'elle aille aux toilettes.

— Je reviens tout de suite, dit-elle en se levant.

L'idée de vomir devant Greta au cours de son dîner d'anniversaire lui parut si horrible qu'elle s'élança maladroitement. Elle avait presque quitté la pièce lorsque son réflexe nauséeux se déclencha et que sa bouche se remplit.

Elle se couvrit les lèvres, mais une partie du liquide s'écoula entre ses doigts, éclaboussant le sol. Personne ne dit quoi que ce soit pendant qu'elle se précipitait dans le couloir. La salle de bains se trouvait au bas de l'escalier. Fermant la porte derrière elle, Maya s'agenouilla et poussa un soupir. Tout remonta. Le vin, l'agneau, le glaçage… tout ce qu'elle aurait voulu garder pour elle. Le corps d'Aubrey s'écroulant sur les marches. Cristina basculant en avant la tête la première. Frank se tournant vers la caméra. Pendant qu'elle vomissait, leurs mouvements se synchronisèrent dans son esprit. Elle avait eu beau enfermer à double tour le souvenir du meurtre d'Aubrey dans son esprit, Frank continuait toujours à tuer. Tandis que le vin lui brûlait la gorge en remontant, Maya ne s'était jamais sentie aussi sobre.

Elle se gargarisa d'eau glacée, puis demeura paralysée devant le lavabo, trop mortifiée pour retourner à table. Son visage moite la dévisageait. Elle frissonna. Sa sueur luisait sous la lumière blafarde. Plus brillante que si elle avait couru. Plus épaisse. Plus froide. Le miroir lui confirma qu'elle ne pourrait plus faire semblant de bien aller.

# Chapitre 5

Maya conduit toutes fenêtres baissées, laissant l'air estival s'engouffrer et couvrir leurs voix tandis qu'elles chantent la ballade assassine *Two Sisters* reprise par Tender Wallpaper. La climatisation est en panne, mais le lecteur CD fonctionne. Aubrey et elle poussent leurs voix comme s'il s'agissait d'une audition pour une comédie musicale. Sous leurs shorts, elles sont en maillot de bain. Elles portent des baskets et un débardeur, leurs serviettes jetées sur la banquette arrière. Aubrey applique de la crème solaire sur son visage légèrement couvert de taches de rousseur, ses cheveux noir cerise volant autour de sa tête tandis que le paysage flou défile dans des tons de vert.

Arrivée à destination, Maya gare la voiture de sa mère sur le bas-côté, derrière une Harley-Davidson. L'air est plus frais qu'en ville. Elles suivent un sentier à travers bois, se claquent la peau dans l'espoir d'y écraser un moustique.

D'ordinaire, leurs silences sont du type de ceux que partagent d'excellentes amies. Mais le silence d'aujourd'hui est différent. Il est froid. Maya a l'impression qu'Aubrey est contrariée par quelque chose depuis plusieurs semaines. Elle a remarqué qu'elle s'exprimait d'un ton un peu plus brusque, et que son rire était parfois plus méchant. Peut-être est-ce son imagination qui lui joue des tours, mais elle n'en a pas l'impression. Qu'Aubrey ne lui confie pas le fond de sa pensée l'agace profondément.

— Alors, demande Maya, juste pour dire quelque chose, pour qui est l'écharpe ?

Devant elle, Aubrey ne se retourne pas.

— C'est un secret.

Une demi-heure auparavant, Maya ignorait encore qu'Aubrey savait tricoter. Mais, lorsqu'elle est allée la chercher, elle l'a trouvée assise sur le perron de chez elle en train de tricoter une écharpe. Un tissage vert citron coulait des aiguilles que ses doigts remuaient avec une aisance gracieuse.

Maya avait cru qu'elles savaient tout l'une de l'autre.

Quelques minutes plus tard, elles arrivent à la cascade. Le bassin noir et profond brille comme les plumes d'un paon. Des arcs-en-ciel lévitent dans les embruns, entre les rochers. En été, l'endroit est généralement bondé, mais, ce jour-là, il n'y a que Maya, Aubrey et un couple de motards d'un certain âge. La femme, couverte de tatouages, est étendue sur un rocher, tandis que l'homme patauge dans l'eau peu profonde, trempant sa longue queue-de-cheval grisonnante chaque fois qu'il se penche pour se mouiller les bras.

Les filles ôtent leurs baskets et leurs shorts, laissent leurs affaires sur la rive rocheuse et s'enfoncent dans l'eau jusqu'aux genoux. Elle est si froide qu'elle procure une sensation de piqûre.

— Un ! commence à compter Aubrey, mettant Maya au défi de plonger avec elle.

— Ah, pas question…

— Deux !

Tout son corps la supplie de ne pas le faire, mais Maya ne sera pas la dernière à y entrer.

— Trois ! s'écrie-t-elle avant de plonger dans les profondeurs du bassin, où il fait encore plus froid et plus sombre et où le vacarme des chutes est assourdissant.

Lorsqu'elle remonte à la surface et se tourne vers Aubrey, toujours debout, toujours sèche, elle sent des picotements sur sa peau. Son amie éclate de rire. Maya l'éclabousse d'un air faussement indigné. Aubrey pousse un cri, puis se laisse tomber en silence, disparaissant en provoquant de légères ondulations.

Lorsqu'elle réapparaît, elle est au milieu du bassin. C'est la meilleure nageuse des deux, la plus à l'aise dans l'eau. Elle fait la planche, contemple le ciel, son amulette de cuivre scintillant sur sa poitrine. Celle-ci est gravée d'une inscription supposément magique : « SIM SALA BIM », bien qu'Aubrey ait toujours juré ne pas croire à la magie. Elle l'adore, voilà tout. Elle aimerait tant qu'elle soit réellement magique.

Elle manquera à Maya, malgré son comportement ces derniers temps. Aubrey restera en ville, après l'été. Elle travaillera comme serveuse et suivra des cours à l'IUT du Berkshire, tandis que Maya s'installera à Boston, non loin de l'université. Se rappelant le peu de temps qu'il leur reste, Maya soupire, nage jusqu'à Aubrey et se laisse flotter à côté d'elle.

— Tu sais ce qu'on n'a jamais fait ? lui demande Aubrey.

— Non, quoi ?

— On n'a jamais sauté de la cascade.

— Pourquoi tu le dis comme ça ? Comme si on ne devait plus jamais en avoir l'occasion.

— Qui sait ? (Aubrey hausse les épaules.) Ça ne se reproduira peut-être plus.

— Boston est à trois heures de route. Je serai toujours fourrée à la maison.

Aubrey se tourne vers Maya en faisant du sur-place, et Maya remarque qu'elle a changé d'humeur. Son sourire vif et espiègle est de retour. Elle lui montre du regard les rochers au sommet de la cascade.

— Faisons-le maintenant.

— Tu es folle.

— Les gens le font tout le temps. Même les enfants.

Maya ne peut pas dire le contraire : la dernière fois qu'elles sont venues là, tous les enfants d'une famille nombreuse ont sauté, l'un après l'autre, et le benjamin ne devait pas avoir plus de huit ans.

— Mais si…

— On fera attention.

La mère de Maya étant ambulancière, elle a entendu des histoires horribles de personnes tuées ou paralysées en sautant d'une cascade.

— T'as peur de quoi ?

— D'après toi ?

— D'accord. Je le ferai toute seule.

Aubrey se retourne et s'éloigne sur l'onde.

Maya jette un coup d'œil sur la berge. Le couple de motards est parti. Les rochers brûlés par le soleil sont accueillants, mais l'excitation d'Aubrey est contagieuse et, soudain, Maya a l'impression qu'elle s'est fait des idées en s'imaginant que quelque chose n'allait pas. On l'a souvent accusée d'être trop sensible. Elle se retourne et se lance à la poursuite de son amie.

À mesure qu'elle approche du bord, elle sent les embruns froids de la cascade sur son visage. Aubrey lui dit quelque chose, mais sa voix se perd dans le vacarme de la chute d'eau.

— Je ne t'entends pas ! crie Maya.

Aubrey secoue la tête – « laisse tomber » –, mais Maya n'a pas besoin de l'entendre pour deviner ses encouragements. Au pied de la cascade, elle aperçoit le chemin qui la contourne, tracé par tous ceux qui l'ont emprunté. Au fur et à mesure de son ascension, sa nervosité fait place à de l'euphorie, la cascade blanche à ses côtés lui faisant l'effet d'une bête féroce à dompter. Elle n'a plus froid. Elle se cramponne aux pierres mouillées.

Lorsqu'elles atteignent le sommet et qu'Aubrey s'avance sur l'énorme rocher qui surplombe le bassin tel un plongeoir, son cœur bat plus vite. Maya reste à quelques mètres derrière elle. Elle a l'impression d'être une plongeuse dans un cirque, en haut d'une échelle exagérément longue au-dessus d'une cuvette minuscule.

Elle ne s'en sent pas capable. Il lui suffit de descendre, ce qu'elle est déjà en train de faire quand Aubrey lui jette un coup d'œil par-dessus son épaule. Elle lui sourit. Son regard brille d'enthousiasme. Elle lui tend la main. Maya entend le rugissement assourdissant de la cascade. Elle ne s'en sent pas capable, mais elle y va malgré tout. Elle s'avance timidement et saisit la main d'Aubrey.

Elles contemplent tour à tour la forêt, la chute d'eau à leurs pieds, puis se regardent l'une l'autre. Ce n'est pas la première fois qu'elles font quelque chose de dangereux ensemble.

Mais ce sera peut-être la dernière.

— Un ! compte Aubrey.

— Tu te fiches de moi ? Tu crois que je vais tomber dans le panneau une deuxième fois ?

Mais le sourire d'Aubrey est sincère.

— Deux.

Sa voix se perd dans le tumulte de la cascade ; Maya lit le mot sur ses lèvres.

Elles serrent leurs mains plus fort. Elles les lèvent en l'air.

— Trois !

Elles le crient en même temps, puis sautent dans le vide, main dans la main.

# Chapitre 6

Maya se réveilla avec un mal de tête carabiné et une langue aigre et parcheminée.

Elle se demanda d'abord où elle se trouvait. La lune brillait entre les lamelles des stores, illuminant une pièce qui lui fit aussitôt penser à une chambre d'adolescent. Un poster de Sonic Youth et une affiche de *Blade Runner*, des bandes dessinées sur les étagères. Des étoiles phosphorescentes au plafond… C'était l'ancienne chambre de Dan. La soirée lui revint en mémoire. Elle avait vomi. Devant Greta. Le jour de son anniversaire. Puis elle était restée vingt minutes dans la salle de bains, trop honteuse pour retourner à table.

Elle avait décidé de leur dire qu'elle était souffrante.

« Une sorte de gastro, en espérant que ce n'est rien de contagieux », avait-elle expliqué à Greta. Elle avait l'air suffisamment malade, les yeux creux et pâles, pour être crédible. La méfiance dans le regard de Dan avait fait place à de l'inquiétude. Carl lui avait offert un soda au gingembre pour son estomac, mais elle aurait été incapable de déterminer ce qu'avait pensé Greta, dont le regard omniscient était constamment à l'affût de ce qu'il y avait de mieux pour son fils.

Maya ne lui en voulait pas. Elle aurait presque préféré que Dan ne la croie pas, qu'il lui reproche d'avoir trop bu. Mais il avait posé une main sur son front pour vérifier qu'elle n'avait pas de fièvre. Il lui avait apporté de l'eau et du Pepto Bismol. Il dormait à présent auprès d'elle, avec son souffle pour seul bruit dans la pièce plongée dans l'obscurité.

Elle s'était promis d'être honnête avec lui. Il lui fallait désormais être honnête avec elle-même. Et, plus elle passait de temps sans ses pilules, plus il lui semblait évident qu'elle aurait pu empêcher Frank de nuire. Mais elle ne l'avait pas fait, et Cristina était morte. Ce n'était pas en buvant que Maya se sentirait mieux.

Si c'était elle qui était morte, Aubrey serait parvenue à prouver que Frank l'avait tuée. À vrai dire, elle était plus intelligente que Maya. Elle n'avait peut-être pas travaillé aussi dur à l'école, mais Aubrey était très lucide pour son âge.

La plupart des amies que Maya s'était faites depuis étaient comme Wendy, elles ne la connaissaient pas bien. Elles allaient aux mêmes soirées, mais elles n'avaient jamais eu de discussions sérieuses. Maintenant qu'elle avait réduit sa consommation d'alcool, Maya ne voyait presque plus ces amies, mais elle s'était rendu compte qu'elles ne lui manquaient pas.

Aubrey lui manquait. Son rire aussi. Maya pensait à elle chaque fois qu'elle lisait un bon poème et qu'elle avait envie de le partager avec quelqu'un. Chaque fois qu'elle avait envie de tenter quelque chose d'aventureux, comme des cours de trapèze. Aubrey était intrépide. Et vive d'esprit. Elle n'aurait jamais laissé Frank s'en tirer aussi facilement après avoir tué sa meilleure amie.

Maya s'agenouilla près de Dan et chuchota son prénom.

Elle s'était habillée et avait rangé ses vêtements de la veille dans le sac à dos qu'elle portait sur une épaule. La faible lumière était bleutée, la maison silencieuse. Dan se réveilla en clignant plusieurs fois des yeux.

— Salut, dit-elle.

— … Qu'est-ce qui se passe ?

— Je rentre quelques jours chez moi.

— Quoi ? demanda-t-il, à demi endormi.

— À Pittsfield, je veux dire. Chez ma mère.

Dan se frotta les yeux.

— D'accord... Pourquoi ?

— J'ai des affaires à régler. (Elle refusait de mentir.) J'ai mon billet. Je vais marcher jusqu'à l'arrêt Peter Pan, en haut de la rue. Mon car part dans quarante-cinq minutes.

Étendue cinq heures dans l'obscurité, elle avait eu le temps de réfléchir. Elle avait déterminé que c'était le meilleur moyen. Mieux valait s'éclipser avant que tout le monde soit réveillé plutôt que de continuer à jouer la malade. De toute façon, elle n'allait pas se rendormir. Ce n'était pas seulement le manque qui l'empêchait de dormir. Comment aurait-elle pu trouver le sommeil en sachant que Frank avait encore tué ?

Elle avait déjà acheté son ticket de bus sur son téléphone et repéré un arrêt proche de chez les parents de Dan.

Il se redressa sur un coude.

— Tu n'es pas allée voir ta mère depuis, quoi... un an ? (Il la dévisagea en plissant les yeux.) Je ne comprends pas...

*Dis la vérité.* Elle baissa les yeux.

— La vidéo.

Il ne l'avait pas crue la veille, et elle ne s'attendait pas à ce qu'il la croie davantage ce jour-là. Elle s'était figuré qu'il se montrerait dédaigneux, agacé, mais, au contraire, il prit sa main et la serra contre sa poitrine. Il la regarda avec gentillesse, droit dans les yeux, tout en tentant de recouvrer ses esprits.

— Je comprends, Maya. Je comprends pourquoi tu es contrariée.

— Vraiment ?

— Bien sûr. Deux personnes sont mortes dans l'entourage de ce type. C'est sacrément effrayant. Quand tu m'en as parlé, j'ai instinctivement insisté sur le fait qu'il y avait sans doute une explication logique. Pour tenter de rendre la réalité moins effrayante.

Elle sentit des larmes de soulagement lui monter aux yeux. Il la croyait vraiment.

— Merci, chuchota-t-elle. (Les yeux fermés, elle appuya sa tête contre la sienne. Reconnaissante, elle lui fit part de son plan.) Je n'ai pas trouvé grand-chose en ligne, alors j'ai pensé à aller au *diner*. Chercher quelqu'un qui était là quand Cristina est morte; peut-être que la caméra a raté quelque chose. Discuter avec ses collègues du musée; ils sont sans doute au courant de sa relation avec Frank.

Maya aurait pu poursuivre, mais Dan haussait exagérément les sourcils. Il n'était pas d'accord.

— Si je ne l'empêche pas, insista-t-elle, il va continuer.

— À faire quoi? Désolé, mais je ne comprends toujours pas ce que tu penses qu'il a fait.

Maya se découragea. Elle avait mal compris. Dan ne la croyait pas, il se contentait de la soutenir.

— Je ne sais pas non plus, avoua-t-elle. C'est ce que je dois découvrir. Je dois rassembler des preuves pour pouvoir aller voir la police.

— Tu m'inquiètes, Maya.

— Que ferais-tu, demanda-t-elle, si quelqu'un tuait Sean?

Sean était son meilleur ami, un solide alpiniste. Impossible d'imaginer qu'on puisse lui vouloir du mal.

— Je vais te dire ce que je ne ferais pas, répondit Dan. Je n'irais pas voir la police. Pas en m'appuyant sur ce que tu m'as dit, ni sur ce que nous avons vu dans la vidéo.

Sous l'effet du vin et de l'amertume, Maya sentit palpiter ses tempes.

— D'accord. Que s'est-il passé, alors, d'après toi?

Dan réfléchit un moment. Face à une mort inexplicable, tout le monde échafaudait des théories, personne n'était à l'abri du besoin de comprendre. Il avait eu le temps de considérer la question, depuis la veille, quand elle lui en avait parlé, et supposait à présent que Cristina avait probablement fait une overdose. Dans l'article du *Berkshire Eagle*, on disait que sa mort n'était « pas considérée comme suspecte », ce qui excluait toute possibilité d'homicide.

Ce qui n'était pas exclu – ce qui semblait le plus probable, d'après Dan –, c'était que Cristina ait succombé au même sort que tant d'autres dans des villes comme Pittsfield. OxyContin ou héroïne, voire fentanyl. Cela aurait expliqué la tête qu'elle faisait. Ce n'aurait pas été la première à piquer du nez en public : dans tous les bars, les stations-service et les toilettes publiques de cette partie de l'État, on trouvait des panneaux indiquant ce qu'il fallait faire en cas d'overdose. Les policiers avaient toujours de la naloxone à portée de main.

Que Cristina et Aubrey soient toutes les deux mortes devant Frank était curieux, il le concédait volontiers. C'était incontestablement étrange, mais la mort d'Aubrey, bien qu'inhabituelle, n'était pas suspecte non plus. D'après Dan – qui lui avait donné son avis, songea Maya, comme s'il était au tribunal –, il valait mieux qu'elle annule son billet, qu'elle laisse mûrir son plan quelques jours, qu'elle se remette de sa gastro et qu'elle prenne soin d'elle.

Cela aurait été le bon moment pour lui avouer qu'elle n'avait pas de problème d'estomac, mais qu'elle avait trop bu et qu'elle n'avait plus de comprimés. Ceux qu'il ignorait qu'elle prenait. Mais elle avait un car à prendre. Et elle n'avait aucune envie que Dan remette en question sa santé mentale.

— Si Frank n'est pas dangereux, lui fit-elle remarquer, quel mal y a-t-il à ce que j'aille là-bas un moment ? Voir ma mère ?

Je me mettrai en arrêt maladie. Je n'ai pas pris un seul congé de toute l'année.

Dan prit un air attristé.

Et elle se souvint du chien. Ils avaient rendez-vous dans un refuge juste au sortir des examens de Dan, et attendaient ce jour avec impatience depuis des semaines, passant des heures à chercher un nom. Comment Maya avait-elle pu l'oublier ? Ses épaules s'affaissèrent.

— Je sais que ce n'est pas le bon moment, mais il faut que je le fasse. Je serai de retour à temps pour notre rendez-vous.

Dan soupira.

Elle jeta un coup d'œil à l'horloge. « Six heures vingt-trois ».

— Fais attention à toi, lui recommanda-t-il d'un ton résigné qui la toucha en plein cœur.

Elle retint ses larmes juste assez longtemps pour l'embrasser avant de partir.

Le patron de Maya se montra plutôt compréhensif lorsqu'elle lui annonça qu'elle était malade. Après tout, cela faisait plus de trois ans qu'elle travaillait à la jardinerie, et elle était aussi douée avec les plantes qu'avec les clients. Elle aurait mieux aimé son travail si elle avait été suffisamment payée et si elle avait eu une mutuelle, mais, en l'état actuel des choses, son patron était la seule personne à qui Maya se sentait capable de mentir. Consultant son compte bancaire, elle constata qu'elle pouvait se permettre de manquer trois jours de travail, quatre si elle faisait attention.

Elle passa les deux heures de trajet sur son téléphone à rechercher Frank. Elle avait acheté une bouteille d'eau avant de monter, ne sentant que trop les effets de sa gueule de bois. Les muscles de son œil gauche palpitaient. D'une manière ou d'une autre, Frank n'avait laissé aucune trace numérique.

Elle l'avait vu pour la dernière fois peu après la mort d'Aubrey. C'était plus tard dans la journée, au moment où Maya avait quitté le commissariat, après avoir été interrogée quatre heures durant. Frank avait subi un interrogatoire avant elle ; elle l'avait vu au parking, lorsqu'il était monté dans sa voiture. Un homme libre. Maya s'était figée de terreur. Sa mère, Brenda, qui marchait à ses côtés, lui avait demandé ce qui n'allait pas, mais Frank était parti avant que Maya ait pu retrouver sa voix. Depuis, Brenda ne l'avait pas revu.

À ses yeux, il n'était que l'objet de l'obsession délirante de sa fille, la version humaine de Silver Lake. Mais, pour Maya, il était réel. Son estomac se serrait chaque fois qu'elle apercevait quelqu'un qui lui ressemblait, ce qui lui arrivait souvent. Frank avait une apparence commune, une silhouette relativement mince, un petit menton, des cheveux noirs et le teint pâle. Elle avait l'impression que la moitié des hommes de Boston auraient pu passer pour lui. Et il aurait été si facile pour lui de la tuer. Inutile de se présenter chez elle au milieu de la nuit ou de l'enfermer dans son coffre.

Il aurait pu la tuer en public, en plein jour, et s'en tirer à bon compte. Ce qui était arrivé à Cristina était exactement le sort que Maya redoutait, raison pour laquelle elle devait se protéger. Il lui fallait découvrir son secret. Elle était plus intelligente qu'à dix-sept ans. Moins vulnérable. Elle garderait ses distances jusqu'à ce qu'elle trouve un moyen de garantir sa sécurité.

Le car s'enfonça dans les bois. Elle se doutait que Frank avait dû tenter de la contacter, au fil des ans, mais, comme pour presque tout ce qui le concernait, il était impossible d'en être sûre. Elle n'avait jamais répondu aux numéros inconnus, jamais ouvert un e-mail de quelqu'un qu'elle ne connaissait pas, et, pourtant, aujourd'hui encore, lorsqu'elle saisissait son propre nom dans Google, la première suggestion qui apparaissait dans la barre de recherche était : « Maya Edwards + Aubrey West ».

De l'air chaud s'échappait des bouches d'aération. Toujours incapable de trouver quoi que ce soit sur Frank, elle chercha « Cristina Lewis ». Comme Frank, Cristina n'était pas présente sur les réseaux sociaux, et son nom était assez courant : Maya parcourut des pages de résultats avant de trouver la bonne Cristina Lewis sur une liste d'artistes ayant effectué des résidences au musée d'art contemporain du Massachusetts, le MASS MoCA.

Après avoir cliqué sur son nom, elle se retrouva sur son site. Le design était minimaliste : une page bleu clair, avec une de ses toiles occupant un tiers de la page. Maya approcha le téléphone de son visage. Le tableau représentait un vaste désert blanc sous un ciel dégagé. Une planète inconnue, un endroit sans vie, sa surface desséchée parcourue de craquelures, même si le titre de l'œuvre – *Bonneville Salt Flats* – suggérait qu'il s'agissait en fait de la Terre.

Le talent de Cristina était indéniable. De son travail se dégageait une beauté froide et dépouillée. Tout était dans la lumière, diffusée par un soleil qui n'apparaissait pas dans le tableau. Le nom de Cristina était inscrit tout en minuscules en bas du site, avec son adresse e-mail. Il n'y avait rien d'autre sur quoi cliquer.

Maya effectua une recherche d'images inversée sur le tableau et découvrit une page Facebook publique dédiée à la mémoire de Cristina, afin de « garder son art vivant en le partageant avec le plus grand nombre ». Le groupe comptait onze membres, mais le seul à avoir posté était l'administrateur, un certain Steven Lang.

Sa photo de profil montrait un homme chauve et bien bâti d'une trentaine d'années. Cristina se tenait à ses côtés sur un sentier de randonnée enneigé. Elle mesurait une trentaine de centimètres de moins que lui et paraissait encore plus petite dans sa doudoune jaune. À cette distance, on aurait pu la confondre avec Maya.

Contrairement à cette dernière, Steven ne semblait guère préoccupé par la protection de la vie privée. Elle apprit bientôt qu'il avait travaillé avec Cristina au musée du Berkshire, mais elle eut du mal à découvrir ce qu'il y faisait. En quelques minutes, elle trouva son adresse e-mail.

> Bonjour, vous ne me connaissez pas, mais je m'appelle Maya et j'ai vu la vidéo de Cristina. Toutes mes condoléances… J'essaie d'obtenir des informations sur l'homme avec qui elle se trouvait quand c'est arrivé, Frank Bellamy. Je me demandais si nous pouvions en discuter, à l'occasion.

Elle appuya sur « envoyer », puis s'appuya contre le dossier de son siège et patienta. Elle ferma les yeux, espérant trouver le sommeil, mais renonça rapidement et se contenta de contempler les arbres nus et givrés qui défilaient par la vitre.

# Chapitre 7

À genoux dans le jardin, Maya reprend son souffle, hilare. Le ciel est d'un bleu intense. Il règne dans l'atmosphère un parfum d'herbe fraîchement coupée. Elle ne se souvient plus de ce qui est drôle, ce qui, en soi, est hilarant, mais elle ne peut plus s'arrêter. C'est terrifiant, mais quand Aubrey prononce le mot – celui qui les fait se rouler dans l'herbe – la peur s'en va.

— Bor-bor…

Aubrey n'arrive pas à le lâcher. Des larmes coulent sur son visage.

Maya rit à gorge déployée.

— Oh, mon Dieu, dit-elle. Oh, mon Dieu, oh, mon…

— Borbo…

— Arrête ! hurle Maya. Stop !

Elle frappe la terre dure.

— Borborygme !

Et elles s'écroulent.

Depuis combien de temps rient-elles ? Une minute ? Une heure ? Un an ?

— Borborygme ! s'écrie Maya. Je n'arrive pas à y croire, je n'arrive pas à y croire… (Qu'a-t-elle du mal à croire ?) Je n'arrive pas à croire que c'est un mot !

— Moi non plus, reconnaît Aubrey. Je n'arrive pas à croire que…

Elle s'interrompt, cesse de rire. Maya retire son avant-bras de son visage humide et, à travers le rideau de ses cheveux, regarde Aubrey caresser l'herbe. Comme s'il s'agissait d'une fine fourrure.

— Ce que c'est doux…, constate-t-elle.

Maya se tourne sur le dos et se blottit dans l'herbe. Elle écarte ses membres et leur fait faire des mouvements de va-et-vient au ralenti, comme si elle était dans la neige. Elle s'efforce de sentir chacun des brins d'herbe qui lui effleurent la peau.

— Je n'arrive pas à y croire, répète-t-elle. (Elle porte son habituel short en jean et une chemise trop grande à imprimé zébré qu'elle a trouvée chez Goodwill et qui correspondait parfaitement à l'humeur de la journée.) Le ciel, dit-elle. Le ciel !

Ses lunettes de soleil, surdimensionnées et serties de strass, viennent également de chez Goodwill, et c'est une bonne chose qu'elle les porte, car ses pupilles sont entièrement dilatées, sans compter les rayons assassins du soleil. Elle voit ces derniers onduler dans le ciel, ce qui lui rappelle un vieux cours de sciences.

— Tu te rappelles, lui demande-t-elle, ce que M. Murphy disait à propos du soleil et des ondes électromagnétiques ?

— Pas vraiment…

— Moi non plus, ment Maya. Mais maintenant… j'ai l'impression de comprendre. Tu vois ?

Elle se tourne vers Aubrey, qui la regarde derrière ses propres lunettes de soleil, un modèle aviateur aux verres vert foncé. Elles font souvent leurs achats ensemble au magasin de l'association caritative Goodwill.

— C'est vrai ?

— Oui, répond Maya. Comme si l'espace était fait d'eau, d'un grand océan, et que le soleil était un caillou jeté à sa surface… Il fait des rides dans l'eau.

Elle lève les bras et remue les doigts pour mimer les ondulations.

— Ouah…, lâche Aubrey. Sage a vraiment assuré, cette fois, hein ?

Maya s'esclaffe, se souvenant de la dernière fois où le vieux caissier hippie du supermarché Big Y où Aubrey travaille comme aide de caisse leur a fourni de l'acide. Sage, avec sa queue-de-cheval grisonnante et parfumée au patchouli, est amoureux d'Aubrey. Pour elle, l'acide est donc toujours gratuit, mais la dernière fournée était si légère qu'elles s'étaient demandé si c'en était vraiment.

— Cette fois, dit Maya, c'est vraiment de la bonne.

— De quoi tu parles ? demande sa mère.

Les doigts de Maya se figent en plein mouvement. Elle ferme les yeux comme si cela allait la rendre invisible.

— Tu veux bien m'expliquer ce qui se passe ?

Sa mère va la tuer. Mais seulement si elle l'apprend. Maya baisse ses mains, ajuste sa chemise zébrée et se redresse, des brins d'herbe dans les cheveux. Elle lui sourit de la manière la plus décontractée possible.

— Bonjour, maman !

Sa mère se tient à un mètre de là, à l'entrée du jardin. Impossible de savoir depuis combien de temps elle est là.

D'ordinaire, Brenda n'est pas si imposante – même si elle est grande, avec ses trente centimètres de plus que sa fille, et robuste –, mais à cet instant, les bras croisés, ses boucles rebelles autour de son visage comme autant de flammes d'or, elle ressemble à un dieu du soleil en colère. Elle porte son uniforme d'ambulancière : une chemise blanche, un pantalon bleu marine et des baskets noires. Au-dessus de ses yeux bleus plissés, ses sourcils tracés au crayon soulignent son mécontentement.

— Je… croyais que tu étais au travail, dit Maya.

— C'était le cas. Mais je suis rentrée. Et qu'est-ce que je trouve ? La cuisine en désordre ? La télé si forte que je l'entends depuis la rue ? Et tu regardes *Dark Crystal* ?

— Bonjour, Brenda, la salue Aubrey d'une voix trop haute.

— Bonjour, Aubrey.

Au ton de sa voix, Aubrey se recroqueville.

— Qu'est-ce que vous avez pris ? Hein ?

Brenda les regarde l'une après l'autre.

Se sentant redescendre, Maya s'efforce de ne pas paniquer.

— Du LSD, répond-elle, consciente qu'il est inutile de dissimuler.

Brenda secoue la tête.

— Rentrez. Toutes les deux.

La traversée du jardin et l'ascension des trois marches qui mènent à la cuisine sont une véritable épreuve. Le sol est spongieux et ressemble à des sables mouvants.

— Attendez ! ordonne sa mère en les voyant laisser des traces de terre dans la cuisine.

Elle leur tend à chacune un torchon humide, en lançant un regard noir vers leurs pieds.

Elles s'essuient tant bien que mal. Elles regardaient *Dark Crystal* quand Aubrey a eu envie d'aller dans la nature. Elles se sont donc roulées un moment dans l'herbe du jardin avant d'exploser de rire quand Aubrey a prononcé le mot « borborygme ».

Maya ôte la terre entre ses orteils, sur ses talons, dans le creux de ses chevilles.

— Vous allez le dire à mon beau-père ? demande Aubrey.

Brenda s'assied à la table.

— Je ne sais pas, répond-elle d'un air las.

Maya remarque alors le bandage sur la main de sa mère.

— Qu'est-ce qui s'est passé ?

— Juste quelques points de suture. Ne t'inquiète pas.

Mais Maya s'inquiète. Le travail de sa mère est effrayant : les lumières clignotantes, les sirènes hurlantes et les cris. Cela inquiète

Maya même quand elle n'est pas défoncée. À présent, elle regarde fixement le bandage blanc.

— Je vous en prie, ne le dites pas à Darren, l'implore Aubrey en sanglotant.

Maya fond également en larmes. Elle aime sa mère, elle n'a aucune envie qu'elle souffre.

— D'accord, calmez-vous, toutes les deux.

Brenda le dit gentiment, levant la main pour prouver que tout va bien, et sans paniquer, contrairement à certains parents, car elle se sent capable de gérer la situation. Elle en voit de toutes les sortes, au travail : des mauvais trips, de véritables overdoses, des coups de couteau…

— Vous l'avez pris il y a combien de temps ? demande-t-elle avec calme.

Maya et Aubrey se consultent du regard. *C'est vrai, ça, il y a combien de temps ? Six heures ? Sept heures ?*

Brenda soupire.

— À quelle heure ?

— Ce matin ? se risque Aubrey. À 11 heures, peut-être ?

Brenda jette un coup d'œil à l'horloge du micro-ondes. « Treize heures trente-deux ».

— Il semblerait qu'on en ait encore pour un moment…

Elles regardent toutes les trois *Dark Crystal* depuis le début, Maya et sa mère sur le canapé, Aubrey, affalée sur la causeuse. Dans l'angle, un ventilateur fait circuler une brise fraîche dans le salon qui leur donne l'impression de se trouver dans les jungles de Thra. Maya comprend qu'elle a des ennuis, et que sa mère attend simplement qu'elle redescende pour lui faire la leçon et lui annoncer la punition qu'elle lui réserve. Mais, pour l'instant, tout est parfait. Maya est là, mais également dans le film, éprouvant le même genre d'émerveillement que lorsqu'elle le regardait, enfant, jusqu'à ce qu'elle finisse par remarquer une différence entre la réalité et la magie.

Comme ce qu'on doit ressentir à l'église, lorsqu'on imagine l'Éden : la nostalgie d'une époque où personne ne savait qu'il était nu, où les conversations avec Dieu étaient la norme. Maya aspire à ce que cette époque soit sa vie, non pas par besoin d'échapper à la réalité – la réalité lui convient –, mais simplement parce qu'elle est née comme ça. Née pour aspirer, comme certains, à des temps plus magiques. C'est son quatrième trip à l'acide, elle connaît donc la tristesse de la descente, le sentiment que Dieu a quitté le jardin. Et Aubrey a encore plus de mal qu'elle à le supporter.

Ce soir-là, bien que Brenda ait accepté de ne rien dire à propos de l'acide, Aubrey fait grise mine lorsque la mère de Maya la ramène chez elle. Le silence règne lorsqu'elles s'arrêtent devant chez Aubrey.

Juste derrière, Silver Lake scintille telle une obsidienne dans le crépuscule. Aubrey habite juste à côté du lac. Pour être honnête, c'est la raison pour laquelle Maya a préféré prendre l'acide chez elle plutôt que chez Aubrey. À vrai dire, Maya craint un peu le lac. Elle ne l'avouera jamais à personne, car elle n'a aucune envie qu'on la compare à sa tante Lisa.

(Si elle pouvait parler librement, Maya évoquerait les légendes locales selon lesquelles le lac changerait de couleur la nuit et laisserait s'échapper de la vapeur de sa surface en hiver. Elle dirait que le lac est vraiment pollué, et qui sait quels effets les PCB peuvent avoir sur quelqu'un ?)

— Merci de m'avoir raccompagnée, lâche Aubrey en descendant de la voiture.

— Si ça se reproduit, je raconterai tout à tes parents.

Sur le chemin du retour, Maya demande combien de temps elle sera punie.

Pendant un moment, sa mère ne répond pas. Elle a quitté son uniforme pour un tee-shirt, un short en coton et des sandales, mais elle porte toujours le pansement blanc sur sa main. Maya sait désormais qu'elle s'est coupée sur du métal déchiqueté en extrayant un jeune homme d'une voiture accidentée.

Maya s'attend à ce que sa mère lui en veuille, mais elle semble juste attristée.

— Je ne veux pas te punir, finit-elle par lui répondre. De toute façon, dans moins de trois mois, tu seras partie d'ici et tu feras ce que tu voudras. J'aimerais simplement… J'aimerais que tu puisses voir tout ce que je vois. Dans l'ambulance, je veux dire. Tu comprendrais à quel point tout peut déraper facilement et rapidement.

— Je sais, maman. Je ferai attention. Ce n'est pas comme si on avait pris le volant.

Sa mère se gare dans l'allée, coupe le contact et se tourne vers elle.

— Tu sais bien que ce n'est pas que ça. Tu pourrais finir comme…

— Comme tante Lisa ?

— C'est dans tes gènes. Tu es vulnérable. Tu comprends ? Une drogue comme le LSD pourrait déclencher quelque chose… une crise.

Maya soupire de façon exagérée. Pourquoi sa mère ne voit-elle pas qu'un simple trip d'acide n'a rien à voir avec la forte consommation de méthamphétamine de Lisa et son évident problème d'alcoolisme ? Maya va pouvoir aller à l'université de Boston grâce à une bourse d'études intégrale. Elle est suffisamment intelligente pour comprendre deux choses à la fois : que sa tante délirait et que, dans une certaine mesure, Silver Lake est toxique. Mais, comme sa mère semble préférer voir le monde en noir et blanc, Maya se contente de déclarer :

— D'accord, désolée. Je ferai plus attention, à partir de maintenant.

# Chapitre 8

Sa mère vint la chercher à l'arrêt du car. Maya monta à l'avant et appuya sa tête contre la vitre de la voiture. Elles passèrent devant St. Joseph, où ses grands-parents avaient l'habitude d'assister à l'office, et la piscine où elle avait appris à nager. Les rues du centre-ville de Pittsfield étaient bordées de grands bâtiments historiques. D'anciens grands magasins. Un théâtre datant de l'âge d'or. Un palais de justice en marbre… Quand Brenda était enfant, les adolescents descendaient et remontaient North Street en voiture tous les jeudis soir. Ils appelaient cela leur « virée ». Maya avait eu du mal à comprendre. Si elle avait vu quelqu'un faire cela aujourd'hui, elle aurait aussitôt pensé qu'il vendait de la drogue.

La voiture s'engagea dans la rue où elle avait grandi. Elle connaissait cet endroit par cœur, avec ses grandes maisons divisées en appartements, la peinture écaillée, les antennes paraboliques, les pelouses défraîchies… Même les décorations de Noël des voisins lui étaient familières, notamment le sucre d'orge géant et le père Noël gonflable. Celle dans laquelle elle avait grandi était, comme les autres, une maison à bardeaux qui avait l'air branlante. Elle était peinte en jaune citron. Une bâche bleue protégeait le petit jardin avant du froid mordant de l'hiver. C'était la plus petite de la rue, mais, comme Brenda aimait à le dire, cette maison était la leur. Elle l'avait achetée pour elles deux lorsque Maya avait huit ans.

Brenda était moins robuste, ces temps-ci. Elle n'était plus ambulancière, mais sous-cheffe et pâtissière dans un centre de désintoxication de luxe. Elle avait changé de métier parce qu'elle était, d'après elle, trop vieille pour continuer à travailler dans une ambulance. Elle avait souffert de lumbagos, de migraines, et s'était tordu les chevilles. Elle ne supportait plus de voir mourir des gens. Ses bras étaient plus minces, son torse plus large et ses boucles blond foncé de plus en plus grisonnantes, mais Maya trouvait sa mère plus heureuse. Ou, du moins, plus détendue.

Lorsque Maya descendit de la voiture, la neige fondue s'infiltra dans ses baskets. Il était midi, un dimanche d'hiver, la rue était calme, le temps couvert. Dans cette lumière, le gris des cheveux de sa mère semblait plus prononcé. À moins que Maya ne soit partie depuis plus longtemps qu'elle ne le pensait ?

Elle était rarement rentrée chez elle, ces derniers temps, et savait que sa mère en souffrait, mais, à vrai dire, Maya entretenait encore une certaine amertume à l'égard du passé. Cependant, le reconnaître serait revenu à admettre qu'elle croyait encore que Frank avait assassiné Aubrey, ce que Maya ne pourrait jamais avouer à sa mère. Brenda se serait affolée, s'imaginant que sa fille suivait le même chemin que sa tante Lisa, et aurait aussitôt appelé le docteur Barry.

— J'ai hâte de savoir ce que tu penses de la chambre, déclara Brenda en s'asseyant sur le petit banc à côté de la porte pour ôter ses bottes. Tu seras la première à dormir dans le nouveau lit.

— Tu t'es débarrassée de mon lit ?

Sa mère pouffa.

— Ton lit ? Quand as-tu dormi dedans pour la dernière fois ?

La question était chargée de reproche.

— Il y a un surmatelas, maintenant, ajouta-t-elle.

Se débarrassant de ses baskets et de son manteau, Maya alla voir la « nouvelle chambre », son ancienne tanière transformée en location Airbnb. Sa mère semblait plus à l'aise depuis qu'elle avait quitté son ancien travail, mais elle avait également subi une baisse de salaire et ne pourrait pas prendre sa retraite avant des années.

En ouvrant la porte, Maya reconnut tout juste la chambre qui avait été la sienne de huit à dix-huit ans. C'était devenu un temple du tourisme au Berkshire à l'intention des vacanciers que sa mère espérait attirer. À la place de l'affiche du *Labyrinthe de Pan* et des posters de Tender Wallpaper, les murs étaient couverts de gravures de Norman Rockwell encadrées et de photographies de Pittsfield à son apogée, lorsque des voitures d'époque parées de chrome roulaient sur une North Street en pleine effervescence. Une lampe posée sur le bureau diffusait une lumière aux reflets dorés, et les rideaux rouge et or évoquaient le feuillage d'automne.

Maya espérait pour sa mère que les touristes viendraient. Mais Pittsfield n'était pas tout à fait la même destination que Stockbridge, Lenox et d'autres petites villes du Berkshire. De temps à autre, un magazine l'incluait dans une liste de villes en devenir ou écrivait qu'elle faisait un retour en force, et Brenda voulait vraiment que ce soit le cas, que sa ville natale redevienne l'endroit qu'elle avait connu dans son enfance. Mais, pour autant que Maya puisse en juger, cela ne s'était pas encore produit.

— Alors, qu'en dis-tu ?

— Ça a l'air super, répondit Maya.

Mais il était relativement troublant de voir son ancienne chambre remplie de meubles inconnus. Le lit était neuf, ainsi que la commode et la petite télévision à écran plat. La seule chose que sa mère avait gardée était la table de nuit.

— Essaie le lit, l'encouragea celle-ci en lui montrant le matelas nu.

Maya s'y assit et se laissa tomber en arrière. Elle s'enfonça.

— C'est moelleux.

— Les draps sont dans le sèche-linge. Je vais les chercher.

Contemplant le plafond, Maya reconnut la vue ; elle n'avait pas changé. La tache d'humidité au-dessus de son lit était aussi familière qu'une tache de naissance. À présent seule, elle se tourna sur le côté et vit que sa mère avait retiré les autocollants que Maya avait appliqués sur la table de nuit quand elle était petite. Sa vieille collection d'autocollants. Il en restait des traces sur le bois. Elle se pencha un peu plus, jeta un coup d'œil par-dessus le bord du lit et vit une partie d'autocollant qui n'avait pas été entièrement enlevé. Un nom de groupe. Noir avec des lettres violettes. Tender Wallpaper était le groupe préféré d'Aubrey ; Maya et elle l'avaient vu en concert la veille de sa mort.

Cet autocollant avait été offert avec les billets que Maya avait achetés pour ce concert, et cela lui rappela non seulement cette soirée (dansant les yeux fermés, Aubrey à ses côtés), mais aussi le lendemain (Aubrey s'effondrant sur le perron).

Maya entendit des pas.

Sa mère devina tout de suite que quelque chose n'allait pas. Maya le lut sur son visage lorsqu'elle entra dans la pièce avec des draps plein les bras : l'inquiétude d'une mère pour son enfant. D'instinct, Maya aurait voulu tout lui raconter, tout déposer à ses pieds, se décharger du fardeau d'effroi et de culpabilité qui pesait sur elle.

Mais Maya ne pouvait pas courir le risque de lui faire penser à sa tante Lisa. Pas quand elle avait besoin d'être prise au sérieux. Elle devait cependant lui expliquer les larmes sur ses joues. Elle lui parla donc franchement de son autre problème :

— Je prends du Rivotril tous les soirs pour dormir, mais ça fait une semaine que je n'en ai plus. Depuis, je n'ai pratiquement pas dormi.

Elle aperçut une lueur d'inquiétude dans le regard de sa mère. Avant Frank, Maya s'était confiée à elle sur tous les sujets. Pendant qu'elle lui racontait tout, elles firent le lit ensemble, bordant des draps sur le matelas et y ajoutant des couvertures. C'était un véritable réconfort de retrouver les choses telles qu'elles étaient auparavant. Avant qu'elle ait de mauvaises habitudes à cacher.

— Combien en prenais-tu ?

— Deux ou trois milligrammes par nuit… et généralement un demi-comprimé supplémentaire pendant la journée.

La mère de Maya eut l'air déçue, mais guère étonnée.

— Le docteur Barry ne t'en a jamais prescrit autant, n'est-ce pas ?

Maya secoua la tête. Quand sa mère s'approcha d'elle, elle crut que c'était pour la serrer dans ses bras. Mais c'était juste pour prendre son pouls.

— Tu sais qu'il est dangereux de décrocher d'un coup ?

— C'est pour ça que je suis là.

Ce n'était pas toute la vérité, mais, au moins, ce n'était pas un mensonge.

Sa mère la regarda droit dans les yeux. Elle vérifia ses pupilles. Maya détourna le regard.

— Je suis presque sûre que le pire est passé. Il faut juste que je tienne le coup, que je dorme un peu.

C'était vraiment le plus important. Elle n'avait pas dormi plus de quelques heures depuis des jours, et elle aurait vraiment eu besoin de cette étreinte, ou de n'importe quel autre geste réconfortant. Mais, comme cela avait déjà été le cas dans d'autres moments de détresse, Maya eut, au contraire, l'impression que sa mère, inquiète, la traitait comme une patiente.

Elle pressa la paume de sa main sur la tempe de sa fille.

— Au moins, tu n'as pas de fièvre, mais dis-moi si tu commences à te sentir moins bien.

— Je…

— Ou à voir des lumières qui clignotent. Ou à entendre des choses qui ne sont pas là.

— D'accord, mais…

— Ou à remarquer des odeurs inhabituelles.

— D'accord.

Déjà, Maya regrettait d'en avoir trop dit. De toute évidence, sa mère allait la surveiller, désormais, ce qui lui compliquerait sérieusement la tâche, mais impossible de faire machine arrière. Sa mère l'examinait à présent avec la vigilance d'une ambulancière à la retraite qui n'avait jamais vraiment réussi à décrocher, elle non plus.

# Chapitre 9

La grand-mère de Maya est morte un mois avant Aubrey.

Plus tard, le docteur Barry soulignera que ces deux pertes, subies l'une après l'autre, ont aggravé la vulnérabilité de Maya. D'où sa psychose. Mais, plus tard encore – des années plus tard –, Maya comprendra que c'est le chagrin qui l'a rendue vulnérable à Frank. Lorsqu'elle repensera à cette période, cela lui semblera évident : lorsqu'ils ont fait connaissance, il a su qu'elle souffrait. Il l'a senti. Alors que Maya, pas encore.

Au début, elle ne sait pas vraiment quoi en penser. Elle n'a jamais rencontré sa grand-mère en personne. Elle ne sait pas quoi dire quand sa mère frappe doucement à la porte de sa chambre pour lui annoncer la mort d'Abuela.

Maya vient de commencer à faire ses valises. Il lui reste encore deux mois avant d'intégrer la résidence universitaire, mais elle est trop impatiente pour attendre. Elle vient de passer une heure à trier les centaines d'ouvrages qu'elle possède. Elle n'a de la place que pour vingt livres et vient de déposer *Ça* de Stephen King sur la pile de ceux qu'elle laissera à la maison pour faire une place au *Royaume de la rivière* de Katherine Paterson, que sa mère lui a lu à haute voix quand elle avait dix ans, lorsqu'une angine l'a clouée au lit chez elle une semaine. Le livre en main, elle entend de nouveau la voix de sa mère lui contant l'histoire de deux enfants qui inventent leur propre monde. Le souvenir lui est si agréable que Maya n'aurait pu s'en séparer.

Sa joie de quitter Pittsfield est tempérée par la tristesse et une culpabilité tenace à l'idée de laisser sa mère seule. Elle se dit qu'elle rentrera une fois par mois. C'est à cela qu'elle songe lorsque sa mère lui annonce la nouvelle.

— Quoi ? s'exclame Maya en levant les yeux des piles de livres autour d'elle.

Mais elle a très bien entendu.

Sa grand-mère a été victime d'une attaque cérébrale chez elle, dans la capitale du Guatemala. Malgré la distance, elle était une présence constante dans la vie de Maya. Une voix au téléphone plusieurs fois par an. Une photo. Des cartes d'anniversaire écrites à la main. Le père de Maya est certes mort, mais elle a l'impression qu'il en a toujours été ainsi. Jusqu'à maintenant, aucune des personnes qu'elle connaissait vraiment n'était morte.

— Ah, Muffin…, dit sa mère en pénétrant dans la pièce tandis que Maya replonge dans ses souvenirs, à la recherche de la grand-mère qu'elle vient brusquement de perdre.

Maya s'aperçoit qu'elle ne l'a jamais vraiment connue. Jusqu'à présent, sa grand-mère était aussi abstraite que la mort elle-même – une idée, rien de plus –, mais, soudain, l'absence d'Abuela lui semble très réelle. Un vide se creuse dans sa poitrine.

Abuela était le lien qui la rapprochait de son père. La personne qui le connaissait le mieux. Il y avait encore tant de questions que Maya aurait voulu lui poser…

Sa mère s'assied à côté d'elle sur le tapis, en prenant soin de ne pas déranger les piles de livres. Elle a presque l'air de s'excuser.

— Je n'ai pas encore répondu à sa dernière carte d'anniversaire, regrette Maya.

Sa mère lui a toujours expliqué qu'il était important de connaître la mère de son père, lui rappelant de lui écrire, de l'appeler.

Mais Maya était trop jeune pour comprendre, ou peut-être trop égoïste, comme la plupart des enfants. Trop renfermée sur elle-même. Trop gênée par son accent espagnol épouvantable, qui obligeait sa grand-mère à faire des efforts incroyables les rares fois où elles discutaient au téléphone.

Sa mère lui pose la main sur l'épaule.

— Ne t'inquiète pas pour ça, la rassure-t-elle, des larmes dans la voix.

— Je veux aller à l'enterrement.

Sa mère la regarde fixement.

Maya n'est jamais allée au Guatemala.

Brenda a toujours prétendu que c'était trop dangereux. Et, pour le prouver, il lui suffisait de lui rappeler ce qui était arrivé au père de Maya : Jairo Ek Basurto avait été abattu devant l'entrée de la maison de ses parents à vingt-deux ans.

C'était en 1990, la guerre civile guatémaltèque tirait sur sa fin, et l'armée tuait tous ceux qui n'étaient pas d'accord avec elle.

Maya avait douze ans lorsqu'elle est parvenue à arracher cette information à sa mère. Cela l'a choquée. Pourquoi l'armée tuerait-elle son propre peuple ? Brenda, qui se trouvait dans le pays, missionnée par l'Église de ses parents, lorsqu'elle avait fait la connaissance de Jairo, le lui a expliqué du mieux possible pour qu'elle puisse comprendre malgré son jeune âge.

La terre sur laquelle les Mayas vivaient depuis des millénaires était idéale pour les grandes cultures de bananes. Dans les années 1940, Chiquita était le plus grand propriétaire terrien du pays. À l'époque, son entreprise s'appelait United Fruit Company, et elle exerçait une influence importante sur le pouvoir guatémaltèque.

Mais, en 1944, le peuple guatémaltèque s'était débarrassé du gouvernement fidèle à la compagnie fruitière et avait élu un président qui voulait, entre autres, racheter une partie des terres de la compagnie pour les rendre à ceux qui y avaient vécu. Des terres sacrées. Les jungles denses et les hauts plateaux brumeux. Les volcans et les cénotes.

Ce président nouvellement élu puis son successeur pensaient que les gens valaient plus que l'argent, plus que des bananes bon marché. La United Fruit Company n'était pas d'accord. Elle voulait conserver ces terres. La société fruitière était précurseur dans le domaine des campagnes de relations publiques modernes, et, tout comme elle avait convaincu les Américains d'acheter davantage de bananes, elle avait fait comprendre au président des États-Unis que son homologue guatémaltèque nouvellement élu était communiste. C'était dans les années 1950, à l'époque où la guerre froide se généralisait. À douze ans, Maya ne savait rien de cette guerre froide, mais elle a senti, au ton qu'a employé sa mère, que le ciel allait se couvrir.

Le président Eisenhower avait écouté l'entreprise fruitière. Il avait envoyé la CIA pour stimuler en secret une petite opposition guatémaltèque. Les États-Unis avaient entraîné ses membres et leur avaient fourni des armes. En 1954, cette opposition, avec l'aide des États-Unis, avait renversé le président démocratiquement élu. Elle avait installé à sa place un officier militaire, un homme ravi de laisser l'entreprise fruitière cultiver ses bananes.

La situation était devenue très difficile pour le peuple maya, en particulier pour les paysans, ainsi que pour tous ceux qui les soutenaient. Les étudiants, les enseignants, les artistes, les écrivains, les voisins… Tous ces gens composaient la majeure partie du pays, mais une petite minorité détenait l'ensemble des pouvoirs. Certains étaient tellement furieux qu'ils partaient se battre dans les montagnes, recrutant des enfants affamés à leurs côtés. La guerre civile avait duré trente-six ans, et deux cent mille personnes y avaient trouvé la mort, dont beaucoup avaient été torturées. Des milliers et des milliers avaient *été raflées*, un terme que Maya, à douze ans, n'a pas compris.

— Ça signifie que la police les a arrêtées, lui a expliqué sa mère, et qu'on ne les a plus jamais revues.

La jeune Maya a regretté d'avoir posé la question.

D'aussi loin qu'elle se souvienne, elle a toujours demandé à sa mère de lui expliquer pourquoi son père est mort. Et comment. Et où. Et quand. Mais, une fois que sa mère a commencé à le lui raconter, Maya a senti sa gorge se serrer.

Son père étudiait la littérature à l'université. Il était aussi écrivain, mais c'était une autre histoire, que Maya connaissait déjà.

Il s'agissait cette fois de l'histoire de sa mort. Enfin. (Mais, en même temps, trop tôt.)

Son père faisait partie d'une organisation d'étudiants qui se rendait dans un petit village des hauts plateaux. L'armée y avait récemment perpétré un massacre, et le père de Maya ainsi que d'autres étudiants et quelques professeurs étaient allés manifester aux côtés des survivants pour réclamer la fin de la présence de l'armée dans le village. Le cœur de Maya s'est alors gonflé de fierté, avant de se serrer d'effroi lorsque sa mère lui a expliqué que, sur place, quelqu'un l'avait photographié.

Il n'en fallait pas plus, à l'époque.

Le reste du monde avait commencé à prendre connaissance de ce que l'on qualifierait un jour l'Holocauste silencieux, mais, en 1990, l'armée continuait à tuer des gens qui n'étaient pas d'accord avec elle.

Des gens comme le père de Maya.

C'était le « pourquoi » de ce qui lui était arrivé.

Le « comment », c'était une balle dans la tête.

Le « quand », c'était deux mois après la manifestation. Ce jour-là, Jairo avait été photographié en train de défiler aux côtés d'un professeur d'histoire bien connu qui avait récemment disparu ; et pas seulement lui, mais aussi trois de ses amis. Un boulanger. Un enseignant. Un prêtre. À l'époque, il suffisait de fréquenter ce professeur d'histoire pour disparaître à son tour – pour de bon.

Le tueur ne serait jamais identifié, et encore moins traduit en justice. Qui était-il ? Aussi bien un militaire qu'un mercenaire ou un membre des célèbres escadrons de la mort du Guatemala. Il s'était présenté à la porte de Jairo un samedi matin.

Sa mère était derrière la maison en train de rincer une nappe à fleurs rouges dans la *pila*. Son père dans le salon, en train de lire le journal sur le canapé.

La mère de Maya se trouvait dans la cuisine.

Brenda se préparait une tasse de café soluble ; une cuillère de Nescafé, une de sucre et deux de lait en poudre. Elle était au Guatemala depuis un peu plus d'un mois. Elle était enceinte, mais ne le savait pas encore, et cela faisait partie de sa routine : les matins ensoleillés comme celui-là, elle aimait gravir l'escalier métallique branlant jusqu'au toit et prendre son café dehors.

(Mais c'était là aussi une autre histoire.)

Elle était en train de mélanger le café soluble dans une tasse d'eau fumante lorsqu'elle avait entendu le coup de feu. Elle ne l'oublierait jamais.

Elle regarde fixement sa fille.

— Je veux aller à l'enterrement, répète Maya, comme si elle avait oublié tout ce que sa mère lui a raconté quand elle avait douze ans.

— Tu sais bien que c'est trop risqué.

Brenda avait promis de l'emmener une fois que ce serait assez sûr, mais, aujourd'hui, ce n'est pas encore le cas.

— Je ferai attention, lui promet Maya.

Sa mère secoue la tête.

— J'aurai dix-huit ans en août.

La colère brille dans le regard de sa mère.

Maya n'a jamais rencontré sa grand-mère, et, désormais, elle sait qu'elle ne la rencontrera jamais. Et tout ce qu'elle a de son père, ce sont quelques photos et une poignée d'histoires, toutes racontées par sa mère, qui n'a fait sa connaissance qu'un mois avant sa mort.

Soudain, Maya est frappée par le poids de tout ce qu'elle ne sait pas sur sa propre famille.

— Je m'en vais, annonce-t-elle avec un regard tout aussi brillant que celui de sa mère.

# Chapitre 10

Désormais, Brenda commençait à travailler à 5 heures du matin. Elle préparait le pain, les viennoiseries et les pâtisseries en tenant compte des diverses restrictions alimentaires des patients du Lakeside Serenity Center. D'après elle, ces derniers étaient très exigeants et, étant donné le prix qu'ils payaient, ils s'estimaient en droit de pouvoir choisir entre plusieurs options : macrobiotique, vegan, sans gluten… Ils pouvaient profiter de cours d'art et de yoga, de musicothérapie et de sylvothérapie. Ils nageaient dans la piscine, se détendaient au sauna et avaient accès à un acupuncteur. Le centre se trouvait à quelques villes de là, niché dans un décor de carte postale typique du Berkshire : des montagnes boisées qui se paraient de rouge, d'orange et d'or à l'automne.

Brenda se levait tous les jours à 4 heures et se couchait généralement à 20 heures. Il était 20 h30. Elle piquait du nez, mais elle redressait la tête, luttant pour rester éveillée, assise avec sa fille dans le petit salon bien rangé.

Maya attendait à l'autre bout du canapé. Dès que sa mère s'assoupirait, elle prendrait ses clés et se rendrait, à dix minutes de là, au *Blue Moon Diner* dont il était question dans la vidéo YouTube. Dans l'article du *Berkshire Eagle*, elle avait lu que Cristina était morte un dimanche, et on était dimanche. La serveuse avait donc toutes les chances d'être au travail.

Le radiateur émit un claquement métallique, dans l'angle de la pièce, à demi étouffé par la rediffusion des *Simpson* à la télévision. Maya prit la télécommande et baissa le volume. Bientôt, sa mère se mit à ronfler doucement. Adulte, le fait de sortir en douce de la maison, de se faufiler dans le couloir éteint et de traverser la cuisine était totalement ridicule. Elle avait l'impression de retomber en adolescence (les parois entre le passé et le présent se faisant de plus en plus minces), de reproduire les mêmes gestes lorsqu'elle prit les clés de voiture de sa mère dans son sac à main trop grand et désordonné et sortit dans l'obscurité. Dehors, il faisait froid et il n'y avait pas d'étoiles. Il avait légèrement neigé. Maya essuya le pare-brise avec la manche de son manteau et monta à bord du véhicule.

Elle ne savait pas vraiment ce qu'elle espérait apprendre auprès de la serveuse présente à la mort de Cristina, mais peut-être y avait-il eu plus à voir que ce que la caméra avait filmé, comme une nuance dans le regard inexpressif de Cristina, si subtile qu'on n'aurait pu la voir qu'en étant sur place. Peut-être avait-elle entendu quelque chose ?

Maya devait tenter le tout pour le tout.

Steven Lang ne lui avait toujours pas répondu. Au volant de la Lincoln, Maya passa devant des maisons semblables à celle de sa mère, une ancienne usine de soie et la bibliothèque municipale. C'était l'un de ses lieux préférés, quand elle était plus jeune. Elle profitait tous les étés de la climatisation gratuite, lisant des livres ou prenant le soleil sur la terrasse. Mais, ce jour-là, le vieux bâtiment de brique lui procura un frisson d'effroi. C'était à la bibliothèque qu'elle avait fait la connaissance de Frank.

Elle franchit le Housatonic gelé et s'engagea dans le parking du *Blue Moon Diner*. Maya se souvenait d'y être allée quand elle était enfant, mais c'était un restaurant de la chaîne Friendly's, à l'époque. Comme alors, le parking était pratiquement désert.

En descendant de la voiture, Maya respira profondément, réfléchissant à ce qu'elle allait pouvoir dire à la serveuse.

En pénétrant dans le *diner*, elle se trouva face à une statue de Betty Boop. Un juke-box au néon jouait *Dream Lover* de Bobby Darin. Le sol était un damier noir et blanc, les banquettes étaient en vinyle rouge, mais l'agencement n'avait pas changé depuis que l'établissement avait changé de nom. Maya se souvenait d'avoir partagé un *sundae*, avec sa mère, à une table aujourd'hui occupée par un homme d'âge moyen qui mangeait seul en consultant son téléphone.

— Asseyez-vous où vous voulez, l'invita un serveur encore adolescent.

Maya leva les yeux, découvrit la caméra de surveillance et s'en servit pour s'orienter, puis s'installa à la même place que Cristina quand elle s'était trouvée face à Frank.

— Vous désirez boire quelque chose ? demanda le serveur.

— De l'eau, s'il vous plaît.

Elle ouvrit son menu, mais, dès que le serveur s'éloigna, elle parcourut la salle du regard. Moins de la moitié des tables étaient occupées. Plusieurs convives étaient assis seuls, au comptoir. Maya reconnut la déco de la vidéo : les tabourets chromés, la fausse horloge vintage… Rien ne semblait sortir de l'ordinaire. Elle s'apprêtait à se lever et à faire un tour quand le serveur revint avec son eau.

— Qu'est-ce qui vous ferait plaisir ?

— Du thé, s'il vous plaît.

— Autre chose ?

Au même moment, derrière le comptoir, les portes de la cuisine s'ouvrirent, et la serveuse rousse de la vidéo en surgit. Elle resta derrière le comptoir, servant quelques cafés.

— En fait, déclara Maya, je crois que je vais m'asseoir au comptoir.

Le serveur eut l'air ennuyé.

En s'approchant du comptoir, Maya se demanda si c'était bien la bonne personne : la serveuse de la vidéo avait l'air d'avoir son âge, alors que la femme devant elle avait facilement la cinquantaine. Elle avait des pattes-d'oie au coin des yeux, les paupières lourdes et des lèvres vermillon. Mais la caméra n'avait peut-être pas saisi ces détails. La serveuse avait une coiffure correcte, des cheveux roux coupés court. Sur son badge, elle lut « Barb ».

Elle tendit un menu à Maya.

— Vous savez ce que vous voulez ?

— Du thé, s'il vous plaît. Et des ailes de poulet.

Maya avait les idées bien trop confuses pour manger, mais le fait de commander lui sembla être une technique pour l'aborder.

— « À la cool » ou « Montre-moi ce que t'as dans le ventre » ?

— Pardon… quoi ?

— Vous souhaitez vos ailes de poulet douces ou épicées ?

— Ah. Épicées.

La serveuse se tourna pour préparer le thé, versa de l'eau chaude, tandis que, derrière elle, Maya se préparait à passer à l'action. Elle se tamponna le visage avec une serviette. Trois autres personnes étaient assises au comptoir : deux hommes âgés avec des journaux, et une femme en blouse d'infirmière.

— Voilà, annonça la serveuse en déposant la tasse sur le comptoir. Un peu de miel ? Du lait ?

Elle s'exprimait d'un ton aimable, mais prudent, comme si elle avait senti quelque chose d'anormal chez Maya.

— En fait, je voulais savoir si je pouvais vous demander quelque chose. Je m'appelle Erica. J'étais une amie de Cristina Lewis.

— Vous avez vu la vidéo ? Elle est partout.

Barb en était presque fière. Elle jeta un coup d'œil à la caméra de surveillance.

—Je ne sais toujours pas qui l'a mise en ligne... Comment vous vous appelez, déjà ?

—Erica, répondit Maya en baissant d'un ton. (Malgré tous ses récents mensonges, elle se sentit mal à l'aise.) Cristina et moi sommes allées à l'école ensemble, à Moab. De la maternelle au lycée.

Du coin de l'œil, Maya remarqua que tout le monde s'était tu, au comptoir.

—Toutes mes condoléances. Ils ont découvert ce qui lui était arrivé ?

—Pas que je sache. (La serveuse sembla déçue.) J'espérais que vous pourriez me dire ce que vous avez vu ce jour-là, ajouta Maya. Ou peut-être avez-vous entendu quelque chose ?

—Burger, extra saignant ! annonça une voix provenant de la cuisine.

La serveuse se retourna pour prendre une assiette sur le passe-plat.

—Une aile de poulet ! Épicée ! réclama-t-elle en retour. (Elle servit le burger à la femme en blouse, puis se tourna de nouveau vers Maya.) Je n'ai pas entendu un mot de ce qu'ils se disaient. Il y avait de la musique, comme maintenant. Et ce que j'ai vu, c'est à peu près ce que tout le monde peut voir sur la vidéo.

—À peu près ?

—Il y a une chose que la caméra n'a pas filmée. J'en ai parlé aux flics, bien entendu.

Au comptoir, tout le monde écoutait. Maya sentit que cela ne dérangeait pas la serveuse.

—Qu'est-ce que c'était ?

—Les yeux de Cristina. La vidéo donne l'impression qu'elle dévisageait Frank. Mais, si vous vous étiez tenue là-bas, vous auriez vu qu'elle regardait en fait derrière lui, vers quelque chose dans l'angle.

—De quoi s'agissait-il ?

— De rien. Vraiment. Une banquette inoccupée. (Maya suivit le regard de la femme jusqu'à la banquette en vinyle rouge.) Ce jour-là, il n'y avait personne non plus, mais elle n'arrêtait pas de regarder, comme si elle voyait une chose que personne d'autre ne voyait. Mon chat fait la même chose, parfois. Ça me donne la chair de poule.

Maya sentit une peur glaciale s'installer dans la poitrine.

— Avait-elle l'air… normale ?

— Bien sûr… si vous trouvez ça normal. (Elle se pencha vers Maya comme pour lui confier un secret, mais elle s'exprima suffisamment fort pour que tous les clients du comptoir l'entendent.) Entre nous, j'ai toujours pensé que cet endroit était hanté. Je peux les sentir, ces choses, et je suis convaincue qu'il y avait quelque chose, là-bas, ce jour-là.

L'effroi de Maya fit place à un certain scepticisme.

— Quoi ? Comme un fantôme ?

La femme acquiesça.

L'un des hommes âgés se pencha vers Maya.

— Évitez de la lancer sur ce sujet !

La serveuse se renfrogna.

— Ferme-la, Doug.

Elle lui resservit du café.

— Vous pensez donc, dit Maya à la serveuse, que Cristina a vu une sorte de fantôme et qu'il l'a… tuée ?

— Tout ce que je dis, c'est qu'elle a certainement vu quelque chose juste avant de mourir. Quelque chose qu'elle seule pouvait voir.

— Une aile de poulet épicée ! annonça la voix de la cuisine.

— Vous faites un podcast ou quelque chose de ce genre ? demanda la femme en déposant l'assiette fumante devant Maya.

— Pas vraiment, répondit celle-ci avant de demander si elle pouvait emporter ses ailes.

De la boîte en polystyrène s'échappa l'arôme salé de la sauce buffalo, remplissant l'habitacle. Elle avait mis le chauffage à fond, mais elle n'arrivait pas à se réchauffer.

Cette discussion sur les fantômes lui rappela ce que le docteur Barry lui avait expliqué sur le lien entre une mort soudaine inexpliquée et ce qu'il qualifiait de pensée magique. *« Certaines cultures accusent les mauvais esprits. »* En fait, le cerveau avait mille façons de trouver une explication à ce qui n'en avait pas. Le chagrin pouvait rendre l'imagination encore plus fertile. Elle comprenait tout cela. Le docteur Barry aurait prétendu que la serveuse délirait, et Maya aurait certainement été d'accord avec lui.

Voir ce comportement chez quelqu'un d'autre donnait à réfléchir. En imaginant Barb expliquer à la police sa théorie du restaurant hanté, elle la considéra soudain avec beaucoup de compassion, mais son esprit se rangea du côté du docteur Barry. Peut-être était-ce le problème de Maya, après tout. Peut-être son esprit n'était-il pas en mesure de voir sa propre pathologie.

# Chapitre 11

Quatre jours après le décès de sa grand-mère, en compagnie de sa mère et de dizaines d'autres personnes, Maya marche lentement derrière le cercueil d'Emilia Ek Basurto dans le Cementerio General de Guatemala. Le cimetière est immense et ressemble à un labyrinthe. Il occupe plusieurs pâtés de maisons, mais semble surpeuplé. De hauts murs se dressent le long du parcours du cortège funèbre, chacun d'eux constitué d'un ensemble de rangées de ce que Maya prend pour des classeurs, mais qui sont en réalité des tombes. Chaque armoire contient un corps et est scellée par une couche de béton, portant, dans la plupart des cas, une pancarte indiquant le nom de la personne qui s'y trouve, ainsi que les années de sa naissance et de sa mort.

Des fleurs à tous les stades de décomposition ornent les tombes, leurs couleurs éclatantes contrastant avec le béton gris et la mousse vert foncé qui s'étend un peu partout. C'est la saison des pluies, avec ses habituelles averses d'après-midi et son atmosphère lourde, et la procession est si lente qu'on pourrait avoir l'impression qu'elle se déroule sous l'eau. Elle sue dans sa longue robe noire qui colle à son dos, et elle respire par la bouche, évitant de laisser paraître à quel point elle est affectée par les odeurs qui lui emplissent les narines. Il y a d'abord les fleurs – des lys, des roses, des marguerites, des glaïeuls –, qui jaillissent des seaux des vendeurs aux portes du cimetière et débordent des tombes. Les pétales fanés brunissent chaque surface plane. Elles ne parviennent pas à masquer ce que Maya suppose être l'odeur de la mort.

Des vautours tournoient au-dessus de leurs têtes. Leur nombre augmente au fur et à mesure que le cortège s'enfonce vers le centre du cimetière. Aussi calmement que possible, Brenda explique à sa fille que, ici, on loue les tombes comme des appartements. Les familles doivent régulièrement payer des frais pour que leurs proches demeurent enterrés. Et si un paiement n'est pas effectué, le corps, comme s'il s'agissait d'un locataire, est expulsé et jeté dans une fosse commune, à la lisière du cimetière.

Les murs de tombes cèdent bientôt la place à un champ de mausolées en ruine. La concession d'Abuela se trouve au cœur du cimetière, à côté de celle de son fils. Le mausolée familial a la taille d'une cabine téléphonique, avec une porte en métal rouillé, un crucifix en pierre à son sommet. Un vautour est perché sur une branche basse d'un arbre voisin, lissant les plumes de ses ailes noires grinçantes. L'odeur est encore plus forte, au bord du cimetière, une puanteur chimique de pneus brûlés, mêlée à celle de la mort et des fleurs. Une brume épaisse envahit les lieux.

Maya serre la main de sa mère.

— La décharge municipale, chuchote cette dernière. Elle commence juste là, au bord du cimetière. Des milliers de personnes y vivent, fouillant les ordures à la recherche de quelque chose à vendre ou à manger.

Brenda était allée au Guatemala après l'université, avec un groupe de missionnaires, alors qu'elle ne croyait pas en Dieu, qu'elle n'y croit toujours pas et qu'elle n'est pas d'accord avec le principe des missions d'évangélisation. Elle s'était simplement dit qu'elle pourrait se rendre utile avec le certificat en soins respiratoires qu'elle avait obtenu à l'IUT du Berkshire. Sans compter qu'elle n'avait jamais quitté les États-Unis auparavant.

Elle passait ses journées à faire du bénévolat dans un orphelinat situé non loin de la décharge de la ville. Ses soirées consistaient à tisser des liens avec la famille qui s'était portée volontaire pour l'héberger trois mois. Brenda ne s'attendait pas à tomber amoureuse au cours de son séjour au Guatemala, mais il s'agit de l'histoire préférée de Maya : celle de sa mère et de son père. Celle dont elle essaie de se souvenir le temps de son séjour, plutôt que de la mort de son père.

Depuis leur arrivée à Guatemala, Brenda semble tendue. Elle a perdu des affaires à l'aéroport et rit nerveusement pour un rien. Maya s'aperçoit pour la première fois qu'il n'a pas dû être facile pour elle d'établir une relation entre sa fille et les Basurto. Toutes les lettres, tous les appels téléphoniques et, plus tard, les e-mails devenus de moins en moins fréquents au fil des ans. Brenda n'avait connu Jairo et sa famille qu'un mois avant qu'il soit tué, et elle avait fui le pays aussitôt après. C'est la première fois qu'elle y retourne.

C'est elle qui a appris à sa fille la plupart de ce que Maya sait sur le Guatemala. Brenda avait accroché des tapisseries mayas aux murs et mettait des CD de musique marimba pendant que Maya et elle cuisinaient ensemble. Elle avait appris à préparer des *tamales* enveloppés dans des feuilles de bananier et en faisait à chaque Noël. Elle a encouragé Maya à apprendre l'espagnol à l'école.

Pourtant, pour la convaincre de faire ce voyage, Maya a dû faire pression sur elle. Elle l'a menacée – ce n'était pas du bluff – de s'acheter un billet d'avion avec l'argent qu'elle a gagné en donnant des cours particuliers à des élèves du collège et qu'elle a mis de côté pour l'université. Elle a déclaré que, si elle ne pouvait pas aller à l'enterrement de sa grand-mère, elle s'envolerait pour le Guatemala – seule – le jour de son dix-huitième anniversaire.

Brenda a donc cédé, et les voilà cramponnées l'une à l'autre au milieu des morts et des fleurs. Autour d'elles, tout le monde est vêtu de noir, voilé de larmes. Marche au ralenti. Maya est parente avec de nombreuses personnes dans cette foule qui lui sont pourtant inconnues. Mais jamais de sa vie elle n'a connu une telle chaleur. Elle est là depuis moins de vingt-quatre heures, mais sa famille les traite, sa mère et elle, comme si elles étaient là depuis toujours. Dormir à l'hôtel n'était même pas une option. Le grand-père de Maya leur a cédé le lit qu'il a partagé pendant des dizaines d'années avec sa femme, se contentant du canapé.

— *Mija*, dit une voix dans son dos. *Toma estas flores.*

Se retournant, Maya voit Carolina, la sœur de son père, derrière elle. Elle ressemble à ce que Maya deviendra dans quelques dizaines d'années. Elles font exactement la même taille. Carolina a le teint plus foncé, mais elle a les mêmes pommettes saillantes et le même regard acajou que sa nièce. En la voyant pour la première fois, Maya a éprouvé un sentiment de familiarité, comme si elle avait soudain surpris son propre reflet dans un miroir dont elle ignorait l'existence. Carolina lui tend un petit bouquet de roses jaunies et fait signe à Maya de les porter à son nez pour masquer la puanteur.

— *Gracias*, dit Maya.

Elle enfouit son visage dans les fleurs et ferme les yeux tandis que les porteurs commencent à descendre le cercueil de sa grand-mère de leurs épaules. Lorsque le prêtre prend la parole, le vautour déploie ses ailes en les faisant claquer.

Le chuchotement des prières emplit le petit salon et la salle à manger de la maison du grand-père de Maya :

— *Santa Maria, madre de Dios, ruega por nosotros pecadores, ahora y en la hora de nuestra muerte. Amen…*

Sœurs, frères, nièces, neveux, cousins et voisins s'entassent sur le canapé, la causeuse, et le long des murs. Ils tiennent des chapelets entre leurs doigts, égrenant les prières les unes après les autres.

Coincée entre sa mère et *Tía* Carolina sur le canapé, Maya se surprend à prier avec elles, prise dans l'effet de répétition. Elle se familiarise avec la langue. Carolina sert du Nescafé, des haricots noirs, des tortillas et des bananes plantains frites après la neuvaine, la première des neuf nuits de prière qui suivent les funérailles.

Carolina et son mari Toño se sont installés dans la chambre d'amis l'année précédente pour s'occuper d'Abuela, que la maladie rongeait depuis longtemps.

Maya se demandera toujours pourquoi personne ne l'a prévenue.

Son grand-père, Mario Hernández Basurto, est un homme peu loquace. Il a une épaisse chevelure ondulée et des sourcils semblables à des chenilles. Sa femme était la plus bavarde des deux, toujours à lui tendre le téléphone pour qu'il souhaite un joyeux anniversaire à sa petite-fille et la félicite d'un bon bulletin scolaire. La mort d'Emilia l'a laissé muet de chagrin. Dans cette petite maison, où la famille, les amis et les voisins affluent pour rendre hommage à sa femme, dans son fauteuil inclinable, au salon, Mario n'est jamais seul, mais adresse rarement la parole à qui que ce soit.

Maya passe la majeure partie de son séjour entre ces murs, une maison d'environ cent dix mètres carrés ceinte d'un mur trop haut pour qu'elle puisse voir par-dessus. Elle pensait voir plus du Guatemala, ou, du moins, de sa capitale. Même si les circonstances ne s'y prêtent guère, elle s'attendait à ce que sa mère et elle visitent quelques monuments, prennent quelques photos, essaient quelques restaurants. Mais, hormis pour l'enterrement, elles ne quittent pas l'intérieur du haut mur de parpaing qui entoure la maison de tous les côtés.

Difficile d'estimer depuis ces murs si la ville de Guatemala est vraiment dangereuse, mais sa mère lui garantit que c'est le cas. La guerre civile a pris fin en 1996, mais son esprit sanguinaire est toujours présent au sein des gangs qui ont recueilli certains des orphelins qui avaient fui aux États-Unis. L'administration Reagan leur a peut-être refusé le statut de réfugiés, mais les gangs de Los Angeles ont accueilli ces enfants traumatisés à bras ouverts, et, lorsque les États-Unis ont commencé à les expulser, la MS-13 et d'autres *maras*, comme on les appelle, se sont enracinées dans le système guatémaltèque fissuré par la guerre pour devenir les lianes étrangleuses qu'elles sont aujourd'hui.

Carolina acquiesce. Elle aussi sort rarement, sauf pour aller travailler. Elle ne parle pas bien anglais, mais, comme beaucoup de gens ici, semble le comprendre parfaitement. Assise en face de Maya et de sa mère à la table en verre du patio, la tête à quelques centimètres de la fleur rouge et jaune flamboyante de l'héliconie qui se trouve dans son dos, elle allume une cigarette. Le mur est d'une chaude couleur melon, constellé de carreaux décoratifs et de jardinières en céramique débordant de fougères et de bougainvilliers. La soirée est fraîche, rincée par la pluie de la journée, et les prières de la neuvaine sont terminées, ce qui signifie que c'est l'heure de la cigarette nocturne de Carolina.

Maya le sait, maintenant qu'elle en est à sa dernière nuit ici : sa tante en fume invariablement une chaque soir et a tendance à faire un clin d'œil à ceux qui se trouvent à proximité en l'allumant, comme si elle plaisantait sur le fait d'être fumeuse. Institutrice en CE1, Carolina n'a pas d'enfants, mais elle s'occupe de ses plantes, qu'elle a souvent baptisées. La veille, elle a présenté à Maya un ficus nommé Ursula et lui a fait écouter la musique de la Mano Negra, désormais le groupe préféré de Maya ; Carolina est sans aucun doute la personne adulte la plus cool qu'elle ait jamais rencontrée.

Et elle a grandi avec le père de Maya. Ces derniers jours, Carolina a raconté à Maya combien elle avait admiré son grand frère. Il la faisait rire comme personne et était très intelligent, toujours en train de lire quelque chose : des bandes dessinées, des romans, puis, plus tard, des journaux et de la poésie. Il avait confié à sa sœur qu'il rêvait de devenir écrivain, un jour.

Il avait étudié l'histoire et la littérature à l'université de San Carlos, se focalisant, d'après Carolina, sur le réalisme magique. Sur la façon dont ces artistes instillaient de la magie dans le quotidien des gens ordinaires, comme s'ils refusaient de se plier au style littéraire obsessionnellement réaliste des colonisateurs.

— Jairo te l'aurait expliqué mieux que moi, lui a dit Carolina en espagnol.

Mais le problème réside en partie dans la capacité limitée de Maya à la comprendre. L'accent d'ici est différent de celui qu'elle a appris à l'école, si bien qu'elle a dû demander à plusieurs reprises à sa tante de parler plus lentement, de répéter. Malgré tout, Maya n'est pas toujours certaine d'avoir bien compris.

Carolina arrive au bout de sa cigarette. Bientôt, elle ira se coucher, mais Maya a encore énormément de questions à lui poser, de choses à lui dire. Manquant de temps, elle se contente d'une question qu'elle se pose depuis des années.

— *El libro de mi papá...*, dit-elle.

« Le livre de mon père. » Elle sait qu'il avait commencé à en écrire un avant de mourir, mais sa mère a peu d'informations à ce sujet. Tout ce que Brenda a pu lui dire, c'est que c'était un mystère.

— *¿Qué fue el...?*, commence Maya, mais elle ne se souvient plus du mot espagnol pour « titre ».

Se creusant la tête, elle détecte une odeur inhabituelle dans le patio, une note florale éthérée à demi masquée par la fumée de cigarette de sa tante. Au début, elle croit que c'est le fruit de son imagination.

—*¿Qué era el nombre,* reprend-elle, gênée de parler si mal espagnol, *del libro de mi papá?*

—*Ah, el título…*, comprend Carolina.

Les yeux plissés, elle tente de se souvenir du titre du livre inachevé de Jairo. Puis elle secoue la tête de frustration. Elle lui explique qu'il ne lui revient pas pour le moment ; cela fait longtemps qu'elle n'a pas songé aux écrits de son frère. Tout ce dont elle se souvient, c'est que le titre était long, le vers entier d'un très vieux poème qu'il aimait.

À mesure que Carolina s'exprime, l'odeur se fait de plus en plus forte, capiteuse et douce.

L'odorat de Maya est plus développé que celui de la plupart des gens – elle a déjà détecté une fuite de gaz dans la cuisine des heures avant que sa mère remarque quoi que ce soit d'anormal –, et elle est désormais presque sûre qu'il ne s'agit pas de son imagination. L'odeur qu'elle sent malgré la fumée de la cigarette de sa tante a quelque chose de curieux, comme si elle provenait d'un autre monde. D'un paradis. D'un lieu intemporel où les fleurs fleurissent la nuit, d'un endroit que Maya ne devrait pas pouvoir sentir d'ici. L'exact opposé, songe-t-elle, de la puanteur du cimetière. Et c'est tout aussi réel.

—Maman ?

—Oui, Muffin ?

—Tu sens ça ?

La question de Maya incite Brenda et Carolina à humer l'air.

Carolina écrase sa cigarette dans un cendrier. Quand la fumée se dissipe et que le parfum envoûtant parvient à ses narines, elle prend un air émerveillé.

—*No puede ser…*

Elle se lève de table et se dirige vers l'angle de la maison. Maya et sa mère lui emboîtent le pas.

Elles constatent alors qu'une fleur unique de la taille d'une assiette a poussé sur un cactus d'apparence ordinaire planté dans un simple pot en plastique. Ses longs pétales blancs sont grands ouverts, formant la floraison la plus spectaculaire que Maya ait jamais vue, tel l'œil béant d'une divinité ou un feu d'artifice figé dans le temps. Maya n'a jamais senti une odeur de fleur aussi forte.

—*¿Qué es?* demande-t-elle à sa tante.

—*La reina de la noche*, répond Carolina.

—*¿Qué?* demande Brenda.

Carolina explique que chaque bourgeon de ce type de cactus ne fleurit que pendant une nuit. Celui-là n'avait pas fleuri depuis des années, au point qu'elle le croyait mort.

—*No lo puedo creer*, déclare Carolina en secouant la tête, incrédule, les larmes lui montant aux yeux. La reine de la nuit, leur explique-t-elle en espagnol, était la fleur préférée de ma mère.

Maya est en train de ranger sa robe noire dans sa valise lorsqu'elle entend frapper doucement à la porte ouverte. Levant les yeux, elle aperçoit son grand-père.

—*Hola!* le salue-t-elle.

—Bonjour, *mija*, répond-il d'une petite voix chaleureuse.

Ils se sont souvent retrouvés dans la même pièce, au cours de ces cinq derniers jours, mais leurs échanges ont été brefs.

—*Por favor, entra*, dit-elle, s'apercevant qu'il attend qu'elle l'invite à entrer dans sa propre chambre.

Il a une soixantaine d'années, mais, avec sa démarche traînante et ses cheveux entièrement blancs, il semble plus âgé. Il ouvre le petit meuble en bois, dans l'angle de la pièce, en tire un carton de la taille d'une caisse de vin et le dépose sur le lit, à côté de la valise de Maya. Il en sort un album-photos.

—Regarde, dit-il en anglais avec un fort accent. C'est ta grand-mère qui l'a fait.

Il l'ouvre, révélant une photo de Maya bébé, assise sur les genoux de sa mère, puis d'autres photos d'elle. En tournant les pages, il fait comprendre à Maya qu'elle a grandi sous leurs yeux. La voilà à son cinquième anniversaire. Elle saute sur un trampoline avec Kayla, sa meilleure amie en CE1. Elle grimace devant l'objectif le jour de la photo de classe. Elle sourit au sommet du mont Greylock. Sa mère, semble-t-il, a régulièrement envoyé des photos de Maya à Abuela.

— Ta grand-mère t'aimait, dit Abuelo. Et moi aussi.

— Ah… (Maya est prise au dépourvu. Puis les mots jaillissent.) Moi aussi, je t'aime, Abuelo. *Te quiero también. Gracias para… para todo.*

Il hoche la tête. Il referme l'album photo, le tapote avec sa main.

— Je le garde, dit-il. Mais j'ai quelque chose pour toi.

Il fouille dans le carton et en tire une épaisse enveloppe en papier kraft. Il défait la ficelle qui la maintient fermée. Il ouvre le rabat et sort une pile de pages jaunies. Maya écarquille les yeux. Elle comprend aussitôt de quoi il s'agit. Le nom de son père figure sur la page de titre, à l'encre jaunie de la machine à écrire. Et, au-dessus de son nom, le titre du livre, le mystère, qu'il écrivait avant de mourir : *Olvidé que era hijo de reyes.*

# Chapitre 12

Maya n'était pas toujours certaine de savoir en quoi elle croyait, mais une chose était sûre, elle ne croyait ni aux fantômes ni aux mauvais esprits. Elle s'était lancée à la recherche de la serveuse rousse dans l'espoir d'apprendre quelque chose sur Frank, mais elle s'était plutôt interrogée sur elle-même. Une fois encore. Elle était épuisée. Arrêtée à un feu rouge devant un magasin de vins et spiritueux, elle hésita à s'y rendre. Elle n'avait aucune envie de manger les ailes de poulet qui refroidissaient à côté d'elle, mais elle aurait bien eu besoin d'un peu de gin, juste assez pour l'aider à s'endormir.

Quand le feu passa au vert, elle poursuivit sa route, franchissant de nouveau le Housatonic. À cause du daïquiri et du vin de la veille, elle avait encore mal à la tête, et sa mère n'allait pas tarder à s'en apercevoir. Il était étrange que Cristina, dans les derniers instants de sa vie, ait semblé fixer quelque chose que personne n'avait vu. Maya comprenait pourquoi les pensées de Barb s'étaient tournées vers le surnaturel. Mais il ne fallait pas exclure la possibilité que Cristina ait été juste défoncée. Dan avait peut-être raison. L'overdose était l'explication la plus évidente et la plus probable.

Cristina s'était peut-être droguée juste avant que Frank et elle pénètrent dans le *diner*. Cela aurait expliqué qu'elle ait eu l'air d'aller bien en entrant, et que la drogue l'ait frappée lorsqu'elle s'était assise. Maya se l'imaginait très bien. Elle savait combien il était facile de perdre le décompte du nombre de comprimés que l'on avait pris et de tout ce que l'on avait ajouté au cocktail. Elle se demanda si ce n'était pas, finalement, son plus grand point commun avec la morte, à part ses cheveux et ses yeux noirs : une tendance à se défoncer occasionnellement, comme si elle tentait de s'élever au-dessus du monde sur un lit de nuages.

Il était logique que quelqu'un qui avait peint des paysages si froids et si peu engageants ait parfois souhaité s'évader de son propre esprit. Plus Maya y réfléchissait, plus elle s'identifiait à elle et plus elle se remettait en question. Peut-être que tout ce dont Frank était coupable, c'était de choisir des femmes qui souhaitaient parfois s'évader. Elle se glissa dans la cuisine aussi discrètement qu'elle était partie, ses ailes de poulet en main.

Mais sa mère était déjà réveillée. Assise à la table de la cuisine, elle faisait un sudoku en pyjama. Son téléphone était sur la table. Celui de Maya aussi. Elle l'avait laissé là de manière délibérée.

Elle brandit sa boîte en polystyrène.

— J'avais envie d'ailes de poulet.

— Tu aurais dû me demander de te déposer.

— Je ne voulais pas te réveiller.

— Et si tu avais eu une crise d'épilepsie au volant ?

— Ce n'est pas si grave, maman. Je fais de l'insomnie.

Elle avait l'impression d'être redevenue une adolescente. À l'époque, cela se produisait chaque fois qu'elle rentrait chez elle. Elle accrocha son manteau à une patère près de la porte et posa les clés de la voiture de sa mère sur la table.

— Je t'assure, lui dit Brenda. Le sevrage de benzodiazépine rend paranoïaque. Confus. Au travail, un grand nombre de patients sous benzo finissent par prendre des neuroleptiques.

— Tu en sais, des choses…

Sa mère fronça les sourcils.

—Je travaille aux cuisines. On entend tout. Le fait est que je ne crois pas que tu devrais conduire.

Maya soupira. Elle n'avait aucune envie de manger, mais elle se sentit obligée d'essayer. Elle avait dépensé plus que de raison pour les ailes de poulet et avait laissé à Barb un important pourboire. Elle mit les ailes dans une assiette, puis dans le micro-ondes, et attendit qu'elles chauffent. Sentant sa mère l'observer, elle se l'imagina en ambulancière, le regard rivé sur elle, en train de vérifier les symptômes dans sa tête.

Mais, lorsque le micro-ondes sonna et qu'elle se retourna, Maya constata que sa mère n'était ni furieuse ni méfiante. Elle désirait simplement que sa fille aille bien. C'était tout ce qu'elle avait toujours souhaité, et c'était ce qui avait rendu les années qui avaient suivi la mort d'Aubrey si difficiles pour toutes les deux. La lumière au-dessus de la table faisait ressortir toutes les nouvelles rides de Brenda.

—Qu'est-ce qu'il y a, Muffin ? (Maya avait les larmes aux yeux.) C'est Dan ?

C'était tant de choses...

Sa vision fut brouillée par les larmes.

Brenda avait apprécié Dan dès leur première rencontre, car il était évident qu'il rendait sa fille heureuse. Le problème étant que Brenda ne l'avait pas revu depuis, un fait qu'elle lui avait déjà reproché.

—J'ai peur d'avoir tout gâché, avoua Maya.

Plus jeune, elle avait toujours parlé de tout à sa mère, mais son comportement, ces dernières années – l'alcool, la drogue –, l'avait contrainte au secret. Le changement avait été si lent qu'elle ne l'avait pas remarqué, mais, désormais, en racontant à sa mère qu'elle avait menti à Dan et vomi devant ses parents, elle se sentait libérée comme elle ne l'avait plus été depuis de nombreuses années.

Brenda fut déçue, mais elle n'en voulait pas à sa fille. Après tout, c'était le docteur Barry qui avait eu l'idée du Rivotril. Pendant qu'elles discutaient, les ailes auxquelles elle n'avait pas touché refroidissaient de nouveau dans son assiette.

— Que dois-je faire ? demanda-t-elle.

Brenda choisit ses mots avec soin. Elle saisit la main de sa fille, de l'autre côté de la table. Elle la serra.

— Je pense que tu dois le lui dire.

Consciente qu'elle avait raison, Maya soupira.

— J'ai peur qu'il ne me fasse plus jamais confiance.

— Je suis sûre que si, même si ça lui prendra du temps.

Mais sa mère ne connaissait pas Dan comme Maya.

— C'est vraiment la personne la plus honnête que j'ai rencontrée, insista-t-elle. Je ne sais pas s'il pourra me pardonner.

— Bien sûr que si, tenta de la rassurer sa mère.

Maya était sortie avec beaucoup de garçons, mais ne s'était jamais sentie assez proche de l'un d'eux pour en tomber amoureuse. Après Frank, elle avait eu peur de laisser entrer quelqu'un dans sa vie. Il fallait qu'elle soit ivre ou défoncée (ou les deux) pour baisser sa garde, et ces mêmes états lui avaient servi de carapaces. Mais elle avait fait la connaissance de Dan, et lui ne se camouflait pas derrière des défenses opaques. On pouvait lire en lui comme dans un livre ouvert et il s'exprimait sans filtre. C'était en partie pour cela qu'elle l'aimait. Il lui avait fallu un an pour s'apercevoir d'à quel point elle était tombée amoureuse, et cela ressemblait moins à un coup de foudre qu'au désir de se réveiller à ses côtés, chaque matin, même si cela signifiait qu'il la verrait elle aussi, étendue, le regard tourné vers lui. Était-ce parce que Dan était le premier homme dont elle était tombée amoureuse que Maya était si déterminée à ce que ce soit également le dernier ?

— Je me le demande, avoua-t-elle à sa mère. Je l'espère vraiment.

L'obscurité étant plus agréable pour ses yeux, elle se coucha tout en sachant qu'elle ne dormirait pas. Elle avait mis plusieurs couvertures, car sa mère baissait le chauffage, la nuit. Le nouveau matelas épousait les formes de son corps. Elle se tourna sur le côté, se dressa sur un coude et consulta son téléphone pour voir si Dan lui avait envoyé un message.

Ce n'était pas le cas.

Elle se rappela qu'il était en train de bûcher pour ses examens. Bonne chance pour demain ! lui envoya-t-elle par SMS, suivi de trois cœurs.

Elle attendit. Dans l'obscurité, la chambre semblait de nouveau lui appartenir. Les meubles étaient neufs, mais le parfum de la maison où elle avait grandi n'avait pas changé. Une odeur qui lui faisait remonter le temps. De renfermé, de café, de liquide vaisselle, d'un soupçon de cannelle et de quelques autres ingrédients qu'elle ne parvenait pas à nommer. Tout cela lui était si familier qu'il ne lui fallut qu'un instant pour comprendre que quelque chose n'allait pas.

Elle sentit une odeur de bois brûlé.

Du genre apprivoisé et douillet. Des bûches qui crépitent doucement. Un parfum généralement agréable. Sauf qu'il n'y avait pas de cheminée chez sa mère.

Elle ouvrit subitement les yeux. Elle était toujours sur le côté, le visage tourné vers le mur, à une soixantaine de centimètres de distance. Mais le mur avait changé, comme s'il était constitué de rondins. À la lueur vacillante du feu qu'elle sentait derrière elle, elle pouvait presque distinguer la texture du bois. Elle aurait voulu se lever, courir, mais elle se révéla incapable du moindre mouvement. Elle était paralysée. Elle sentit une présence dans la pièce. Elle ne voyait pas la personne, mais sentait le poids de son regard sur son cou, la partie que les couvertures ne dissimulaient pas.

Puis elle entendit des pas approcher. Des craquements du plancher, aussi lents qu'un cortège funèbre. Maya sentit le lit s'affaisser et quelqu'un s'y glisser. Un cri se forma dans ses poumons. Un léger souffle lui effleura le cou.

# Chapitre 13

Le jour où Maya rencontre Frank, elle est en train de relire un passage particulièrement énigmatique du roman inachevé de son père, sur la terrasse ensoleillée de la bibliothèque municipale où elle est venue réchauffer ses bras et ses jambes nus après plusieurs heures passées dans le froid de la clim. Elle vient souvent l'été, quand sa mère travaille et qu'Aubrey est occupée, comme ce jour-là. Maya n'a pas d'autres amis. Il y a des gens avec qui elle se montre amicale, des personnes qui l'inviteraient à une soirée, mais peu avec qui elle est susceptible de rester en contact, maintenant que le lycée est terminé.

De toute façon, elle préfère rester seule sur ce banc de bois à parcourir ces quarante-sept pages. Elle est rentrée du Guatemala depuis deux semaines et a déjà traduit l'ensemble du manuscrit en anglais à l'aide d'un dictionnaire. Les pages à double interligne et la précision des phrases de son père l'ont beaucoup aidée. Elle connaît désormais le sens littéral de chacun des termes employés. Mais, à un autre niveau, le langage demeure codé, comme si son récit était symbolique d'une histoire plus profonde, juste sous la surface.

Il s'agit d'un mystère, comme l'avait dit sa mère, aussi bien en théorie qu'en pratique, car tout ce que Maya a à sa disposition, c'est l'introduction du roman et une scène qui semble en avoir sauté d'autres, comme si Jairo avait prévu d'ajouter plus tard les chapitres intermédiaires. De ce fait, elle n'a qu'une très vague idée de l'intrigue.

L'histoire débute dans un village sans nom situé si haut dans les montagnes que ses habitants passent leur temps dans les nuages. Il n'y a pratiquement aucune description du village, car le personnage principal ne peut voir qu'à quelques mètres devant lui, mais il ne se heurte jamais à quoi que ce soit. Une lumière chaude baigne la brume. Il y a une touche de magie, dans cette partie de l'histoire. Le personnage principal est un jeune garçon nommé Pixán, qui vit avec ses parents, qui l'aiment beaucoup, dans une petite hutte au toit de chaume et à l'âtre de pierre.

Un jour, la mère de Pixán lui apprend qu'une parente éloignée est décédée – une grand-tante – et qu'elle lui a laissé un héritage. Ce n'est pas de l'argent, mais autre chose : une surprise ! Pixán doit descendre de la montagne et se rendre en ville pour récupérer l'héritage auprès du mari grincheux de la grand-tante, qui n'est guère enthousiaste à l'idée de le lui remettre.

La mère de Pixán lui explique que le mari est égoïste et préfère garder l'héritage pour lui, mais la grand-tante avait écrit son testament à l'encre, et le nom de Pixán y figure distinctement.

Ses parents lui remettent donc un sac à dos qui, d'après eux, contient tout ce dont il aura besoin, ainsi qu'une boussole. On lui recommande de marcher vers l'ouest. Maya trouve qu'il a l'air jeune pour faire cela tout seul, mais son âge n'est jamais indiqué. Alors, peut-être qu'elle se trompe. Tandis qu'il descend la montagne, les nuages s'écartent, et c'est là que le ton change. La magie se dissipe. La ville de Guatemala apparaît dans le lointain, avec des détails très réalistes.

Pixán est effrayé : la ville est bruyante et lumineuse. À peine s'est-il engagé dans l'une de ses rues trépidantes qu'il est renversé par une voiture. Sa tête heurte le trottoir. L'espace d'un instant, on a l'impression qu'il va mourir, mais ce n'est pas le cas. Il s'en sort, mais il est désormais totalement amnésique. Il ne pense pas à récupérer son sac à dos, ayant oublié qu'il en avait un, ainsi que les parents qui le lui avaient donné. Il a oublié sa hutte. Son propre nom.

Un couple sans enfant le recueille et l'appelle Héctor. Et, pour une raison obscure, ce jeune couple inexpérimenté se fait passer pour ses vrais parents. Non pas par méchanceté, mais parce qu'ils ont le vague sentiment que c'est la meilleure chose à faire. Pixán devient Héctor. Maya a de la peine pour ses véritables parents (et elle ne peut s'empêcher de penser à sa propre mère, à ce qu'elle ressentira lorsque Maya partira).

Le récit, sans raison apparente, fait un bond de quelques dizaines d'années, jusqu'à une journée au bord d'El Lago de Atitlán.

Il se passe très peu de choses dans cette brève scène finale du roman, et presque aucun contexte n'est donné. Héctor, devenu un homme, est assis pieds nus dans le sable sur la rive d'un lac large et profond, contemplant l'imposant volcan, de l'autre côté de l'étendue d'eau. Le sommet disparaît dans la brume, et quelque chose dans cette vue fait écho en lui. Il a soudain envie de le gravir. De s'enfoncer dans les nuages. Il ne peut expliquer pourquoi la beauté de ce lieu lui donne les larmes aux yeux, lui fait désirer quelque chose d'inconnu.

— Tu y es déjà allée ?

Maya revient brusquement à la réalité. Elle est sur la terrasse de la bibliothèque, probablement déjà brûlée par le soleil. Elle lève les yeux du livre de son père et regarde en les plissant le type qui vient d'interrompre sa lecture.

Elle l'a déjà vu quelque part, mais ne le connaît pas. Il est plus âgé qu'elle, il a probablement au moins vingt ans. De corpulence moyenne, il a un physique banal. Il a le teint pâle, des cheveux noirs légèrement ébouriffés, et il fume une cigarette au mépris du panneau d'interdiction. L'odeur qui s'en dégage lui emplit les narines.

— Pardon… quoi ? dit-elle.

— Le lac Atitlán.

Il désigne du regard le livre de photos posé sur le banc à côté d'elle. Elle l'a emprunté un peu plus tôt à la bibliothèque, un recueil de photos du lac mentionné dans le livre de son père, des villes et des volcans environnants.

— Tu y es déjà allée ? lui demande-t-il de nouveau.

Elle secoue la tête, agacée d'avoir été interrompue dans sa lecture.

— Tu devrais y aller, insiste-t-il. C'est magnifique.

— Cool, rétorque-t-elle d'un air impassible. Merci.

C'est alors que le déclic se produit.

— Tu travailles ici, déclare-t-elle.

Elle l'a vu devant un ordinateur, au bureau d'accueil.

— À temps partiel, réplique-t-il, et juste pour l'été. J'ai tendance à ne pas rester très longtemps au même endroit.

Ne sachant pas trop quoi répondre à cela, Maya lui adresse un grand sourire avant de se replonger dans son livre, espérant qu'il aura compris le message.

— L'an dernier, poursuit-il, j'ai parcouru l'Amérique centrale avec mon sac à dos. J'ai passé un certain temps au Guatemala. Je suis allé voir ce lac. C'est l'un des plus beaux endroits que j'aie jamais vus.

Maya est d'accord avec lui. Elle n'y est jamais allée, bien sûr, mais, en photo, le lac est effectivement aussi beau que le décrit son père. Elle regarde tour à tour la page qu'elle tient dans sa main et la couverture du livre posé sur le banc.

— Je suis allé dans chacun des petits villages qui l'entourent, explique-t-il. La plupart des gens sont des Mayas qui se promènent dans des tenues colorées comme tu n'en verras jamais ailleurs. Les femmes tissent des étoffes couvertes de motifs et de symboles qui transmettent des informations à ceux qui savent les lire.

Maya lève les yeux. Grâce à l'autre livre de la bibliothèque sur le Guatemala qu'elle a lu, elle sait déjà ce qu'il en est du tissage maya. L'entendre dans la bouche de quelqu'un qui est allé sur place, voilà autre chose !

Il lui sourit, le soleil brillant dans son dos, et, maintenant qu'elle le regarde, elle s'aperçoit que son sourire lui plaît bien. Elle a l'impression qu'ils sont complices d'une plaisanterie.

— Enfin bon, dit-il. Je vais te laisser à ta lecture. C'était sympa de discuter avec toi.

Il s'apprête à partir.

— Qu'as-tu vu d'autre, au Guatemala ?

— Ça t'intéresse vraiment ?

Elle lui sourit. Elle n'arrive pas à déterminer s'il flirte avec elle ou si elle aimerait bien que ce soit le cas. Mais il a suscité son intérêt, et elle trouve assez facile de lui parler. Elle pousse le livre de photos et le carnet marbré contenant sa traduction pour qu'il puisse s'asseoir à côté d'elle sur le banc.

— Tu n'y es jamais allée ? lui demande-t-il.

— Si, j'y suis allée, mais... (Comment lui expliquer ?) Je ne suis pas beaucoup sortie, durant mon séjour. Je rendais visite à ma famille.

Cela paraît intéresser le bibliothécaire, comme s'il souhaitait en savoir davantage, mais il semble ensuite comprendre et respecter le caractère vague de sa réponse.

— Mon meilleur souvenir du Guatemala, dit-il en s'asseyant sur le banc, c'est le matin où je me suis levé avant l'aube et où j'ai fait du vélo depuis l'auberge où je logeais jusqu'à une ancienne pyramide maya. Le temple du Jaguar, ça s'appelait. Il faisait encore nuit à mon arrivée, et la jungle était un peu effrayante, mais j'étais tout seul, alors j'ai compris que, si je devais un jour gravir cette pyramide, c'était à ce moment-là ou jamais.

— Ouah ! s'exclame Maya.

Elle a perdu son air impassible.

— Imagine un temple aussi haut qu'un immeuble de vingt étages, poursuit-il, avec un escalier escarpé sur le côté. C'est tellement dangereux que personne n'a le droit de le gravir. Mais je l'ai fait. J'ai grimpé jusqu'au sommet, et je suis arrivé juste au moment où le soleil commençait à se lever. De là-haut, j'avais l'impression d'être un roi. J'ai regardé la jungle s'éveiller. Les singes, les oiseaux... C'était incroyable.

— Ouah ! répéta-t-elle, émerveillée par son histoire, si différente de sa propre expérience au Guatemala.

Imaginer un tel sentiment de liberté lui donne le vertige, dans le bon sens du terme. Cela la pousse aussi à se demander si c'est uniquement la peur qu'éprouvait sa mère qui a empêché Maya de partir à la découverte du pays.

— Le temple du Jaguar, répète-t-elle. Je ne manquerai pas d'aller y jeter un coup d'œil, la prochaine fois.

Il pose son regard sur les pages jaunies, sur ses genoux.

— Qu'est-ce que tu lis ?

— Oh, ça...

Elle ne sait pas pourquoi, mais son instinct la pousse à le garder pour elle. L'existence de ce livre n'est pas un secret, mais, un court instant, elle a l'impression que c'est le cas – comme si elle devait le protéger.

— C'est mon père qui l'a écrit, répond-elle.

— C'est vrai ? Ton père est écrivain ? (Il a l'air impressionné.) Tu penses que je connais un de ses livres ?

— Non, il est, euh... il est mort.

Le regard expressif du bibliothécaire se remplit de compassion.

— Désolé de l'apprendre.

Elle hausse les épaules. Elle ne sait jamais comment réagir à ce genre de déclaration. Est-elle censée dire que ce n'est pas grave ? Qu'il n'y a pas de problème ?

— C'est cool que tu aies quelques-unes de ses œuvres, dit le bibliothécaire.

Quand il lui adresse un sourire chaleureux, elle ne peut s'empêcher de remarquer qu'il est plutôt sexy. Séduisant, d'une manière inattendue. Il a des rides autour des yeux, mais son attitude a quelque chose de jeune. Son petit menton est lisse, son regard velouté.

— Je crois qu'il vaudrait mieux que je retourne travailler, déclare-t-il. Ma pause doit être terminée, à présent. Eh, c'était vraiment sympa de discuter avec toi.

— Avec toi aussi, réplique-t-elle lorsqu'il se lève. Je m'appelle Maya, au fait.

— Enchanté, Maya. Moi, c'est Frank.

# Chapitre 14

La sonnerie de téléphone réveilla Maya en plein milieu de son rêve.

Elle saisit le téléphone à côté d'elle sur le lit, mais ce n'était pas celui qui sonnait. Elle se redressa en clignant des yeux dans l'obscurité. L'horloge indiquait « 2 h 57 ». Elle était en sueur. Elle prit une profonde inspiration, tandis que, ailleurs dans la maison, la sonnerie continuait à retentir.

Pourquoi sa mère ne répondait-elle pas ?

Maya se leva, l'effroi de son cauchemar lui collant encore à la peau. Elle s'engagea lentement dans le couloir plongé dans l'obscurité et s'immobilisa devant la porte close de la chambre de sa mère. La sonnerie ne venait pas de l'intérieur.

Elle alluma le salon, manqua de s'éblouir, éteignit. La sonnerie provenait de la cuisine, et ce n'était pas un son auquel elle était habituée. Cette sonnerie avait quelque chose de différent, mais aussi de familier.

Le vieux téléphone fixe. Un appareil accroché au mur derrière la table de la cuisine. Maya avait oublié sa présence et ne se souvenait pas de la dernière fois qu'elle l'avait utilisé. Elle fut surprise qu'il fonctionne encore. Elle s'en approcha pendant qu'il continuait à sonner.

Elle eut un mauvais pressentiment. Frank devait être la dernière personne à l'avoir appelée sur le téléphone fixe de sa mère.

Qui avait encore ce genre d'appareil ? Elle avait l'impression d'être toujours en train de rêver lorsqu'elle attrapa le combiné et le porta à son oreille.

Le silence.

Elle retint son souffle. Elle était sûre que c'était lui. Il avait sans doute deviné qu'elle avait vu la vidéo, comme des milliers de personnes. Peut-être appelait-il chez sa mère pour voir si Maya était de retour en ville ? Si elle le cherchait. Figée, elle sentit ses pensées se bousculer dans son esprit. Y avait-il un souffle à l'autre bout du fil ? Elle avait du mal à entendre quoi que ce soit à cause de son cœur qui battait la chamade, de ses poumons qui réclamaient de l'air.

Elle était sur le point de raccrocher quand la cuisine s'illumina.

— Maya ? demanda sa mère.

Maya la regarda fixement.

Un déclic à l'autre bout du fil.

— À qui parles-tu ? demanda Brenda.

Elle remarqua l'air apeuré de sa fille, son teint pâle, son tee-shirt assombri par la sueur. La tonalité du téléphone qu'elle tenait à la main.

— Tu vas bien ?

— Le téléphone sonnait. Tu ne l'as pas entendu ? (Sa mère fronça les sourcils d'inquiétude.) Qui que ce soit, il a appelé trois fois de suite. J'ai répondu, mais… il n'y avait personne.

Brenda secoua la tête.

— Je n'ai rien entendu.

Maya sentit sa gorge se serrer de colère.

— Quoi… Tu crois que j'ai halluciné ?

— Non, non, bien sûr que non, répondit Brenda.

Il était toutefois évident qu'elle tentait simplement de désamorcer toute escalade. Elle posa le revers de sa main sur le front de sa fille.

— Tu es un peu chaude. Comment te sens-tu ?

Maya avait envie de crier. D'arracher le téléphone du mur et de le fracasser par terre. Sa mère ne la croyait pas. Encore une fois.

— Tu deviens sourde, déclara-t-elle froidement en faisant claquer le combiné sur son support.

Passant devant sa mère, elle se dirigea vers sa chambre.

— Attends, la retint Brenda. (Elle suivit sa fille dans le couloir.) J'essaie seulement de t'aider, Muffin. Tu le sais, n'est-ce pas ?

Maya faillit éclater de rire. Comme si sa mère pouvait l'aider. Si c'était Frank, au téléphone, il savait qu'elle le cherchait. Après tout, pourquoi, sinon, serait-elle revenue à Pittsfield alors qu'elle avait toujours rêvé de s'en échapper ?

— Je n'ai pas besoin de ton aide, rétorqua-t-elle à sa mère en lui fermant la porte au nez.

# Chapitre 15

— Tiens, dit Aubrey, essaie celui-ci.

Devant l'armoire de sa chambre, elle tend à Maya un débardeur blanc avec de minuscules fermoirs argentés sur le devant.

Maya se tient devant le miroir, vêtue d'un short en jean. Elle enfile le débardeur par la tête. Elle sait que c'est l'un des préférés d'Aubrey.

— Il te va bien, constate son amie, ce que le miroir lui confirme.

Le blanc met en valeur la peau dorée de Maya, même s'il ne lui va pas aussi bien qu'à Aubrey, qui a un plus beau décolleté.

— Je ne sais pas. Je ne veux pas lui donner l'impression de prendre ça pour un rancard.

— Ce n'est pas le cas ? Je veux dire, tu ne veux pas que ça se transforme en rancard ?

Maya sourit.

— Si.

— Alors ?

— On fait juste un tour en voiture.

— Il peut se passer beaucoup de choses en voiture.

— Je ne sais même pas si Frank m'apprécie.

— Bien sûr que si. Il t'a draguée à la bibliothèque !

Elles éclatent de rire, mais Maya ne voit pas trop ce qu'il y a de drôle. Elle se sent étourdie et nerveuse : elle est censée retrouver Frank dans vingt minutes, mais ne sait toujours pas pourquoi. Elle part à l'université de Boston dans trois semaines, et tout ce qu'ils ont partagé jusqu'à présent, ce sont deux conversations à la bibliothèque : la première quand ils ont fait connaissance, et la seconde quand Maya y est retournée dans l'espoir de l'y revoir.

« Salut, ça te dirait qu'on traîne ensemble, un jour ? »

C'est elle qui lui a posé la question. Elle a eu beaucoup de coups de cœur, dans sa vie, mais celui-ci est sans doute le plus fort, le plus soudain. Elle ne peut s'empêcher de songer à ce regard qu'il lui a lancé, à la fois éclatant et espiègle, comme s'ils faisaient une plaisanterie ensemble. Peut-être qu'elle se prépare à souffrir, mais elle s'est sentie obligée de le revoir. Et suffisamment à l'aise pour l'inviter à sortir, ce qui était une première, pour elle. Elle est déjà sortie avec des garçons – trois, pour être exact –, mais n'a jamais eu de véritable petit ami.

— Mascara ? demande Aubrey.

Elle s'approche, l'applicateur à la main, et Maya ferme les yeux. Elle sent les poils de la brosse glisser sur ses cils, l'haleine de bonbons Jolly Rancher d'Aubrey, et, derrière, une odeur de cigarette. Maya rouvre les yeux, et les voilà, côte à côte dans le miroir : Maya-et-Aubrey, leurs deux noms sont associés depuis la troisième. Une bande de deux. Difficile de dire à quoi aurait ressemblé le lycée si elles n'avaient pas été assises l'une à côté de l'autre en cours d'anglais.

Le regard vert d'Aubrey contraste avec le noir cerise de ses cheveux, et sa tenue, comme d'habitude, est plus élégante que celle de Maya. Un gilet d'homme sur une brassière et un short cycliste noir. À côté d'elle, Maya porte le débardeur blanc aux fermoirs en argent et son short en jean qui s'effiloche. Derrière elles s'étale le désordre habituel de la chambre d'Aubrey. Des piles de vêtements par terre, des carnets, des romans, des canettes de soda à l'orange et des boîtiers de CD. Des polaroïds aux murs – Maya figure sur plus de la moitié d'entre eux –, et des guirlandes lumineuses de Noël. Maya connaît cette chambre aussi bien que la sienne. Elle sait que ce n'est pas seulement avec Frank qu'elle manque de temps. Elle pense qu'Aubrey et elle seront toujours amies, mais qu'elles ne pourront jamais récupérer ce temps perdu.

L'horloge près du lit d'Aubrey indique « 18 h 48 ».

—Je ferais mieux d'y aller, reconnaît Maya.

—Amuse-toi bien. N'oublie pas vendredi prochain.

—Vendredi prochain ? (Aubrey fronce les sourcils.) Oh, c'est vrai… Tender Wallpaper. Bien sûr.

Le groupe préféré d'Aubrey. Maya l'aime aussi, mais pas autant ; elle préfère la musique qui lui donne envie de danser. Elle connaît les pas de chaque nouvelle danse dès sa sortie, même si elle ne danse que dans sa chambre.

—J'ai vraiment hâte, dit-elle en se dirigeant vers la porte.

À 19 heures, elle attend devant la bibliothèque que Frank sorte du travail. Il fait lourd et humide depuis le début de la journée, mais ce n'est pas pour cela qu'elle a les mains moites. Lorsque les portes s'ouvrent, elle s'efforce de paraître décontractée, mais ce n'est pas lui. Elle attend. Il est curieux, désormais, de songer au nombre de fois où elle a dû le croiser sans le remarquer. Lorsqu'elle lui a demandé depuis combien de temps il travaillait là, il lui a répondu « six semaines ». Combien de fois est-elle passée devant lui sans s'en rendre compte ?

Maya a dit à Aubrey qu'il était sexy, mais ce n'est pas vraiment le cas. C'est autre chose, une autre qualité. Un magnétisme. Frank surgit de la bibliothèque quelques minutes après 19 heures, souriant chaleureusement, mais son étreinte lui semble platonique. Une étreinte rapide, d'un seul bras.

— Salut, désolé pour le retard.

— Pas de souci.

Il a une berline anguleuse avec des sièges en cuir craquelé, et ce n'est pas vraiment la sienne, d'après lui : elle est à son père. En sortant du parking, Frank explique à Maya que, bien qu'il soit originaire de Pittsfield, il n'y vit plus depuis des années. Ses parents ont divorcé quand il avait douze ans, et sa mère l'a emmené vivre à Hood River, dans l'Oregon, où Frank a vécu jusqu'à cet été. Il est revenu pour une seule raison, lui explique-t-il – il n'aurait jamais accepté un emploi à temps partiel à la bibliothèque autrement –, son père est mourant.

— Ah, dit Maya, je…

Elle imagine très bien ce que l'on doit ressentir quand on a un père et qu'on le perd. Elle tend la main vers celle de Frank, puis se ravise.

— Vraiment désolée de l'apprendre.

Il lui adresse un sourire attristé, puis change de sujet. Il la conduit le long du lac Onota, dont la surface bleue scintille entre les arbres. Maya se demande s'il a l'intention de s'arrêter là et de se garer, mais la voiture continue d'avancer ; le lac s'éloigne dans son rétroviseur latéral. Le vent frais leur ébouriffe les cheveux. Frank lui demande quel est son livre préféré, et elle lui répond qu'elle en a plusieurs. Elle dit que *Chocolat amer* de Laura Esquivel est le meilleur livre qu'elle ait lu de toute l'année, qu'*Un raccourci dans le temps* de Madeleine L'Engle était son préféré quand elle était enfant, et qu'en ce qui la concerne, rien n'est comparable aux mythes grecs. L'attention que Frank lui porte est délicieuse. Il semble totalement captivé, comme si elle était la personne la plus intéressante au monde.

— Et le livre de ton père ?

— Le livre de mon père ?

Elle ne peut expliquer pourquoi la question la surprend, mais c'est le cas, et, à ce moment-là, Maya s'aperçoit qu'elle n'a aucune idée de l'endroit où ils se trouvent. Elle était tellement absorbée par la conversation qu'elle n'a pas remarqué qu'ils avaient tourné sur une petite route déserte à travers bois. Elle a soudain l'impression d'être perdue, puis ressent une peur trop rapide pour être formulée. Une peur des inconnus, de la nuit, de la forêt. Très bientôt, il fera nuit.

— Où allons-nous ? demande-t-elle.

— Tu es déjà allée à Balance Rock ?

Maintenant qu'il le dit, elle reconnaît l'endroit. Elle y est déjà allée, mais c'était il y a des années. Une fois dans le cadre d'une sortie scolaire, en CE1, et à plusieurs reprises pour faire de la randonnée avec sa mère. Lorsqu'ils atteignent le petit parking qu'elle connaît et que Frank sort un sachet d'herbe de la boîte à gants, les craintes de Maya se dissipent aussi vite qu'elles sont apparues. Elle espère que sa voix ne l'a pas trahie.

Ils sont juste là pour se détendre. Elle le regarde rouler un joint, et le rapide mouvement de ses doigts lui rappelle les magiciens qu'Aubrey aime regarder.

Ils fument sur le parking, à la lisière des arbres. Maya guette les promeneurs, tandis que Frank ne semble guère s'en soucier. Il fume aussi paisiblement qu'à la bibliothèque, avec une impudence pleine de décontraction et d'assurance, tout en se montrant envers elle extrêmement prévenant, prenant soin de souffler sa fumée vers le haut pour éviter qu'elle lui arrive en plein visage. Elle ne dit pas un mot en tirant sur le joint, et lui non plus, mais le silence n'a rien de gênant. Il leur permet de profiter du chant des cigales et du bruissement du vent dans les feuilles. Un silence bien plus agréable que ce à quoi on aurait pu s'attendre entre deux personnes qui se connaissent à peine.

— Alors, finit par proposer Frank, on va le voir, ce rocher ?

Retroussant le coin de ses lèvres, Maya glousse alors que l'herbe commence à produire ses effets.

— Tu ne l'as jamais vu ?

— Si. Mais je le trouve toujours aussi incroyable.

En descendant le petit chemin qui mène du parking à Balance Rock, elle se sent délicieusement flotter. Il est curieux de voir comment ce rocher de la taille d'une camionnette peut rester dans un équilibre si précaire sur une pierre beaucoup plus petite. On pourrait croire que l'homme l'a agencé ainsi – comme à Stonehenge –, mais l'arrangement est naturel, un bloc laissé par le recul des glaciers lors de la dernière période glaciaire. Des sentiers de randonnée serpentent dans les bois environnants, mais, pour l'instant, Maya et Frank ont l'endroit pour eux tout seuls. Maya a envie de s'asseoir, elle se trouve une place sur une pierre large et lisse. Frank s'assied à ses côtés.

— Alors, dit-il. C'est quoi, ton histoire ?

La question lui semble orientée – dans le bon sens du terme – et lui fait regretter ce qu'elle doit lui répondre :

— Je déménage à Boston dans quelques semaines.

Il a l'air déçu.

— Je croyais que tu étais déjà à l'université.

— Ce sera ma première année. Et toi ?

— J'étais sur le point d'entrer à la fac de Portland quand j'ai appris que mon père était malade.

— Oh, lâche Maya en secouant la tête. Tu as bien fait de rester.

— Je savais que je le regretterais, sinon.

Cette fois, elle ne peut s'empêcher de poser une main sur son bras.

Frank se tourne vers elle, le regard doux et sincère. Il va l'embrasser, elle en est sûre. Le sang lui monte à la tête, l'instant est chargé à la fois de terreur et d'enthousiasme. Mais, au moment où elle se penche vers lui, Frank déclare :

— En tout cas, j'aime bien cet endroit. Surtout quand je suis avec toi.

Maya se fige. Mortifiée, elle parvient à esquisser un sourire.

— J'adore travailler à la bibliothèque, poursuit-il. C'est agréable d'être entouré de tous ces livres.

— J'imagine, dit-elle d'une petite voix.

— Et il y a autre chose, une chose sur laquelle j'ai travaillé. (Son regard pétille.) Tu es l'une des premières personnes à qui j'en parle.

Maya se sent un peu plus confiante. L'excitation qu'il éprouve à l'idée de ce qu'il va lui raconter est communicative.

— Je construis une cabane, annonce-t-il.

— Une cabane ? Où ça ?

— Dans les bois, derrière la maison de mon père. Près du parc national.

Il lui explique qu'il a toujours rêvé de devenir architecte. Enfant, déjà, il dessinait des maisons avec des crayons de couleur et s'imaginait vivre à l'intérieur. Des maisons avec des barres de pompier à la place des escaliers et des toboggans intérieurs.

Maya sourit.

Il lui raconte que, en grandissant, il aimait lire des ouvrages sur des architectes célèbres comme Richard Buckminster Fuller. Comme Maya, Frank a passé beaucoup de temps à lire. *C'est étonnant de voir à quel point nous nous ressemblons*, songe-t-elle. Elle remarque qu'ils sont assis de la même façon, les jambes étendues sur le rocher, leur cheville droite sur la cheville gauche. Lorsqu'elle s'en aperçoit, Maya change de position, gênée comme si elle l'avait copié, alors que ce n'est pas le cas. En tout cas, elle ne l'a pas fait exprès. Elle ressent vraiment les effets de l'herbe, à présent, et a perdu le fil de ce que dit Frank… quelque chose à propos de son père.

On ne sait pas, d'après lui, combien de temps il reste à son père. Cela pourrait être une semaine, un mois, un an… Alors, Frank a décidé de rester dans le coin. Plutôt que de partir étudier l'architecture, il va rester là, s'occuper de son père et bâtir sa cabane. Il dit qu'il a déjà commencé. Il a posé les fondations et coulé le béton. Car il n'y a pas de meilleure façon d'apprendre à construire une maison que d'en fabriquer une de ses propres mains.

— Ouah ! s'exclame Maya, défoncée.

Elle fait de son mieux pour suivre Frank qui lui parle de la cabane, mais sa mémoire à court terme ne fonctionne pas, et elle oublie constamment ce qu'il vient de dire. Malgré tout, elle saisit l'essentiel, ses paroles évoquant des images aussi vives que sans rapport les unes avec les autres : une petite maison dans une clairière au milieu des bois. Le verre bombé de la fenêtre de toit. Une cheminée de pierre… Il lui montre même la clé de la porte d'entrée, la brandissant au clair de lune ; depuis le temps qu'ils bavardent, l'astre s'est levé. La clé de sa cabane semble plus lourde que les autres, sur l'anneau de son porte-clés, et ses dents sont plus irrégulières. Peut-être est-ce parce qu'elle est défoncée, mais Maya voit très bien l'endroit grâce aux détails que Frank énumère avec amour : la couleur miel foncé de son plancher en pin, la vue sur la forêt par ses grandes fenêtres. Elle entend même le ruisseau qui coule, derrière.

Maya aimerait bien avoir un bonbon à la menthe, quand elle rentre chez elle. Elle attend que Frank, qui vient de la déposer, s'éloigne avant d'entrer. Elle ne veut pas que sa mère l'interroge. Elle ouvre la porte sans bruit.

Plongé dans l'obscurité, le salon est désert. Refermant la porte derrière elle, Maya quitte ses tongs et longe le couloir sur la pointe des pieds. Elle est presque arrivée à sa chambre lorsqu'elle remarque que la maison est anormalement silencieuse.

— Maman ?

Dans la cuisine, elle trouve un mot de sa mère, griffonné avec sa grande main maladroite.

« Appelle-moi quand tu rentres. »

Maya ouvre le clapet de son téléphone portable. Elle ne l'a pas consulté depuis des heures. Quatre appels de sa mère manqués.

— Où es-tu ? demande cette dernière en décrochant.

Sa voix est grave et maîtrisée. Maya entend ses collègues assis à côté d'elle, entassés à l'arrière d'une ambulance.

— À la maison, répond Maya.

— Tu savais que j'étais de garde ce soir. J'aurais bien aimé te voir avant de partir.

Maya se rappelle que sa mère en a parlé, mais ne voit pas où est le problème.

— Mais tu devais commencer à 23 heures, non ?

Sa mère s'apprête à lui répondre lorsqu'une voix grésille dans la radio de l'ambulance, en arrière-plan.

— Merde, jure Brenda. On en reparlera plus tard, d'accord ?

— Mais…

Une sirène se met à hurler à l'autre bout du fil.

— Je t'aime, lui dit sa mère. Ne te couche pas trop tard.

— Moi aussi, je t'aime.

En raccrochant, Maya regarde l'heure sur son téléphone. « Minuit deux ». C'est incompréhensible. Elle a retrouvé Frank à 19 heures. Vient-elle vraiment de passer cinq heures avec lui ?

# Chapitre 16

Maya marchait tête baissée dans le vent glacial qui soufflait sur North Street. Elle avait le visage engourdi sous les couches de maquillage. Quel que soit l'individu qui avait appelé, elle ne s'était pas rendormie après le coup de fil. Il était à présent 10 heures, mais elle n'était toujours pas fatiguée. Elle se sentait au contraire trop éveillée, incapable de s'arrêter. Elle manquait de sommeil et était sur les nerfs, mais cela faisait des années qu'elle ne s'était pas sentie aussi lucide. Que sa mère lui ait laissé entendre qu'elle avait pu imaginer la sonnerie du téléphone la nuit précédente avait renforcé sa certitude selon laquelle quelqu'un – Frank – avait appelé.

Après être passée devant l'église St. Joseph, elle entra dans le centre-ville décoré pour les fêtes de fin d'année. Des couronnes étaient accrochées aux vitrines, et l'arbre de Noël géant était dressé sur Park Square, paré d'ampoules lumineuses. Il soufflait un vent glacial dans la rue presque déserte. Elle remonta le col de son manteau.

Elle n'avait parlé à personne du trou noir de plusieurs heures qu'elle avait eu, ce soir-là, à Balance Rock. Du moins, pas au début. À l'époque, elle avait mis cela sur le compte de l'herbe. Frank avait prétendu qu'il s'agissait de la réserve spéciale de son père. Entre cela et la connexion profonde qu'elle avait ressentie, il avait semblé assez raisonnable à Maya de penser qu'elle avait simplement perdu la notion du temps. N'était-ce pas exactement ce que décrivaient toutes les chansons d'amour ? Le fait de s'abandonner totalement ? Elle n'avait jamais été amoureuse. Deux des trois garçons avec qui elle était sortie étaient des amis de types qui couraient après Aubrey. Ils s'étaient simplement trouvés là.

Aujourd'hui, elle aurait aimé pouvoir remonter le temps et se secouer. Pourquoi avait-elle fait confiance à Frank à ce point ? Et que lui avait-il fait ? Elle avait perdu connaissance à de nombreuses reprises, au cours de ces dernières années, généralement à cause de l'alcool, parfois du Rivotril, mais jamais de l'herbe. Elle aurait pu se dire que Frank avait ajouté quelque chose à son joint, mais cela n'aurait pas expliqué la deuxième soirée où elle avait perdu la notion du temps en sa présence.

Ni la troisième.

Quand elle s'était finalement décidée à en parler à un adulte, Aubrey était morte, et son trou noir à Balance Rock n'était qu'un élément de plus que Maya n'était pas en mesure de prouver. Et, si Frank lui avait vraiment fait quelque chose, elle aurait également été incapable d'expliquer pourquoi elle n'était pas aussitôt allée voir la police. Et pourquoi elle avait continué à le voir par la suite.

Au fond, elle aurait préféré ne jamais savoir ce qui s'était passé durant ces quelques heures.

Mais, si Frank savait qu'elle avait vu la vidéo, elle ne pouvait pas se permettre de rester dans l'ignorance.

En approchant du musée, Maya aperçut ce qui semblait être une femme âgée à la posture voûtée, aux cheveux blancs frisés et au manteau trop grand, qui marchait le long du trottoir. À quelques mètres d'elle seulement, Maya s'aperçut qu'il s'agissait de la mère d'Aubrey.

Elaine West n'était pas très âgée – elle avait quelques années de moins que Brenda –, mais la mort de sa fille lui avait fait prendre un coup de vieux. Maya et elle ne s'étaient vues qu'une seule fois depuis l'enterrement, au rayon des surgelés du Big Y, et cette rencontre avait visiblement fait souffrir Elaine.

À moins que ce ne soit Maya qui ait rendu la situation gênante. Sa culpabilité, sa certitude secrète qu'Aubrey serait encore en vie si elle n'avait pas fait entrer Frank dans leur vie.

Leur conversation, qui n'avait pas duré plus de deux minutes, lui avait semblé interminable.

Lorsque Elaine dressa la tête et croisa son regard, Maya serra les dents, et, l'espace d'un instant, il sembla qu'elles allaient se saluer. Mais elles n'en firent rien. Elles se croisèrent en regardant leurs pieds, et aucune ne dit quoi que ce soit.

Qu'y avait-il à dire ?

Une allée dallée, à gauche de laquelle était dressée la statue d'un dinosaure, conduisait au bâtiment de brique délavé renfermant le musée du Berkshire. Maya n'y était pas allée depuis le collège. Cette fois, elle venait voir Steven Lang, qui ne lui avait pas encore répondu.

Le hall d'entrée lui sembla plus petit, ses sols en marbre moins vastes.

— Bienvenue, l'accueillit un homme au comptoir qui n'était pas Steven Lang.

Celui-là était mince, avec d'innombrables dreadlocks nouées sur le dessus du crâne.

— Bonjour, dit-elle. Steven travaille, aujourd'hui ?

— Steven, l'agent de sécurité ?

Maya acquiesça.

— Il vous attend ?

— Je souhaite juste lui parler une minute.

L'homme la dévisagea d'un air méfiant, à moins qu'elle soit juste un peu paranoïaque.

— Oui, il est là. Il est passé il n'y a pas longtemps. Je pense qu'il est à l'aquarium.

— Ah. Alors, je peux...

— Il vous faut un ticket.

En lui tendant sa carte de crédit, elle songea à son travail et se rappela qu'elle devait encore se faire porter pâle. Elle ne pouvait pas se permettre de perdre son emploi. Elle prit son billet et descendit une large volée de marches jusqu'à l'aquarium. C'était la partie du musée qu'elle préférait, quand elle était petite. Une salle caverneuse équipée de dizaines de réservoirs en verre encastrés dans des murs bleu marine. Maya arpenta la pièce d'un bout à l'autre. Des poissons-clowns orange se dissimulaient entre les doigts violets des anémones. Des hippocampes à l'allure baroque se balançaient à côté d'elle tandis qu'elle avançait. Si Steven avait été là, il devait être parti. C'était probablement le seul gardien du musée.

À l'étage, elle découvrit l'exposition annuelle d'arbres de Noël décorés par les écoles et les entreprises locales. Elle traversa les trois salles de l'exposition, une forêt intérieure de sapins chargés de boules, de guirlandes cousues à la main et de décorations peintes, pour la plupart l'œuvre d'enfants.

Elle trouva Steven appuyé contre le mur de la salle des oiseaux empaillés, mais, dès qu'il la vit, il se redressa. Il était plus replet que sur sa photo de profil, mais elle reconnut son visage rond de chérubin et son crâne chauve. Il avait le regard triste, bouffi par des pleurs récents ou le manque de sommeil, mais son uniforme était impeccablement repassé.

— Bonjour, le salua-t-elle en approchant.

— Bonjour ? (Il semblait timide, peu enthousiaste à l'idée d'être abordé.) Vous cherchez les toilettes ?

— Non. (Elle lui adressa son plus beau sourire.) C'est vous que je cherchais. Je m'appelle Maya. Je vous ai envoyé un message, hier. Je ne sais pas si vous l'avez vu…

Steven devint écarlate.

— Je souhaitais vous poser quelques questions.

— Vous vous rendez compte que vous êtes la cinquième personne à me contacter au sujet de cette vidéo ? Apparemment, je suis le seul des amis de Cristina qu'on puisse trouver en ligne…

Maya soupira. Bien sûr, tout le monde avait sa théorie sur la mort de Cristina. Elle songea à la serveuse.

— Mais vous êtes la seule à m'avoir retrouvé en personne.

— Je suis vraiment désolée. (Maya baissa les yeux.) Je comprends que ça puisse vous ennuyer.

Il attendit qu'elle s'en aille.

Elle resta.

— J'ai moi aussi perdu une amie, insista-t-elle. Ce qui lui est arrivé ressemble beaucoup à ce qui est arrivé à Cristina. C'est la raison de ma présence ici. Je voudrais juste comprendre.

Steven soupira.

— Écoutez, je sais que chacun gère son chagrin à sa manière. Peut-être que vous avez besoin de trouver un coupable. Mais je veux me souvenir de Cristina telle qu'elle était de son vivant. Je laisserai le soin de s'occuper de sa mort à la police et au médecin légiste, pas à des détectives amateurs qui sont tombés par hasard sur la vidéo en ligne.

Maya ouvrit la bouche, avant de la refermer. Ce n'était pas rien d'accuser un homme de meurtre.

— Je pense que Frank a quelque chose à voir avec ce qui lui est arrivé. À ce qui leur est arrivé à toutes les deux.

— C'est-à-dire ?

— Pour être honnête, je me le demande.

Il acquiesça lentement.

— D'accord. Je n'aimais pas Frank non plus. Mais Cristina était adulte, tout comme moi. J'ai vu la direction qu'elle prenait avec lui, et je n'ai pas réagi. (L'émotion illumina ses yeux.) Suis-je coupable, moi aussi ?

Au même moment, une femme pénétra dans la salle avec deux jeunes enfants. Steven adopta une posture professionnelle, et Maya se mit à étudier une chouette effraie. Avec son visage blanc et son air fantomatique, l'animal empaillé lui rendit son regard. Maya attendit que la femme et ses enfants parcourent l'exposition.

Grâce au reflet dans une vitrine, Maya surprit Steven en train de l'observer et se demanda ce qu'il avait vu. Elle s'était douchée, lavé les cheveux et fait un masque avec l'anticerne de sa mère, mais cela n'avait pas suffi à dissimuler son regard vitreux. Ni son désespoir, voire sa paranoïa.

— « Bruant hudsonien », déclara la plus jeune. (Elle articula les mots lentement, comme si elle apprenait à lire.) Corbeau.

Lorsque la femme et ses enfants passèrent dans la salle voisine, Steven leur emboîta le pas. Loin de Maya.

Elle le suivit. À ses côtés, elle passa devant un mur de spécimens de quartz étincelants dans la galerie des roches et des minéraux.

— Vous lui ressemblez, constata-t-il.

— Frank est attiré par un certain profil de filles.

Faisant le rapprochement, Steven hocha la tête.

— Nous sommes sortis ensemble quand j'avais dix-sept ans.

Il s'immobilisa. Maya l'avait coincé à côté d'une météorite. Il croisa ses bras potelés et la regarda de haut. Il faisait deux fois sa taille, mais semblait fragile, incapable de soutenir son regard.

— Vous ne l'aimiez pas non plus, déclara Maya. Pourquoi ?

— Parce qu'il avait une mauvaise influence sur elle. Je crois qu'il appréciait le fait que Cristina n'ait pas d'attaches. Ses parents ne lui adressaient plus la parole depuis qu'elle avait quitté l'Église, et ses seuls amis étaient une bande de toxicos dans l'Utah. Et moi.

— Vous étiez proches…

Ses lèvres se mirent à trembler. Il laissa retomber ses bras le long du corps.

— Tout allait bien avant l'arrivée de Frank. Quand Cristina a commencé à travailler ici, elle venait de terminer sa résidence au MASS MoCA. C'était énorme pour elle. Elle était complètement autodidacte. Et ça faisait deux ans qu'elle n'avait plus touché à rien.

— J'ai vu son travail en ligne, confirma Maya. Elle avait du talent.

— Elle aurait pu devenir célèbre. Quand j'ai fait sa connaissance, elle vivait dans un petit studio qu'elle louait. Elle peignait tous les jours. Puis elle a rencontré Frank, et il est devenu sa nouvelle drogue. Il l'obsédait. Elle s'est mise à me faire faux bond tout le temps.

Maya sentit son estomac se serrer. Il aurait pu parler ainsi d'elle sept ans auparavant.

— Vous les avez déjà vus ensemble ?

— Ils traînaient toujours rien que tous les deux, ce qui, j'en suis sûr, était son idée à lui. J'avais l'impression qu'il se sentait menacé par moi. Il la voulait pour lui tout seul. Je ne l'ai vu que les rares fois où il est venu chercher Cristina au travail, et toujours de loin. Il n'est jamais descendu de sa voiture.

— Est-ce qu'elle vous a semblé… différente ?

Steven jeta un coup d'œil autour de lui comme s'il cherchait un visiteur qui aurait besoin de son aide, mais Maya et lui étaient seuls dans la galerie silencieuse des minéraux. Elle se sentit un peu coupable de l'avoir mis si mal à l'aise, mais, lorsqu'il reprit la parole, ses mots jaillirent de lui comme s'il les avait longtemps refoulés. On aurait dit une confession.

— Oui, elle a changé, admit-il. J'y ai assisté, impuissant, et ça m'a fendu le cœur, mais je n'ai rien fait. J'avais tellement peur de la repousser que, lorsque je lui ai fait face… (Il prit une grande inspiration.) Il y a deux semaines, elle a manqué un jour de travail. Elle n'a pas appelé, ça ne lui ressemblait pas du tout. Cristina adorait travailler dans un musée. Je suis passé devant chez elle, ce soir-là. Sa voiture était là, mais elle était partie, et j'ai compris qu'elle était certainement avec Frank. Elle n'est revenue ni le lendemain ni le surlendemain. Mais, le lundi, je suis allé travailler, et elle était là. Comme si de rien n'était. Et elle n'a jamais rien dit de tous les messages affolés que je lui avais laissés.

— Où était-elle allée ?

Il secoua la tête.

— Tout ce qu'elle disait, c'était que Frank et elle étaient partis en week-end. Elle a gardé son travail, alors j'imagine qu'elle a dû donner une meilleure excuse au patron. Je ne sais toujours pas où elle est allée, mais elle s'est fait tatouer pendant qu'elle était là-bas. Ici, à l'intérieur du bras…

Il passa son doigt sur la peau douce de l'intérieur de son avant-bras.

— Que représente ce tatouage ?

— Une clé.

Le sang de Maya se glaça.

— Une clé ?

— Comme une clé de voiture ou quelque chose comme ça, précisa-t-il. Mais avec des bords tranchants. Je ne connais pas sa signification, et je regrette de ne pas le lui avoir demandé. J'aurais dû lui poser plus de questions… (Sa voix était chargée d'émotion.) Au lieu de ça, je me suis emporté. Je l'ai accusée d'être retombée dans la drogue. Quand elle a nié, je l'ai traitée de menteuse.

— Vous pensez qu'elle se droguait ?

— Cristina l'avait échappé belle, il y a deux ans. Ça lui avait endommagé le cœur de façon irréversible. C'était ce qui la poussait à rester *clean*. Elle savait que, si elle recommençait à se droguer, ça la tuerait. Elle n'aurait jamais recommencé, sans lui.

Steven serra les poings, une veine palpitait dans son cou. Maya entrevit à quel point il tenait à Cristina.

— Je suis convaincu que c'est ce qui s'est passé, ajouta-t-il. J'en veux à Frank de l'avoir fait replonger dans la méth', son cœur ne l'a pas supporté.

Maya compara cette théorie à la sienne et admit que celle du jeune homme semblait plus logique.

— Je savais qu'elle était en difficulté, poursuivit-il. (Des larmes perlaient dans ses grands yeux noisette.) Cristina le savait aussi. Je suis sûr qu'elle savait qu'elle allait mourir.

Des voix résonnèrent depuis des salles plus loin. Steven se mit à parler plus vite, comme s'il avait besoin de déballer tout ce qu'il avait sur la conscience.

— La veille de sa mort, elle est venue me voir et m'a dit qu'elle était désolée de s'être comportée comme ça. Elle m'a offert sa dernière toile. Elle était magnifique, différente de son travail habituel. Je lui ai demandé pourquoi elle me la donnait, et elle m'a répondu qu'elle se débarrassait de certaines de ses affaires. Elle faisait du ménage chez elle. Quand elle m'a dit ça, j'ai eu le pire des pressentiments.

Les voix approchaient de la salle des minéraux, mais Steven poursuivit, éprouvant le besoin de raconter tout ce qu'il savait.

— Elle était consciente de ce qui se produirait, si elle recommençait à se droguer. Elle le savait, et je suis convaincu que Frank le savait aussi. (Un couple de personnes âgées pénétra dans la salle.) Et moi aussi, ajouta Steven, la voix cassée. J'aurais pu l'empêcher de mourir, mais je n'ai rien fait. Alors, oui, j'en veux à Frank, et j'en veux à Cristina d'être tombée amoureuse de lui. Mais, surtout, je m'en veux à moi-même.

# Chapitre 17

Frank ne dit jamais à Maya où il l'emmène, et ça fait partie de ce qu'elle aime chez lui. Elle préfère être surprise. Ce jour-là, il l'a conduite jusqu'à l'île Thomas, qui est en réalité une péninsule s'enfonçant dans le lac Onota. La plupart de la vingtaine de maisons de la péninsule sont alignées le long de la rive ouest, chacune possédant sa propre plage herbeuse et son quai flottant, beaucoup avec des embarcations amarrées. Les maisons ont des terrasses. Des garages pour deux voitures. Sur le chemin, Maya se rend compte qu'elle n'est jamais venue, bien qu'elle habite à moins de cinq kilomètres de là.

Elle s'appuie contre le dossier de son siège, savourant la brise provenant du lac alors qu'ils roulent sur Shore Drive. *Sweet Jane* de The Velvet Underground s'échappe des haut-parleurs. Elle a les pieds sur le tableau de bord, et le soleil qui passe par la fenêtre lui fait penser à l'eau de son bain. L'air est vivant. Elle ignore où ils vont, mais cela n'a aucune importance. C'est aujourd'hui qu'il l'embrassera. Elle en est convaincue. Et, s'il ne le fait pas, elle l'embrassera.

Ils atteignent l'extrémité de la péninsule, puis remontent la boucle, comme pour repartir, mais, au lieu de franchir le pont terrestre, Frank s'engage sur une route étroite et boisée, signalée par un panneau « voie sans issue ». Un saule pleureur laisse traîner ses feuilles sur la voiture tandis qu'il la conduit vers la rive est de la presqu'île. Ce côté est très boisé. Les rares bâtisses sont grandes et cossues, en retrait de la route, derrière des pelouses parfaitement entretenues. Frank s'engage dans une allée non goudronnée qui s'enfonce sous les arbres. Il ralentit pour s'arrêter.

— Qu'est-ce qu'on fait ici ?

Il arbore un sourire mystérieux.

— Tu vas voir.

Il descend de la voiture, et elle l'imite. Ils poursuivent à pied le long de l'allée boisée jusqu'à une maison, plus grande que les autres, pourvue de colonnades blanches et d'une terrasse qui court tout le long de la façade. En traversant la vaste pelouse en direction d'un bosquet entre la bâtisse et le lac, Maya jette un coup d'œil à Frank.

— À qui appartient cette maison ? demande-t-elle.

— À un ami de mon père.

Il la conduit sur un sentier, puis sur un quai.

Maya nage dans le lac Onota depuis toujours, mais elle ne l'a jamais vu sous cet angle. On dirait un océan. Le ciel se reflète dans l'eau à ses pieds, bleu sur bleu, les nuages dérivant comme des nénuphars.

Frank soulève la trappe d'une grande caisse de rangement, au bout du quai. À l'intérieur se trouvent des gilets de sauvetage, des *bodyboards* et quelques frites en mousse. Il plonge la main à l'intérieur, fait courir ses doigts sur le bord de la paroi jusqu'à ce qu'il trouve ce qu'il cherche. Une clé. Il la fait tinter contre son porte-clés en plastique et se dirige vers le classique bateau à moteur en bois qui se prélasse au bord du quai. Lorsque Frank enjambe le bras d'eau qui le sépare de l'embarcation, Maya sent les planches remuer sous ses pieds.

Elle se crispe.

Il se retourne et lui tend la main.

— L'ami de ton père t'a dit que tu pouvais l'utiliser ?

— Quand j'en ai envie.

Elle se détend, s'approche du bord. Lui prend la main. Son contact la fait frissonner. Il l'aide à franchir le fossé et à monter sur le bateau qui oscille. L'espace d'un instant – trop court –, ils se cramponnent l'un à l'autre pour garder l'équilibre. Il dégage un parfum musqué, gorgé de soleil. Son cou se trouve à quelques centimètres de ses lèvres. Elle devient écarlate lorsqu'il se détourne pour détacher le bateau du quai. Elle se laisse tomber dans le siège de cuir rouge.

Il s'installe à côté d'elle, tourne la clé de contact, puis lui adresse le sourire le plus sexy qu'elle ait jamais vu. Il appuie sur l'accélérateur. Le moteur gronde. Ils commencent à avancer, Frank les dirige vers le large. Elle se souvient des gilets de sauvetage, mais il est trop tard pour dire quoi que ce soit : l'embarcation prend de la vitesse. Elle sent les embruns sur sa peau, le vent dans ses cheveux.

— Tu as déjà piloté ce genre de bateau ? demande-t-il en criant par-dessus le vacarme du moteur.

— Non ! répond-elle.

Frank relâche l'accélérateur. Le navire ralentit, le moteur finit par se taire. Dans le lointain, Maya aperçoit des gens qui pataugent au bord de l'une des plages publiques qu'elle aurait pu fréquenter.

— Change de place avec moi.

Elle secoue la tête.

— Je n'ai jamais manœuvré de bateau.

— Tu sais conduire une voiture, non ?

— Oui, mais…

— Alors tu en es capable.

L'embarcation, qui glisse lentement, prend soudain de la gîte quand Frank se lève pour changer de place. Maya se met du côté pilote, surtout pour équilibrer leur poids, puis s'assied devant le grand volant étincelant. Le lac s'étend devant elle comme une route déserte.

— La manette des gaz, c'est ta pédale d'accélérateur. Pousse-la vers l'avant pour avancer.

Elle la pousse trop loin, et le navire fait un bond en avant, dans une gerbe de vagues. Elle hurle. Elle relâche aussitôt l'accélérateur. Le bateau tangue vers l'avant, puis vers l'arrière, comme une version réelle du bateau pirate à la fête foraine. Paniquée, elle se cramponne au bastingage.

Elle entend Frank éclater de rire. Elle se tourne vers lui, le cœur au bord des lèvres, alors que le bateau se stabilise. Il rit, mais pas de façon cruelle, sa voix est pleine de joie. Maya a du mal à recouvrer son souffle. Son affolement fait place à de l'exaltation, et, avant qu'elle s'en rende compte, elle se met à rire à son tour. Non pas parce qu'il y a quelque chose de drôle, mais parce qu'elle se sent bien et qu'elle est enivrée par le danger.

Il se rapproche, lui prend la main et, cette fois, elle est sûre qu'il va l'embrasser. Elle déglutit, regarde ses lèvres, se penche vers lui. Elle ferme les yeux, mais, au lieu de l'embrasser, il saisit sa main et la replace sur la manette des gaz.

— Il faut être plus doux, lui explique-t-il.

Il garde sa main sur la sienne et fait avancer leur embarcation. Ils commencent à prendre de la vitesse. Son pouls bat à tout rompre. Elle ne quitte pas l'eau des yeux. Ils sont au milieu du lac, à présent. Il la lâche et reprend place sur son siège.

— Alors, tu pars quand pour Boston ?

La question lui fait l'effet d'une douche froide.

— Dans deux semaines. J'essaie de ne pas y penser.

À côté d'elle, Frank garde le silence. Ils approchent de l'extrémité du lac oblong, dont le rivage est bordé par la forêt. Des feuilles flottent sur l'eau. Elle était convaincue de lui plaire aussi. A-t-elle pu se tromper ? Ou est-ce parce qu'elle s'en va ?

— Tu as quelque chose de prévu, ce soir ? demande Frank.

— Je vais chez Aubrey, répond Maya. Mais demain…

— Eh, Gary ! s'écrie quelqu'un.

Se retournant, Maya et Frank aperçoivent une femme dans un kayak, à une vingtaine de mètres derrière eux. Au fur et à mesure qu'elle approche, Maya distingue un peu mieux ses traits, ses cheveux grisonnants et ses bras musclés. Une bonne posture. Son sourire se dissipe quand elle comprend qu'il ne s'agit pas de Gary.

Frank lui adresse un signe de la main.

— Prête à rechanger de place ? demande-t-il à Maya.

Elle n'a pas le temps de réagir qu'il se lève déjà et lui fait signe de se glisser sur l'autre siège. Le bateau oscille. Il appuie ensuite sur la manette des gaz et le bateau prend de la vitesse. Maya jette un coup d'œil par-dessus son épaule à la femme, qui rapetisse à mesure qu'ils s'en éloignent. Celle-ci les suit du regard, ses avirons immobiles.

— Qui était-ce ?

Il hausse les épaules.

— Sans doute une amie de Gary.

Il tourne en ralentissant, rebroussant chemin vers le quai. Le bateau s'approche de la rive, distançant la kayakiste.

Maya se tourne vers Frank. Il a l'air calme, voire détendu, la tête penchée en arrière, comme s'il profitait des embruns et du soleil. Mais, soudain, elle envisage l'hypothèse qu'il ait pris le bateau sans en avoir l'autorisation. Elle se souvient de leur rencontre, de la cigarette qu'il fumait au vu et au su de tous malgré l'interdiction, comme s'il se moquait de ce qui pouvait se passer et de ce que pensaient les autres. Elle ne peut s'empêcher de se demander ce que l'on ressent quand on bénéficie de ce genre de liberté. D'une telle assurance. Il n'a fait de mal à personne, alors, si c'est le cas – s'ils se promènent dans le bateau de luxe de quelqu'un qu'il ne connaît pas –, elle n'y voit pas de problème.

Ils filent sur l'onde en faisant des bonds, plus vite qu'à l'aller, et elle déborde d'enthousiasme et de peur. Et s'ils se faisaient prendre ? Lorsqu'ils s'arrêtent sur le quai, elle est nerveuse. Frank met pied à terre d'un bond, agile et rapide, mais pas pressé. Il l'aide à descendre en souriant, mais son air si chaleureux a disparu. Elle repense à la demi-heure qui vient de s'écouler et tente de comprendre ce qu'elle a fait de mal. Il amarre le bateau au quai et remet la clé à sa place, dans la caisse de rangement non verrouillée.

— Je peux te poser une question ? demande-t-elle en regagnant la voiture garée dans les arbres, comme si elle était cachée. (Elle s'adresse à lui avec précaution, souhaitant éviter de le froisser.) Gary est le propriétaire du bateau ?

— Absolument.

— Il a vraiment dit que tu pouvais l'emprunter ?

— Ha ! s'exclame Frank. Tu n'es pas sérieuse. (Ils montent dans la voiture.) Gary et mon père se connaissent depuis les années 1980. Mon père l'a dépanné, une fois.

Les mots lui pèsent, comme s'il cachait quelque chose.

Maya ne s'en formalise pas. Elle est encline à le croire, non pas pour une raison précise, mais d'instinct.

— En parlant de mon père, il faut que je retourne le voir.

— Bien sûr.

Il la ramène chez elle sans un mot. Son humeur a changé. Il regarde devant lui, l'œil noir, et elle se dit que c'est à cause de son père. Frank en parle rarement – elle ne sait toujours pas ce qu'il a, ni combien de temps il lui reste –, et elle part du principe que c'est parce que le sujet est trop douloureux. Elle veut demander à Frank s'il va bien, mais il lui témoigne une certaine froideur, à présent. Il a le menton rentré, la mâchoire crispée. Le silence dure, et elle commence à craindre de l'avoir contrarié.

— J'ai passé un excellent moment, aujourd'hui, lui confie-t-elle.

— Ouais, moi aussi. Eh, on met un CD ?

Maya se sent piquée au vif. Elle ne le connaît que depuis deux semaines, mais elle a l'impression que cela fait beaucoup plus, et elle ne l'a jamais vu se conduire de la sorte. Elle ramasse le classeur de CD par terre.

— Un titre en particulier ?

Il hausse les épaules.

— Surprends-moi.

Elle ouvre le classeur noir et se met à feuilleter les pochettes en plastique. Elle voit *The Downward Spiral* de Nine Inch Nails, et *There Is Nothing Left to Lose* des Foo Fighters, deux groupes qu'elle n'a pas écoutés depuis longtemps. Green Day et Rage Against the Machine... Apparemment, Frank aime la musique d'il y a dix ans. Elle s'arrête sur une compil maison. Son estomac se serre lorsqu'elle lit les mots inscrits en noir sur la face avant brillante : « Chansons pour quand on ne peut pas être ensemble. Je t'aime pour toujours, Ruby. »

*Mais qui est donc Ruby ?*

Maya fait semblant de ne pas avoir vu le message. Elle tourne la page et choisit l'album suivant, *Mama Said* de Lenny Kravitz. Frank monte le son, et, quelques minutes plus tard, ils arrivent devant chez elle. Elle met du temps à descendre de la voiture.

— Merci pour la balade en bateau, dit-elle. C'était très amusant...

*Au fait, tu as une copine ?* Maya ne peut se résoudre à lui poser la question.

— Eh, qu'est-ce que tu fais, demain ? dit-elle à la place.

— J'espère avoir le temps de travailler un peu sur la cabane.

— Cool, dit-elle, comme si elle s'en fichait. On se voit un de ces jours, sans doute.

— À bientôt. Passe un bon moment avec ton amie, ce soir.

Il ne repart pas tout de suite, et, l'espace d'un instant, elle se dit qu'il va la rappeler après avoir changé d'avis pour demain, mais ses espoirs s'évanouissent un peu plus à chacun de ses pas. Il se conduit en gentleman, semble-t-il, et attend qu'elle soit rentrée chez elle. La porte s'ouvre et sa mère passe la tête à l'extérieur, accueillant sa fille avec un grand sourire.

— Te voilà.

Elle jette un coup d'œil par-dessus l'épaule de Maya, juste à temps pour voir les feux arrière de la voiture de Frank qui s'éloigne.

# Chapitre 18

Maya faisait les cent pas dans la cuisine. La marche de l'après-midi la faisait souffrir, mais ses pieds avançaient tout seuls, comme s'ils tentaient de devancer ses pensées, chacun de ses neurones et de ses terminaisons nerveuses étant kaput. La bouilloire hurlait. Elle se préparait du thé à la camomille, alors qu'elle rêvait en réalité de la flasque de gin qu'elle avait achetée au magasin de vins et spiritueux en rentrant du musée. Mais elle s'était promis de ne pas y toucher avant 17 heures. Elle ajouta du miel à son thé en faisant tinter bruyamment sa cuillère métallique dans la tasse.

Elle avait presque oublié la curieuse clé que Frank lui avait montrée. La clé de sa cabane. Mais entendre parler du tatouage de Cristina avait ravivé le souvenir de Balance Rock. Et, bien qu'elle ne puisse en être certaine, Maya avait le sentiment que ce n'était pas la seule fois qu'elle avait vu cette clé.

Son téléphone tinta pour lui annoncer l'arrivée d'un message. En se précipitant dans sa chambre pour y répondre, elle se renversa du thé brûlant sur les doigts. *Mon Dieu, faites que ce soit Dan, mon Dieu, faites que ce soit Dan.* Il n'avait toujours pas répondu à son message de la veille, mais elle s'efforçait de ne pas s'inquiéter.

Chili ce soir ?

C'était sa mère.

Brenda tentait visiblement de se racheter – le chili était le plat préféré de Maya –, mais cela ne suffirait pas à faire pardonner son attitude de la veille.

Bien sûr, répondit Maya. Elle n'attendait pas d'excuses, mais elle n'avait pas non plus l'intention d'en présenter. Elle savait qu'elle avait raison. La clé. La cabine. Les appels nocturnes sur le téléphone fixe. Ils pointaient tous vers la même vérité, juste derrière les trous noirs de sa propre mémoire.

Et quelque chose clochait avec la théorie de Steven sur le cœur endommagé de Cristina : elle n'expliquait pas ce qui était arrivé à Aubrey. Steven n'avait jamais fréquenté Frank. Il ne pouvait pas comprendre. Ce dont Maya avait besoin, c'était de parler à quelqu'un qui le connaissait comme Cristina et elle.

Elle songea à Ruby.

Tout ce que Maya savait d'elle, c'était qu'elle avait un jour professé son amour pour Frank au marqueur sur une compilation CD. Maya avait été jalouse, à l'époque, mais n'avait jamais découvert qui était Ruby, et, quatre jours plus tard, Aubrey mourait. Maya n'avait plus pensé à Ruby, à l'époque, mais elle se souvenait à présent de sa compilation – « Chansons pour quand on ne peut pas être ensemble » – et se demanda si Ruby avait suffisamment aimé Frank pour connaître son secret.

La batterie de son téléphone étant presque vide, Maya s'agenouilla pour le brancher, et, ce faisant, aperçut son reflet dans la fenêtre. Elle ne s'était pas rendu compte qu'elle grinçait des dents. Elle avait les lèvres blanches, les yeux creusés comme des cavernes, et le jardin se fondait dans son reflet de telle sorte que la pelouse s'étendait sur sa poitrine tandis que les arbres, derrière, semblaient tatoués sur son visage.

# Chapitre 19

Le simple fait d'imaginer Frank avec quelqu'un d'autre lui coupe l'appétit.

Elle ne touche pas au basilic du jardin qu'elle a planté avec sa mère quand elle était petite, ni à sa limonade. Elle ne sent pas la brise par la porte ouverte de la cuisine et n'entend pas le carillon familier sur le perron, car, tout au long du dîner, Maya songe à Ruby. Elle n'a pas pensé à grand-chose d'autre, ces dernières heures, depuis qu'elle a vu la compilation. Elle pense savoir à présent pourquoi Frank ne l'a pas embrassée.

— Sheila a demandé si tu avais besoin de quelque chose, pour la résidence universitaire, lui apprend sa mère.

Sheila est une de ses amies, elle habite en bas de la rue.

— Pas que je sache.

— Vraiment ? Tu ne veux pas un de ces trucs pour la douche ? Un porte-savon ?

Maya secoue la tête.

Sa mère fronce les sourcils.

— Je pensais que ça te rendrait plus enthousiaste. Vivre sur un campus, participer à des ateliers d'écriture… N'est-ce pas ce que tu as toujours voulu ?

— Si…

Elle prend une bouchée de ses spaghettis au pesto.

Depuis l'autre côté de la table, sa mère l'observe.

— Je me disais, propose-t-elle, que ce serait bien d'inviter Frank à dîner. J'aimerais bien le rencontrer.

— Je ne sais pas…

Maya tourne et retourne ses spaghettis.

— Tout va bien ?

— Pas vraiment. (Sa mère attend.) J'ai l'impression qu'il a une petite amie à Hood River.

— Une petite amie ?

— Soit ça, soit… je ne lui plais pas.

— Alors, vous êtes… juste amis ?

Quand Maya acquiesce, la confusion de sa mère fait place au soulagement. Elle n'aime pas l'idée que sa fille passe tout ce temps avec un inconnu, mais elle voit à quel point Maya a l'air bouleversée.

— Oh, Muffin…, la plaint-elle. De toute façon, c'est mieux d'être amis. Les amitiés n'ont jamais besoin de se terminer. (Maya soupire.) Réfléchis, il te reste moins de deux semaines avant de partir à l'université. Tu as travaillé dur pour en arriver là.

Sa mère essaie de l'aider, Maya en est consciente, mais elle n'a aucune envie de penser au déménagement. Cela fait très longtemps qu'elle l'attend avec impatience, qu'elle rêve de son avenir à l'université, mais, depuis peu, elle commence à le redouter.

— Tu vas rencontrer énormément de nouvelles personnes, lui rappelle sa mère. Tu l'oublieras vite.

— Quand vais-je rencontrer ce mystérieux garçon ? avait demandé Aubrey à Maya au téléphone, la veille du jour où Frank l'a emmenée faire du bateau.

Aubrey et elle étaient censées se retrouver, ce soir-là, mais Maya avait annulé, ce qui était assez inhabituel. D'habitude, on pouvait compter sur elle, mais Frank lui avait fait la surprise de lui offrir des places de cinéma, et elle n'avait pas pu refuser.

Alors, quand Aubrey allait-elle pouvoir le rencontrer ? Cette question avait fait réfléchir Maya. Bien qu'il ne lui en ait jamais réellement fait part, elle a l'impression que Frank préfère passer du temps seul avec elle. C'était à ce moment-là seulement, tandis qu'Aubrey attendait sa réponse, que Maya avait reconnu sa propre réticence à les présenter l'un à l'autre. Elle détestait admettre, même à elle-même, que c'était parce que, lorsque Aubrey entrait dans une pièce, toutes les têtes se tournaient vers elle comme des fleurs vers le soleil. Maya s'était alors demandé si ce n'était pas elle – et non Frank – qui préférait passer du temps seule avec lui.

— Allô ? avait insisté Aubrey.

À présent, Maya se dit qu'elle ne doit pas être en retard, ce soir. Elle n'a pas été une bonne amie, ces derniers temps. Ce sujet la met mal à l'aise, mais pas autant que celui de Ruby. Ce sera bien de parler à Aubrey, elle est très douée pour comprendre les gens. Si quelqu'un peut interpréter tous ces signes contradictoires – les cadeaux, les sorties romantiques, mais étrangement platoniques, la compilation CD –, c'est bien elle.

À 20 heures, la mère de Maya part travailler pour la nuit. Son emploi du temps est compliqué, avec des journées de travail successives suivies de journées de repos. Elle se retrouve généralement avec une garde de nuit par semaine, et, ces nuits-là, Maya dort chez Aubrey. Non pas parce qu'elle a peur d'être seule – ce n'est pas le cas – ni parce que cela rassure sa mère – bien que ce soit le cas –, mais parce qu'elle aime paresser avec Aubrey dans sa chambre, discuter, écouter de la musique, regarder des films, fumer de l'herbe quand elles en ont, boire en cachette les bières de son beau-père… Tandis que Maya prépare sa brosse à dents, une chemise de nuit et des sous-vêtements propres, elle s'aperçoit que ce pourrait bien être la dernière fois qu'elle le fait avant de partir à Boston.

Elle a convenu avec Aubrey qu'elle arriverait vers 21 heures, mais, sa mère étant partie un peu plus tôt, Maya décide de s'y rendre à vélo dès 20 heures. Elle attache son casque et s'apprête à quitter la maison quand on frappe à la porte. Comme il fait nuit, elle se met sur la pointe des pieds et regarde par le judas. Elle se fend d'un large sourire et ressent une décharge électrique. C'est lui.

Frank sourit à son tour, comme s'il pouvait la voir, derrière la lentille grossissante.

Rayonnante, elle ouvre la porte.

— J'ai dû aller chercher des pastilles contre la toux pour mon père, alors, comme j'étais dans le coin… (Il jette un coup d'œil au casque de vélo qu'elle a oublié qu'elle portait.) Tu allais sortir ?

— J'allais chez Aubrey…

— Ah, c'est vrai ! J'avais complètement zappé…

— J'ai encore, quoi, une quarantaine de minutes devant moi. Tu veux entrer ?

Elle ouvre plus grand la porte.

— Je ne veux pas te mettre en retard.

— Ça va aller.

Il jette un coup d'œil au sac CVS qu'il tient à la main.

— D'accord, dit-il.

C'est la première fois qu'il entre chez elle. Elle le conduit au canapé, ne remarquant que ses bottes sont pleines de terre qu'une fois le mal commis. Elle devra nettoyer avant que sa mère rentre, mais elle ne lui en veut pas, elle ne peut s'en prendre qu'à elle si elle ne lui a pas parlé de la règle « pas de chaussures dans la maison ». Il porte le même tee-shirt blanc et le même jean foncé que dans la journée, et, quand il s'assied à côté d'elle, elle sent l'odeur du soleil, de la terre et de la sueur due à un dur labeur. Il a certainement travaillé sur sa cabane.

Il passe un bras par-dessus le dossier du canapé, de sorte qu'il la prend presque par les épaules, mais pas tout à fait. Elle a envie de s'y adosser, mais penser à Ruby l'en empêche.

— Alors, demande-t-il avec désinvolture, quoi de neuf ?

Il semble de bonne humeur. Il sourit.

— Pas grand-chose…, reconnaît Maya, évitant de croiser son regard.

Il fronce les sourcils.

Elle s'apprête à l'interroger sur la compil. Mais elle se ravise.

— Eh, dit-il doucement. Ça va ?

Elle devrait simplement lui dire ce qu'elle éprouve. Elle se sent rougir.

Il lui prend les mains, l'oblige à se tourner doucement vers lui. Il la regarde dans les yeux.

— Parle-moi, dit-il.

— J'aime vraiment passer du temps avec toi, Frank. Je t'aime bien. Peut-être plus que comme un simple ami.

— Mon Dieu, ça fait du bien de t'entendre dire ça.

— Vraiment ?

Il a l'air de vouloir rire, mais son regard est chaleureux.

— Ne me dis pas que tu ne le savais pas, dit-il.

— Quoi donc ?

— Enfin… que je passe tout ce temps avec toi parce que je n'ai envie de le passer avec personne d'autre.

Les yeux écarquillés, elle sent battre son cœur. Elle fond. Elle pourrait faire la roue.

— Moi aussi.

Il sourit, mais son sourire est triste, et Maya se prépare à tomber de haut.

— J'aimerais tant que tu ne partes pas, soupire-t-il. Je dois sans cesse me le rappeler, me répéter qu'il ne faut pas que je sois trop proche de toi, que je me ferais simplement souffrir. Mais, chaque fois que nous sommes ensemble, je…

Elle l'embrasse.

Il est d'abord surpris, les lèvres à demi écartées, puis il l'embrasse à son tour. Un long et profond baiser qui répond, une fois pour toutes, à la question de savoir ce qu'il ressent pour elle. Elle ne veut pas souffrir non plus, mais pourquoi faudrait-il que ce soit forcément le cas ? Elle n'hésiterait pas à revenir en car tous les week-ends. Elle enroule ses bras autour de son cou.

Puis elle se souvient d'Aubrey.

Maya s'éloigne, mais reste près de lui, front contre front.

— J'aimerais ne pas avoir à partir, avoue-t-elle.

Il fait la moue.

— Peut-être que tu pourrais voir Aubrey un autre soir ? (Elle secoue la tête.) Pourquoi ?

— C'est ma meilleure amie. Je l'ai un peu négligée, ces derniers temps.

— Je parie qu'elle comprendrait.

Maya est flattée par son insistance, puis par la lueur de rancœur dans son regard.

— Je suis vraiment désolée, persiste-t-elle. Je ne peux pas.

— Je comprends. J'imagine qu'il vaudrait mieux que tu y ailles, alors.

Elle jette un coup d'œil à l'horloge, il lui reste dix minutes.

— En fait, je voudrais d'abord te dire quelque chose, se reprend-il.

D'après le ton de sa voix, elle est incapable de déterminer si la nouvelle est bonne ou mauvaise, mais ses paroles lui pèsent : elles évoquent le même mélange de joie et de peur que sur le bateau.

— J'ai fini ma cabane, lui annonce-t-il.

Elle cligne des yeux.

— C'est génial !

— Il n'y a encore rien dedans, bien entendu, et, comme je l'ai dit, elle n'a rien d'extraordinaire, mais j'y ai travaillé un peu chaque jour et, à présent, elle est finie.

— Ouah, déjà ?

Le sourire jusqu'aux oreilles, il hoche la tête.

— J'aimerais bien la voir.

— Vraiment ?

Il la regarde d'un air songeur.

— Bien sûr ! Je n'avais pas compris que tu étais si près du but.

Maya se demande quand il en a eu le temps, entre son père et elle.

— Ça me ferait plaisir, dit-il. Tu serais la première à la voir.

— J'en serais honorée.

— Pourquoi pas demain ?

— Parfait.

— Il vaudrait mieux que tu mettes des baskets. On ne peut s'y rendre qu'en empruntant une route abandonnée que j'ai découverte au bord de la propriété de mon père quand j'étais petit.

— Ouah, ça a l'air cool.

— Ouais, enfin… ce n'était pas si cool que ça, à l'époque.

Il soupire comme quelqu'un de beaucoup plus âgé.

Maya aimerait en savoir plus, mais ne le demande qu'avec ses yeux. Frank la regarde comme s'il essayait de déterminer s'il devait lui en parler ou non. Puis il cède. En s'exprimant, il joue distraitement avec quelque chose, dans sa main. La clé de sa cabane ; Maya en reconnaît les bords dentelés. La clé semble le réconforter. Elle est frappée par sa vulnérabilité alors qu'il lui parle d'un événement qui s'est produit quand il avait dix ans.

Il lui raconte qu'il se trouvait dans les bois, derrière la maison de ses parents. Il s'y réfugiait chaque fois qu'ils se disputaient, et ils se disputaient beaucoup, à l'époque. Ces bois s'étendaient sur des kilomètres. Un jour, il s'était égaré sur une route abandonnée. Il se faisait tard, mais, intrigué, il avait décidé de la suivre. Envahie par la végétation, elle disparaissait sur plusieurs dizaines de mètres sous les feuilles mortes, les fougères et la mousse. Finalement, elle avait si complètement disparu que Frank n'avait pas pu la suivre plus loin. Et, quand il s'était retourné, elle n'était pas non plus derrière lui. Il était perdu. Il n'avait que dix ans, la nuit tombait, et, tout autour de lui, c'était une mer d'arbres sans fin, comme dans ce genre de rêve où l'on est sous l'eau et qu'on ne sait plus où sont le haut et le bas.

Il ne sait pas combien de temps s'était écoulé avant qu'il s'épuise à force de crier et de pleurer. Il sait seulement qu'il faisait nuit et qu'il s'accrochait aux rayons de lune entre les branches lorsqu'il s'était enfin suffisamment calmé pour entendre le ruisseau. Son gargouillis apaisant et salvateur. Quel miracle que ce son l'ait conduit non seulement au ruisseau, mais aussi à la route, qu'il avait suivie avec espoir.

Il avait aperçu un vieux pont et une clairière, sur l'autre rive. Il avait donc décidé de traverser, pensant y trouver quelque chose. Une cabane. De l'aide… Il avait pénétré dans la clairière, mais n'y avait découvert que les plus infimes vestiges d'une maison : des fondations en béton à demi dévorées par la forêt. Frank s'y était assis et avait ramené ses genoux contre sa poitrine. Il avait prié pour que ses parents le retrouvent. Mais ils ne l'avaient pas retrouvé. Il avait attendu toute la nuit, grelottant de froid et de peur.

Puis, à l'aube, les yeux clos, il avait imaginé des murs autour de lui, et un plafond au-dessus de sa tête. Un feu douillet. Quelque chose de chaud sur la cuisinière. Au point de finir par sentir le fumet de la viande cuite et l'odeur du bois dans la cheminée. Il avait dû s'endormir, car il avait rêvé que l'endroit était réel et, pour la première fois depuis des mois, il s'était senti en sécurité. Plus qu'il ne l'avait jamais été chez lui. Et, au matin, il n'avait plus peur. Il avait survécu à une nuit seul dans la forêt et avait rêvé d'une maison pour lui. Celle qu'il s'était promis de bâtir un jour, dans la clairière de l'autre côté du pont.

Le fait de connaître l'histoire de la cabane, de savoir ce qu'elle représente à ses yeux donne encore plus envie à Maya de la voir. Elle lui répète que ce serait un honneur d'être la première à la visiter. Elle compatit avec l'enfant perdu dans les bois, qui se raccroche au confort d'une maison imaginaire, ainsi qu'avec l'homme grave et attentionné à ses côtés qui craint de souffrir. Elle l'admire d'avoir transformé son rêve en réalité, et ce sans être allé à l'université.

— Gauche ou droite ? demande-t-il.

La question la prend au dépourvu. Elle regarde par la vitre de la voiture la rue sombre qui défile. Elle n'avait pas fait attention, mais ils sont à présent sur Grove Street, et ont déjà dépassé Stoddard Avenue.

— À gauche, dit-elle.

Ils sont presque arrivés chez Aubrey, une destination si familière que Maya est gênée de s'apercevoir qu'ils ont dépassé sa rue de plusieurs pâtés de maisons. Ils vont devoir faire demi-tour, mais il ne semble pas s'en préoccuper. Il conduit comme s'il n'avait nulle part où aller.

Maya, elle, est inquiète. Elle n'a pas vu l'heure. Sur le tableau de bord, l'horloge indique minuit. Elle cherche donc à attraper son sac à dos pour vérifier l'heure sur son téléphone, et s'aperçoit qu'elle l'a oublié. Elle a oublié non seulement son téléphone, mais aussi tout le sac à dos contenant son pyjama et sa brosse à dents.

Elle ne revient pas de son étourderie. Elle tente de se rappeler si elle a fermé la porte à clé, mais, maintenant qu'elle y pense, elle ne se souvient ni d'avoir quitté la maison ni d'être montée dans la voiture de Frank.

— Tu sais l'heure qu'il est ? demande-t-elle.

Frank secoue la tête.

— Désolé.

— Tourne là. Quatrième maison sur la droite.

La plupart des fenêtres donnant sur la rue sont éteintes. Maya a une sensation désagréable. Lorsque Frank la dépose devant chez Aubrey, elle est consciente que la politesse voudrait qu'elle les présente l'un à l'autre. Mais elle est sûre d'être en retard. Elle devra s'excuser, et, si Frank est là, ce sera gênant.

— Je suis contente que tu sois passé ce soir, lui assure-t-elle.

Il se penche pour l'embrasser. Juste un baiser, mais il lui rappelle la chaleur de son souffle. Cela lui donne des frissons.

# Chapitre 20

La dernière fois que Maya avait tenté de trouver Ruby, avant que le docteur Barry la convainque de cesser ses recherches, elle n'était tombée que sur quelques pages MySpace. Mais, ce jour-là, Maya repéra sur les réseaux sociaux plus d'une dizaine de « Ruby » vivant à Hood River, dans l'Oregon. Après avoir écarté les trop vieilles et les trop jeunes, elle identifia sept femmes prénommées « Ruby », qui auraient toutes pu réaliser la compil CD pour Frank.

Elles étaient presque toutes hispaniques, et deux d'entre elles lui ressemblaient : pommettes saillantes, cheveux noirs et raides, yeux noirs… À moins que ce ne soit le fruit de son imagination. Son sommeil était agité et ses rêves lui semblaient presque tangibles. Elle envoya un message aux sept Ruby, leur demandant de la contacter si elles connaissaient Frank Bellamy.

Elle attendit.

Encore deux heures avant de pouvoir ouvrir le gin. Elle avait l'impression qu'une lumière stroboscopique pulsait à l'intérieur de son crâne, capturant toutes ses pensées sous des formes étranges. La clé avec ses dents irrégulières. Un jeune Frank perdu dans les bois cherchant de l'aide, une porte où frapper.

Elle avait entendu sa mère rentrer du travail, mais n'était pas allée la saluer.

À force de regarder son téléphone, elle commençait à avoir mal aux yeux. Les mots « Ruby » et « Hood River » donnaient de nombreux résultats sur Google : des vidéos d'animaux, un agent immobilier, la gagnante d'un concours d'orthographe, un article datant de 1901 sur une fille qui avait été jetée d'une carriole. Maya ne parvenait pas à réduire le champ de sa recherche. Elle n'avait qu'un prénom et la ville où Frank avait vécu avec sa mère après son divorce.

Lorsqu'elle tomba sur la notice nécrologique d'une femme de quatre-vingts ans, Maya eut un mauvais pressentiment. Elle ajouta à sa recherche le terme « décès ». Elle obtint ainsi d'autres notices nécrologiques et plusieurs articles. La population de Hood River étant inférieure à huit mille habitants, elle ne tarda pas à découvrir un article sur une femme nommée « Ruby Garza », décédée dans un incendie dix ans auparavant. Elle avait dix-neuf ans, était en première année à l'IUT de Columbia Gorge et venait d'emménager dans un appartement près du centre-ville. Ruby s'était endormie sans éteindre la bougie à côté de son lit et ne s'était jamais réveillée. Elle était seule. Sur la photo granuleuse en noir et blanc, elle avait des cheveux noirs, des yeux noisette et un visage encore enfantin. Elle était morte moins de deux mois avant que Maya fasse la connaissance de Frank à la bibliothèque. Pile au moment où il avait quitté Hood River pour Pittsfield.

# Chapitre 21

Aubrey ouvre la porte avec le tee-shirt Titi qu'elle porte la nuit, mais elle n'a pas l'air d'avoir dormi.

— Salut, je suis vraiment désolée.

Aubrey regarde Frank s'éloigner, n'apercevant qu'une partie de son visage.

— Pas de souci, dit-elle. (Mais elle a répondu d'un ton aussi glacial que son regard.) J'imagine qu'il ne souhaitait pas me rencontrer ?

— Oh, je… (Peut-être aurait-elle dû les présenter, après tout.) Ça ne semblait pas être le bon moment.

Aubrey la fait entrer. Les lumières sont éteintes, le salon est plongé dans la pénombre, la seule lueur, bleutée, provient de la télévision, qui rediffuse un épisode de *New York, Unité spéciale*. Elles passent sans un bruit devant le beau-père d'Aubrey, assoupi dans son fauteuil relax, une bière dans le porte-gobelet. Maya est surprise qu'il soit endormi ; qu'Eric, le frère d'Aubrey âgé de dix ans, ne soit pas affalé par terre en train de jouer à la Game Boy ; qu'on n'entende pas la mère d'Aubrey discuter au téléphone ou faire de l'exercice au sous-sol devant une vidéo. D'ordinaire, cette maison est beaucoup plus bruyante que celle de Maya. Elle s'en veut d'être en retard.

Aubrey ne dit rien lorsqu'elles entrent dans sa chambre. Une chanson de Tender Wallpaper s'échappe des écouteurs posés sur le lit ; Maya reconnaît la lenteur du rythme. Une canette de soda à l'orange est posée sur la table de nuit. Une odeur de cigarette fraîchement fumée flotte dans l'air, mais, comme toute la maison sent la cigarette, personne ne le saura. Des guirlandes de Noël encadrent la fenêtre ouverte. Maya reste bouche bée lorsqu'elle voit l'heure sur le réveil. Vingt-trois heures quarante-deux. Elle a presque trois heures de retard.

— Je suis vraiment désolée, répète-t-elle. Je m'apprêtais à venir à vélo quand Frank s'est pointé. Il devait juste rester quelques minutes, mais on a commencé à papoter et…

Aubrey la dévisage.

— Qu'est-ce que tu as pris ?

— Quoi ? Rien.

Aubrey plisse les yeux. Elle s'assied sur son lit et arrête le CD de son Discman.

— Alors, qu'est-ce qui s'est passé ?

Maya s'installe à côté d'elle, les jambes croisées. Une légère brise souffle par la fenêtre, fraîche comme la nuit. Sa gêne se dissipe lorsqu'elle raconte à Aubrey leur baiser et la discussion qui l'a précédé. Maya attendait cela depuis longtemps, mais Aubrey ne semble guère impressionnée. Elle n'est même pas intéressée.

— Donc, tu es en retard à cause de ça ? demande-t-elle. Parce que tu as embrassé Frank ?

— Non, on a discuté, aussi. Il m'a parlé de sa cabane.

Aubrey esquisse un sourire en coin.

— Celle qu'il construit dans le jardin de son père ?

— Pas « dans le jardin », rétorque Maya avec une pointe d'amertume. Son père a une propriété près de la forêt d'État. La cabane est dans les bois, et Frank l'a terminée. Il m'emmène la voir demain à 13 heures.

— Il t'emmène dans une cabane dans les bois ? C'est quoi, un film d'horreur ?

— Tu ne dirais pas ça si tu le connaissais.

— Vraiment ?

— Écoute, je t'ai dit que j'étais désolée. Et je suis sincère. J'aurais dû être là à 21 heures.

Aubrey s'adoucit, mais on peut deviner mille questions dans son regard. Maya se demande si Aubrey n'est pas jalouse. Elle n'y a jamais songé auparavant, mais elle a de plus en plus de soupçons. Aubrey, semblant se désintéresser du sujet, propose de regarder un film. Un film d'horreur des années 1980 où un homme masqué pourchasse des adolescents.

Elles le regardent sur un vieux combiné télévision-magnétoscope qu'Aubrey a acheté dans un vide-greniers. Le film vient lui aussi d'une brocante, acheté avec l'argent qu'elle a gagné en tant qu'aide de caisse chez Big Y. Il est gore et épouvantable. D'habitude, elles plaisantent pendant toute la durée du film, mais, ce soir-là, après quelques traits d'esprit de Maya, elles se contentent de regarder, et, à chaque meurtre, le choix du film par Aubrey semble de plus en plus réfléchi. À la fin du long métrage, elle est si silencieuse que Maya la croit endormie. Elle éteint donc la télé et s'allonge dans le lit à côté d'Aubrey. Il a fait chaud, aujourd'hui, mais, la nuit étant fraîche, elle se glisse sous la couverture. Et ferme les yeux.

— Qu'est-ce qui va se passer quand tu iras à l'université ? demande Aubrey.

— Hein ?

— Entre Frank et toi. Qu'est-ce qui va se passer quand tu vas partir ?

— Je ne sais pas, répond Maya. Peut-être que je vais repousser mon départ.

Ce n'est qu'au moment où elle prononce ces mots qu'elle s'aperçoit qu'elle y songe. Mais, maintenant qu'elle l'a dit, elle sait que c'est le cas.

— Tu te fous de moi ?

— Beaucoup prennent une année sabbatique, fit remarquer Maya, étonnée de ne pas y avoir pensé plus tôt.

Qu'est-ce que ça peut faire qu'elle entre à l'université dans un an plutôt que la semaine prochaine ?

— Qu'est-ce qui t'arrive ? demande Aubrey.

Maya ne sait pas quoi répondre. Il n'y a rien qui cloche chez elle. Et pour qui se prend Aubrey pour lui reprocher de vouloir rester ? Elle aussi sera là, elle travaillera toujours au Big Y tout en fréquentant l'IUT du Berkshire. Elle a dit que ce n'était pas la peine de faire des emprunts pour aller ailleurs, que l'IUT était très bien, qu'elle ferait de plus hautes études que n'importe qui d'autre dans sa famille.

— Je pensais que ça te ferait plaisir que je puisse rester en ville.

— Ouah, dit Aubrey d'un ton sarcastique.

Elle semble vouloir ajouter quelque chose, mais finit par se raviser.

— Bonne nuit.

Maya se brosse les cheveux devant son miroir après avoir essayé plusieurs hauts et s'être décidée pour un débardeur à rayures bleues et blanches quand on frappe à la porte. Il n'est pas encore tout à fait 13 heures, et sa mère est en train de dormir après son service de la nuit précédente. Maya se précipite donc vers la porte avant que Frank frappe à nouveau et finisse par la réveiller. Il a quelques minutes d'avance. Elle sourit déjà en ouvrant la porte. Mais ce n'est pas Frank.

C'est Aubrey. Elle est magnifique. Et elle porte cette robe, celle qu'elle avait le soir où elle a roulé une pelle au batteur des Screaming Mimis. Maya avait vu le musicien la regarder danser devant la scène toute la soirée, sa robe glissant de temps à autre de ses épaules, soulignant le balancement de ses hanches. Aubrey aussi savait que le batteur l'observait. C'était le but. La robe est rouge, rouge sang.

— Salut, dit Aubrey.

*Comment ose-t-elle ?*

Toute la culpabilité que Maya a ressentie, toute sa compassion s'évanouit comme des gouttes d'eau sur une poêle. Elle sort, ferme la porte derrière elle pour ne pas avoir à chuchoter.

— Tu sais qu'il doit venir à 13 heures.

Aubrey hausse les épaules en souriant comme si ce n'était pas grave.

— Tu as dit que tu voulais nous présenter, alors je suis là.

— Écoute, on a prévu des choses, d'accord ? Tu ne peux pas juste…

— Ne t'inquiète pas, je ne reste pas. Ma mère organise une de ses réunions Avon, alors je devais sortir de chez moi. Je me suis dit que je n'avais qu'à venir ici. Rencontrer Frank.

Maya secoue la tête. Elle s'apprête à demander à Aubrey de partir quand Frank se gare dans l'allée. Il descend de sa voiture. Il s'approche en souriant.

— Salut ! (Aubrey lui tend la main.) Je m'appelle…

— Aubrey.

Il lui serre chaleureusement la main.

— Tu dois être Frank. (Sa voix est légère, mais elle le regarde droit dans les yeux, comme si elle tentait de lire en lui.) J'ai beaucoup entendu parler de toi, ajoute-t-elle.

— Pareil pour toi. Et qu'en bien.

Il semble à l'aise. Maya se demande si elle n'a pas eu tort de partir du principe qu'il préférerait passer du temps seul avec elle.

Elle manque d'avoir une attaque en le voyant poser son regard sur le décolleté d'Aubrey.

— Eh bien, dit Maya un peu trop énergiquement, contente de t'avoir vue, Aubrey. Mais comme je te le disais, Frank et moi avons prévu des choses pour aujourd'hui…

Aubrey le regarde. Elle attend d'être invitée.

Au grand soulagement de Maya, il reste en dehors de la conversation. Il n'est pas tout à fait souriant, pas tout à fait amusé, mais pas loin. Elle se demande ce qu'il pense de tout cela, de la tension évidente qui règne dans l'air. Du ton de Maya. L'espace d'un instant, elle est convaincue qu'il a compris ce qui se passait.

— D'accord, eh bien… à un de ces jours, sans doute, dit Aubrey à Maya.

Elle a l'air presque triste, mais Maya n'a aucune compassion pour elle. Elles ne se sont jamais écharpées de cette façon. Pas comme ça, avec tant de cruauté.

— Ravie d'avoir fait ta connaissance, Frank, dit Aubrey. Et félicitations.

Il se fige.

— Félicitations ?

— Pour ta cabane. Maya m'a appris que tu l'avais terminée.

Le soupçon d'amusement dans son regard se dissipe. Il lance un regard à Maya.

— Tu lui as parlé de ma cabane ?

— Je… je lui ai dit que tu l'avais construite. Il ne fallait pas ?

Frank fait la grimace. Elle ne le reconnaît plus.

— Désolée d'avoir abordé le sujet, s'excuse Aubrey. Je vais… y aller, maintenant.

— Pas de problème, dit-il alors qu'elle s'éloigne. Vraiment, je suis content que tu sois au courant, Aubrey. (Un éclat jaillit dans son regard et se répand sur son visage, l'illuminant aussi vite qu'il s'était assombri.) Peut-être que ça te dirait de la voir aussi ?

« Non ! » a envie de hurler Maya.

— Mais pas aujourd'hui, ajoute-t-il. Il faut que je retourne voir mon père. Il a eu une matinée difficile. C'est ce que je suis venu te dire, Maya. On ne pourra pas se voir aujourd'hui. Désolé.

Elle ne le croit pas. Il allait l'emmener dans sa cabane, elle allait lui annoncer qu'elle comptait reporter d'un an son entrée en fac, mais Aubrey a tout gâché.

— Je suis désolée, dit-elle.

— Pour quoi ?

Il la serre dans ses bras pour lui dire « au revoir », mais l'étreinte est mécanique, sans enthousiasme. Même si, à regarder son visage, on pourrait croire que rien n'a changé.

— Ravi d'avoir fait ta connaissance aussi, assure-t-il à Aubrey. (Il pose de nouveau les yeux sur son décolleté, donnant l'impression à Maya de recevoir un coup de poing dans le ventre.) Tu es à pied ?

Aubrey acquiesce.

— Tu veux que je te raccompagne ?

Aubrey jette un coup d'œil à Maya, puis à Frank. Elle réfléchit.

— Avec plaisir, répond-elle.

Retenant son souffle, Maya le regarde lui ouvrir la portière de sa voiture. Aubrey monte à bord. Elle évite le regard de Maya à travers le pare-brise.

# Chapitre 22

Depuis 17 heures, Maya buvait. Le thé dans son mug avait fait place à du jus d'orange et au gin bon marché qu'elle avait acheté en rentrant du musée. Quatre heures plus tard, la flasque était presque vide et elle se sentait plus calme, mais pas ivre, comme elle aurait dû l'être. En d'autres temps, elle se serait déjà laissée aller, mais elle avait l'impression que son organisme ne le lui permettait pas, que chacune de ses cellules préférait conserver toute sa vigilance.

Une odeur de chili parvenait jusqu'à elle. Le cumin et l'ail rôtis, le bœuf grésillant. C'était l'un des meilleurs plats de Brenda, mais Maya n'en avait pas mangé. Elle se rendait compte de sa cruauté, mais sa mère avait de nouveau mis en doute sa santé mentale.

Cela ne l'aurait pas dérangée autant si elle n'avait pas été tentée d'adhérer aux craintes de sa mère. Si elle admettait qu'elle était folle, on lui prescrirait des médicaments qui la feraient dormir douze heures d'affilée. Elle ajouta du gin dans son mug. Elle était assise en tailleur sur le lit, dans le noir, son téléphone dans une main. Des heures de recherches sur Ruby Garza n'avaient rien donné de nouveau. Et, même si cela avait été le cas – si Maya avait pu lier Frank à une troisième victime –, cela ne lui aurait pas expliqué de quelle manière il s'y était pris.

Et Dan n'avait toujours pas répondu à son texto.

Il avait été tagué sur Instagram par quelqu'un dont le pseudo était « nina_borealis ». Il était assis sur une banquette du *Silhouette Lounge*, buvant ce qui était probablement un rhum-coca face à Sean, son ami de la faculté de droit, et d'Ellie, la copine de Sean. Les trois étaient serrés les uns contre les autres, probablement avec Nina, qui avait pris la photo. Une recherche rapide lui avait révélé que Nina était une jolie architecte philippine qui aimait voyager.

Maya n'avait jamais douté de Dan, mais c'était la première fois qu'il ne répondait pas à l'un de ses messages. Nina était-elle célibataire ? Charmeuse ?

Maya se rappela qu'elle n'avait aucune raison de se méfier de Dan, alors qu'il avait toutes les raisons de se méfier d'elle. Peut-être avait-il deviné qu'elle dissimulait quelque chose, l'avait-il senti, et voilà pourquoi il ne répondait pas… Dan tenait à la vérité. Elle aurait mieux fait de lui parler du Rivotril plutôt que de le lui cacher. Il ne le lui aurait pas reproché, de toute façon. La moitié des gens qu'ils fréquentaient suivaient un traitement contre l'anxiété, la dépression ou autre. Tandis que la soirée avançait, en l'absence de réponse, la possibilité de le perdre commença à se faire réelle.

À cette idée, elle sentit son cœur se serrer. Elle était en piteux état, lorsqu'ils s'étaient rencontrés, à la dérive le jour, oubliant la plupart de ses nuits… C'était lui qui l'avait aidée à s'extirper de ce brouillard. Il était son Orphée qui regardait toujours de l'avant, lui permettant de regagner la terre des vivants. Il avait fait de ce monde un lieu où elle voulait vivre. C'était le genre de personne qui refusait d'acheter de la sauce tomate en bocal parce que la sauce maison était vraiment meilleure et qu'il aimait la préparer. Depuis que Maya avait emménagé avec lui, ils avaient cuisiné ensemble presque tous les soirs, et, désormais, elle ne rêvait que d'une chose, être à ses côtés, hacher des herbes, écouter de la musique et goûter à tout plus que nécessaire, uniquement parce que c'était délicieux.

Si seulement elle avait pu retourner en arrière, une semaine avant d'avoir vu la vidéo... Ils avaient mis une playlist de reggaeton et avaient dansé dans la cuisine pendant qu'une marmite de *minestrone* mijotait sur le feu. Dan aimait danser presque autant qu'elle.

À présent, elle s'imaginait en train de cuisiner seule.

Aucun des logements qu'elle avait occupés depuis qu'elle était partie de chez sa mère ne lui avait donné l'impression d'être chez elle, parce qu'elle n'avait jamais fait en sorte que ce soit le cas. Mais vivre avec Dan, c'était différent. Elle aurait aimé qu'il soit à ses côtés, dans le lit, mais elle était heureuse qu'il ne puisse pas la voir boire du gin seule dans l'obscurité.

Elle reçut un message. Cette fois, c'était Steven.

Elle lui avait demandé s'il avait une photo du dernier tableau de Cristina, celui dont il avait dit qu'il était différent de ses autres œuvres. Peut-être ce tableau lui permettrait-il de mieux comprendre l'état d'esprit de cette femme qui avait décidé de se faire tatouer la clé de Frank sur le bras.

Steven avait accepté de photographier le tableau dès son retour chez lui et de lui envoyer le cliché par MMS. La photo était là, et le tableau était effectivement différent du reste de l'œuvre présentée sur le site de Cristina. *Bonneville Salt Flats* l'avait frappée par sa beauté atypique : le vaste néant de la terre et du ciel, sa lumière froide et cristalline...

Cette toile-ci était chaleureuse. Il s'agissait de la pièce principale de la cabane de Frank. Une pièce unique avec la cuisine d'un côté et le salon de l'autre, son canapé moelleux, son tapis hirsute et sa grande cheminée en pierre. Tout était peint avec des détails photoréalistes, à l'exception du feu. Il y avait quelque chose dans sa luminosité, une intensité exagérée. Des éclats d'orange, de rose et d'or, plus beaux que la lumière naturelle. Plus beaux, trouva Maya, que la lumière de la peinture de Cristina sur la plaine de sel, mais d'un effet opposé. Celle-ci était pleine de ce qui faisait défaut à son œuvre précédente. La satisfaction. Le bien-être. La sensation de chaleur sur son visage. C'était ce qu'elle avait dû ressentir sur place.

Comme le village brumeux du livre du père de Maya, le véritable foyer de Pixán, la cabane du tableau de Cristina semblait à la fois réelle et magique.

Le docteur Barry aurait qualifié ses pensées d'apophénie, la croyance erronée que des choses sans rapport entre elles étaient liées d'une manière ou d'une autre. « C'est l'illusion qui se cache derrière de nombreuses théories du complot », avait-il expliqué.

Quand on regardait quelque chose de suffisamment près, des schémas finissaient par se dessiner.

Mais le docteur Barry avait toujours plus parlé qu'il n'avait écouté. Qu'en savait-il ? Le tableau lui rappela cette histoire, car son père et Cristina décrivaient le même endroit : le foyer idéal.

Maya retourna son téléphone et le posa sur son lit. Le tableau la dérangeait. Elle se prit la tête à deux mains. Ce n'était pas pour rien qu'elle n'avait pas lu le livre de son père depuis des années. Qu'elle y pensait rarement et n'en avait jamais parlé à Dan. Mais elle ne s'était jamais expliqué cette raison. Elle s'était contentée de prendre des comprimés et de boire pour oublier. La seule façon de vivre avec ce qui s'était passé, avait-elle découvert, était de faire comme si ce n'était jamais arrivé. Mais cela demandait du travail. Il lui avait fallu éviter soigneusement tout ce qui aurait pu lui rappeler la mort d'Aubrey.

Y compris le livre de son père. Il ne s'agissait pas d'une démarche consciente, mais de l'une des nombreuses convictions profondes qui guidaient ses pas. Le livre était trop bouleversant. Maya ne l'avait pas emporté lorsqu'elle était partie à l'université, le rangeant dans son enveloppe de papier kraft sur son étagère. Mais, maintenant qu'elle n'y avait plus pensé depuis des années, et qu'elle n'avait plus pris de Rivotril depuis de nombreux jours, le récit de son père ne lui rappelait que trop le mensonge qu'elle s'était raconté à elle-même.

Elle s'en était rendu compte environ un an après la mort d'Aubrey. Maya était chez elle depuis quelques jours, soumise à un traitement médicamenteux intense pour tenter de reprendre sa vie en main, lorsqu'elle avait décidé de récupérer le livre sur l'étagère. Au moment où elle avait commencé à lire sa traduction manuscrite, elle s'était sentie gagnée par un profond sentiment d'affolement. La poitrine serrée, elle avait eu l'impression d'étouffer. Et quelque chose lui disait que, si elle continuait, si elle réexaminait cette histoire avec son sens caché, elle découvrirait des vérités qu'elle ne pourrait pas supporter.

Elle l'avait donc remis sur l'étagère.

Mais la toile de Cristina le lui avait rappelé. Comme le livre de son père, elle était convaincue qu'elle contenait la clé du secret de Frank.

Et la clé se trouvait sur une porte dans son esprit. Plus elle cherchait Frank, plus elle interrogeait de monde, plus il était évident que Maya ne trouverait jamais la réponse en dehors d'elle-même. Elle était en elle, dissimulée dans les heures dont elle n'avait plus le moindre souvenir. Le docteur Barry aurait prétendu qu'elle était au bord de la psychose, mais, pour la première fois depuis qu'elle avait vu la vidéo, Maya sentait qu'elle avançait. Elle se leva et dirigea ses pas vers l'étagère. Tendant la main vers la vieille enveloppe en papier kraft, elle n'attrapa que du vide.

Elle se souvint que ce n'était plus sa chambre. Dans l'obscurité, elle avait dû oublier ce détail. En allumant, elle s'aperçut qu'elle n'avait aucune idée de l'endroit où se trouvait le livre. Elle fouilla le placard, le bureau, les tiroirs vides de son ancienne table de nuit.

Un peu plus tôt, elle avait ôté ses vêtements parce qu'ils étaient trempés de sueur, mais elle décida de les remettre, enfilant son legging humide et sa chemise à manches longues. Elle vérifia toutes les étagères du salon. Elle savait que sa mère ne se serait pas débarrassée du livre de son père.

Et si elle l'avait accidentellement donné à l'association caritative Goodwill ?

Sa mère lui avait demandé de venir récupérer ce qu'elle voulait avant que son ancienne chambre devienne une location Airbnb. Mais Maya n'y était pas allée. Elle avait repoussé l'échéance durant des semaines, puis des mois, avant que Brenda la prévienne qu'elle allait tout bazarder à Goodwill. Encore sous traitement à l'époque, Maya ne s'en était pas préoccupée.

— Non, chuchotait-elle à présent. Non, non, non…

Elle se souvenait du visage de son grand-père lorsqu'il lui avait remis le livre. L'encre précieuse. Les mots de son père… Elle arpenta plusieurs fois la pièce, se passant les mains dans les cheveux.

Puis elle songea à la cave. Peut-être que sa mère avait bluffé à propos de Goodwill ; peut-être que tout ce qu'elle voulait, c'était que sa fille rentre à la maison. Maya descendit l'escalier en toute hâte, s'efforçant de rester sur la pointe des pieds pour éviter de réveiller sa mère.

Enfant, elle était effrayée par le sous-sol. Il y faisait plus froid que dans le reste de la maison, et il y régnait une odeur de renfermé. C'était une pièce tout en longueur qui s'assombrissait au fur et à mesure qu'on s'éloignait de l'entrée. Il y avait d'abord la machine à laver et le sèche-linge, puis une commode qui servait de table pliante. Puis une étagère garnie de gadgets de cuisine et de restes de projets de bricolage. Un bocal de billes. Des pots de peinture, une machine à glace. Plus loin, des cartons de livres, mais pas celui qu'elle cherchait. Elle s'enfonça dans la pièce.

Elle fureta dans des bacs de vêtements. *Je vous en prie, faites qu'il soit là, je vous en prie, faites qu'il soit là.* À quatre pattes, désormais, elle ouvrit une caisse où elle découvrit un service à thé couvert de poussière. Une autre contenait les jeux auxquels elle avait joué. Les petits chevaux, la bataille navale… *Cluedo*. Ils étaient tous là. Sa mère avait tout gardé. Maya sentit l'espoir renaître. Dans un carton, au milieu d'autres romans qu'elle avait adorés, ceux qui se trouvaient sur son ancienne étagère, elle retrouva le livre de son père.

Elle le monta à l'étage et se plongea dans sa lecture.

# Chapitre 23

*J'avais oublié que j'étais fils de rois.*

C'était le titre du livre de son père. Maya l'avait inscrit en anglais sur la première page du carnet marbré qui contenait sa traduction. Elle avait glissé le carnet dans l'enveloppe de papier kraft avec les quarante-sept pages originales du livre.

Elle était contente d'avoir sa traduction, car elle n'avait aucune envie de travailler son espagnol pour le moment. À dix-sept ans, la traduction du livre avait été pour elle une entreprise majeure, difficile au début, puis de plus en plus facile au fur et à mesure qu'elle avait pris le coup de main, ou peut-être avait-elle simplement été si captivée par l'histoire qui se déroulait entre ses mains que les heures avaient passé aussi vite que des minutes. Durant près de deux semaines, elle avait travaillé tous les jours à la bibliothèque et en était à la dernière page le jour où elle avait rencontré Frank.

Elle avait travaillé méticuleusement, cherchant des indices sur la direction que prenait l'intrigue. C'était le plus grand mystère de sa vie, à l'époque, et c'était encore le cas aujourd'hui. Le carnet entre ses mains, elle se remémora ses vieilles interrogations. « *Héctor se rappelle-t-il qu'il est vraiment Pixán ?* » « *Pixán récupère-t-il son héritage ?* » « *Retourne-t-il un jour chez lui ?* » « *Retrouve-t-il ses parents ?* »

*J'avais oublié que j'étais fils de rois.*

Tandis qu'elle parcourait le titre du regard, un déclic se produisit.

*Le titre!*

Elle avait visiblement eu besoin de rester sept ans à l'écart du livre pour remarquer l'indice le plus évident, celui qui était dactylographié sur la toute première page. Plus jeune, elle s'était tellement concentrée sur l'histoire, sur l'intrigue incomplète et sur sa signification, qu'elle en avait oublié la poésie du titre. Sa tante lui avait appris qu'il s'agissait d'un vers tiré d'un très vieux poème que Jairo avait adoré. Pourquoi Maya n'y avait-elle pas songé plus tôt? Son père adorait la poésie; le poème qu'il avait cité devait certainement fournir un indice sur le sujet de son roman. Sur ce qu'il signifiait. Sur ce qu'il avait essayé de dire.

Avec des couvertures, des oreillers et des pages disséminées tout autour d'elle, son lit était devenu un véritable nid. Elle trouva son téléphone coincé entre la tête de lit et le matelas. Elle saisit le titre, entre guillemets, dans sa barre de recherche.

Le poème apparut aussitôt. Il disposait de sa propre page Wikipédia. Ce n'était pas exactement un poème, du moins pas au sens où Maya l'entendait, mais un hymne. *L'Hymne de la perle*. Carolina n'avait pas plaisanté en prétendant qu'il était vieux. Il était antique, son auteur inconnu. Selon Wikipédia, l'hymne apparaissait dans les *Actes* apocryphes de Thomas, dont Maya comprit qu'ils avaient quelque chose à voir avec la Bible.

Elle lut que les *Actes de Thomas* dataient du IIIe siècle, mais, apparemment, l'hymne était encore plus ancien. Dans les *Actes*, il était chanté par Thomas, vraisemblablement le personnage principal, alors qu'il purgeait une peine de prison. Le cantique racontait une histoire qui existait depuis au moins deux cents ans avant la rédaction des *Actes*, une histoire à l'intérieur d'une histoire. Personne ne savait d'où elle venait, mais elle portait des traces d'anciens contes populaires.

Maya se demanda où son père avait trouvé ce très vieil hymne, et quel était le rapport éventuel avec le roman qu'il avait commencé à écrire. Elle descendit jusqu'à « Extraits du texte » et lut :

*Lorsque j'étais un petit enfant, je résidais au royaume de la maison de mon père, dans la richesse et le luxe de mes maîtres, et vivais dans l'aisance.*
*[Puis] de notre maison d'Orient, après avoir fait des préparatifs, mes parents m'envoyèrent.*
*[...]*
*Ils conclurent alors avec moi un accord qu'ils inscrivirent dans mon cœur pour qu'il ne soit pas oublié :*
*« Si tu descends en Égypte et que tu rapportes la perle unique, qui se trouve au milieu de la mer, entourée du serpent sifflant, alors tu revêtiras ton vêtement de gloire et la toge qui le recouvre. Et avec ton frère, notre commandant en second, tu hériteras de notre royaume. »*
*[...]*
*J'allai droit au serpent et m'installai non loin de son gîte jusqu'à ce qu'il s'assoupisse et dorme, afin de lui subtiliser ma perle. Alors, je me retrouvai seul, devenu un étranger pour mes compagnons d'infortune.*
*[...]*
*Mais, d'une manière ou d'une autre, ils perçurent que je n'étais pas de leur pays. Alors, usant de leur perfidie, ils me firent manger leur nourriture. J'oubliai que j'étais fils de rois et servis leur souverain. Et j'oubliai la perle pour laquelle mes parents m'avaient envoyé. Sous le poids de leurs exhortations, je tombai dans un profond sommeil.*

Maya posa son téléphone. Elle saisit le carnet et relut les phrases si soigneusement traduites en anglais dans son écriture trop grande sept ans auparavant. Elle demeura bouche bée en relisant l'histoire qu'elle n'avait jamais vraiment oubliée et en remarquant les parallèles : Pixán était clairement le « petit enfant » de l'hymne. La « perle » était l'héritage que ses parents l'avaient envoyé chercher, et le « serpent sifflant » le mari difficile qui refusait de le lui céder. Maya comprit ainsi ce que son père avait fait. Ce n'était pas si différent de ce que Thomas, ou qui que soit l'auteur des *Actes*, avait fait en intégrant le vieil hymne à son livre.

Mais là où Thomas avait clairement indiqué qu'un hymne était récité, son père avait choisi de le dissimuler dans l'intrigue. Il avait conservé le récit antique comme un héritage, en la transposant dans le présent, ralentissant son rythme et y incorporant des tranches de vie d'un garçon vivant à Guatemala. Il l'avait tissé comme un secret. Il avait étiré l'hymne de telle sorte que, s'il avait vécu pour le terminer, son roman aurait été une longue prière. Maya laissa échapper un rire surpris. Les larmes aux yeux, elle plaqua une main contre ses lèvres. Elle avait résolu le mystère, ou, du moins, l'un d'eux (même si elle sentait que, en y regardant de plus près, même ce mystère se révélerait être le symbole d'un autre encore plus profond, d'une vérité qui affleurait juste sous la surface). Elle téléchargea l'intégralité de *L'Hymne de la perle* sur son téléphone et le lut d'un bout à l'autre. Au fur et à mesure de sa lecture, les contours de l'histoire de son père se révélèrent. Et elle comprit enfin de quelle façon elle se terminait.

# Chapitre 24

Maya n'a aucune envie de s'adresser à Aubrey, mais elle a besoin de savoir exactement ce qui s'est passé la veille, lorsque Frank l'a raccompagnée chez elle. Un trajet de cinq minutes. Suffisamment long pour qu'ils discutent, rient, flirtent. Maya ne s'est jamais méfiée d'Aubrey auparavant, mais elle a désormais vu le regard de Frank se poser sur son décolleté. Sur cette putain de robe. Ce n'était qu'un regard, moins d'une seconde, mais il a préoccupé Maya des heures durant.

Depuis, elle n'a pas réfléchi à grand-chose d'autre. Ni en dînant la veille avec sa mère, ni en regardant la télé, ni en tentant de dormir. Deux semaines auparavant, elle n'aurait jamais cru qu'un type qu'elle n'avait jamais remarqué à la bibliothèque puisse la mettre dans tous ses états.

Elle ne se serait jamais imaginé que quelqu'un se mettrait entre Aubrey et elle. Elles ne peuvent compter que l'une sur l'autre… Au moins, Maya a sa mère, mais Aubrey ne s'entend plus avec elle depuis des années et ne supporte pas de se trouver dans la même pièce que son beau-père. Elle sort avec des garçons qui assouviraient probablement tous ses désirs, mais elle n'a qu'une seule meilleure amie. Une seule personne qui la connaît par cœur. Il n'est pas logique qu'elle repousse Maya.

Pourtant, plus elle y pense, plus elle se demande si cela ne fait pas des semaines qu'Aubrey prépare le terrain. Maya se remémore la froideur qu'elle a observée chez elle. La colère qu'elle a eu du mal à réprimer quand Maya est arrivée chez elle avec trois heures de retard. L'écharpe qu'elle tricotait pour quelqu'un qu'elle refusait de nommer. Le fait qu'elle tricote. Jusqu'à présent, Maya était convaincue de tout savoir sur sa meilleure amie. Mais, de toute évidence, elle se trompait.

Aubrey ne l'a pas rappelée, et cela fait à présent une journée entière, ce qui peut signifier un certain nombre de choses, que Maya a toutes envisagées. Aubrey est peut-être occupée, en colère, ou elle n'a pas vu l'appel.

Ou bien elle évite Maya, parce qu'il s'est peut-être passé quelque chose sur la route. L'idée lui paraît si incongrue, si paranoïaque, qu'elle lui semble appartenir à quelqu'un d'autre. Pourtant, elle fait boule de neige : et si Aubrey et Frank avaient décidé de sortir ensemble ? Et si Aubrey l'avait invité chez elle ?

Le fait que Maya ne soit pas parvenue à joindre Frank n'arrange rien. Elle a appelé le numéro qu'il lui avait donné quelque temps auparavant, mais personne n'a répondu, ce qui n'est pas surprenant. Il lui avait expliqué qu'il s'agissait du numéro de la ligne fixe de la maison de son père, où ce dernier vit ses derniers jours. Frank lui avait fait savoir qu'ils laissaient généralement la sonnerie éteinte. Et il n'a pas de téléphone portable.

Il s'avère qu'il est assez difficile de le joindre. Maya ne s'en aperçoit que maintenant, car elle n'a jamais cherché à le contacter, auparavant. C'est toujours Frank qui est venu à elle, l'appelant de la bibliothèque ou de chez son père, ou se présentant simplement à sa porte. Mais, là, elle ne l'a plus vu depuis qu'il est parti avec Aubrey, et cela n'a aucun sens : ils se sont embrassés et se sont dit ce qu'ils éprouvaient l'un pour l'autre l'avant-veille au soir. Aubrey a tout gâché.

Maya se rend à la bibliothèque, descend First Street et passe devant une autre église. Elle arrivera juste à la sortie du travail de Frank. Elle est consciente que le fait de se présenter sur son lieu de travail peut sembler désespéré, mais comment pourrait-elle le joindre autrement ? Elle ne comprend toujours pas pourquoi il était si contrarié qu'elle ait parlé de sa cabane à Aubrey. Mais, quelle que soit sa raison, Maya souhaite arranger la situation. Mettre les choses au clair.

Après tout, elle a déjà demandé les formulaires de report à l'université de Boston. Sa mère l'ignore, bien entendu, et Maya ne le lui avouera qu'une fois le dossier traité.

Elle marche d'un pas rapide. Le soleil est bas, mais l'humidité retient la chaleur de la journée, et elle sent la sueur perler sur sa nuque. Elle sait qu'elle est probablement en train de faire des montagnes pour rien : Frank a sans doute été occupé, et Aubrey joue vraisemblablement à la plus idiote. Il n'y a sûrement pas de quoi s'inquiéter, mais, pourtant, Maya ne peut s'empêcher de ressasser la dernière vision qu'elle a eue d'eux, s'éloignant, ensemble, dans la voiture de Frank.

C'est sans doute pour cette raison que, sur le chemin de la bibliothèque, elle croit les voir l'un et l'autre à une table, derrière la vitrine du *Dunkin' Donuts*. Ce doit être parce qu'ils l'ont obsédée toute la journée et qu'elle projette leurs visages sur deux inconnus. Elle ralentit son allure.

Non ? Est-ce vraiment eux qui discutent devant un café glacé ? Maya ne voit que le dos de la fille, mais elle reconnaît ses cheveux noirs, ses épaules blanches.

C'est bien Aubrey. Et Frank.

Il a le même sourire que celui qui a fait craquer Maya, chaleureux, mais sournois et si étrangement intime.

Sentant son cœur battre dans ses tempes, Maya se dirige vers l'entrée de l'établissement. Elle le savait, elle ne s'était pas trompée.

Si Frank la voit quand elle s'approche des portes vitrées du *Dunkin' Donuts*, il ne réagit pas.

Aubrey ne l'aperçoit que lorsqu'elle se trouve à quelques mètres. Elle entrouvre les lèvres. Écarquille les yeux.

Ce n'est qu'à ce moment-là que Frank semble comprendre ce qui se passe. Comme Aubrey, il a l'air surpris, mais pas coupable.

— Salut ! dit-il.

Aubrey est livide.

Frank se lève de sa banquette en plastique pour saluer Maya. Souriant, il tente de la serrer dans ses bras. Mais Maya ne le laisse pas faire.

Elle recule, esquivant son contact, ce qui le surprend. Il a l'air blessé. Il cherche son regard, mais, furieuse, elle dévisage sa prétendue meilleure amie.

— Je suis juste allée chercher un livre, se défend Aubrey. Il me l'a recommandé hier, il m'a demandé de passer le chercher.

Elle brandit l'ouvrage en question, dont la couverture rigide est ornée d'un daguerréotype de ce qui ressemble à un magicien. Ce dernier porte une longue queue-de-pie noire.

— C'est exact, confirme Frank. Je lui ai parlé d'un livre qui pourrait lui plaire et je le lui ai prêté. Je travaille dans une bibliothèque. C'est mon métier. Et, comme je partais, on est venus ici prendre un café.

— Peu importe, lâche Maya. Je m'en fiche.

Mais les mots sont amers, et Aubrey détourne le regard.

Le *Dunkin' Donuts* est paisible, les seuls autres clients étant une infirmière qui vient chercher une grosse commande et un vieil homme qui somnole à une table près de la porte.

Frank soupire.

— Désolé de t'avoir contrariée, Maya. J'essayais juste de faire quelque chose de gentil pour ton amie.

— Je ne suis pas fâchée, ment-elle.

Mais sa voix est un peu trop forte, sa posture trop raide. Aubrey regarde fixement la table.

Le silence s'installe. Maya se demande si elle n'a pas réagi de manière excessive.

Exagère-t-elle ?

Quand Frank reprend la parole, il a l'air las. Déçu.

— Tu sais que je ne connais pratiquement personne en ville. Je passe tout mon temps avec toi ou avec mon père. Un homme qui meurt et une fille qui déménage. Tu préfères que je ne me fasse pas d'amis ?

Il désigne Aubrey, qui continue à avoir l'air de vouloir disparaître.

— Bien sûr que non, répond Maya. (Se pourrait-il vraiment que ce soit elle la méchante ?) Mais… ma meilleure amie ?

— Nous aimons tous les deux la magie, insiste-t-il. Les illusions, le mentalisme, ce genre de choses. C'est bien d'avoir quelqu'un avec qui en parler.

Il se tourne vers Aubrey afin d'obtenir sa confirmation, mais elle ne quitte pas le sol des yeux.

Maya aimerait bien qu'elle lui présente ses excuses. Mais elle ne le fait pas et ne le fera pas.

— Quoi qu'il en soit, ajoute Frank, il faut que j'aille chercher mon père à son groupe de soutien. À bientôt, Maya. (Puis, il se tourne vers Aubrey.) J'espère que le livre te plaira.

Il emporte son café, laissant un rond d'humidité sur la table.

Le voyant s'éloigner, Maya se sent rougir jusqu'aux oreilles.

Dès qu'il est parti, elle se tourne vers Aubrey.

— Tu l'as fait exprès.

Aubrey secoue la tête. Son attitude trahit son embarras.

— Je sais de quoi ça a l'air, reconnaît-elle, mais il n'y a absolument rien entre Frank et moi.

— Qui a eu l'idée de venir ici ?

— Lui. Rien que lui.

Maya tressaille, mais tente de ne pas le laisser paraître.

— Hier, dès que je suis montée dans sa voiture, raconte Aubrey, il s'est mis à me poser des questions sur moi. Et, à la seconde où j'ai dit que j'aimais la magie, il m'a rétorqué qu'il y avait un livre qu'il fallait absolument que je lise.

Elle baisse les yeux sur le livre, dont la reliure est dangereusement proche d'une trace d'humidité.

— Il m'a demandé de passer le chercher à la bibliothèque vers 19 heures.

— Ouais, eh bien… tu n'étais quand même pas obligée d'y aller.

— J'étais curieuse. Je croyais que j'allais juste chercher un livre. Je sais ce que Frank a dit tout à l'heure, comme quoi j'étais passée par hasard au moment où il quittait son travail. Mais il te raconte des conneries, Maya. Il a tout organisé. Le livre de la bibliothèque n'était qu'un prétexte pour me revoir.

Maya serre la mâchoire.

Elle voit bien que cela ne plaît pas à Aubrey de lui dire ce genre de chose. Elle ne cherche pas à se montrer blessante, et ce regard – celui que Maya a pris pour du remords – est en fait de la pitié. Aubrey a de la peine pour elle. Et c'est bien pire. Il leur est arrivé d'avoir des désaccords, au fil des ans, mais, jusqu'à aujourd'hui, aucune d'elles n'avait vraiment blessé l'autre.

— Oh, je t'en prie, crache Maya. Tu t'es pointée chez moi toute… (Comment dire ?) pomponnée, alors que tu savais qu'il serait là.

Aubrey n'essaie pas de se défendre.

— Je voulais comprendre ce qui se passait avec lui, avoue-t-elle. Tu te comportes bizarrement depuis que tu le connais, mais, maintenant, je comprends pourquoi. Il est bizarre, Maya. Il est manipulateur. Et je suis prête à parier que c'est lui qui t'a suggéré de reporter ton inscription à l'université. Je me trompe ?

Maya ne répond pas. À quoi bon ? Elle est presque certaine que c'est elle qui a eu l'idée de ce report. Elle se demande si Aubrey prend du plaisir, si ça lui plaît de souligner à quel point elle a facilement capté l'intérêt de Frank.

— Écoute, dit Aubrey. Ce n'est pas moi la méchante de l'histoire. Je n'essaie pas de te voler ton petit ami.

— Et pourquoi pas ? Frank n'est-il pas mieux que n'importe quel gars minable de la ville avec lequel tu vas finir ?

Aubrey se lève, attrape son livre, jette un coup d'œil à son Dunkaccino glacé. Le gobelet est presque plein, mais la boisson a fondu. Elle la regarde fixement un instant, puis secoue la tête et la jette. En sortant, elle dit à Maya :

— Tu ne comprends vraiment pas, hein ?

# Chapitre 25

Les premiers rayons du soleil l'agressèrent comme des animaux sauvages. Brenda étant partie travailler à 4 h 30, elle ne risquait pas de réveiller qui que ce soit. Maya arpentait donc le couloir devant son ancienne chambre, vêtue d'un tee-shirt et d'un pantalon de survêtement mauve qu'elle avait trouvés à la cave. Marcher l'aidait à réfléchir. Elle comprenait désormais l'histoire de son père, mais pas son lien avec Frank. Comme Pixán, Maya avait-elle oublié un élément important ?

Ou s'agissait-il d'autre chose ? De quelque chose de plus évident ?

Le fait de regarder en arrière, de se pencher sur ses dix-sept ans, la faisait presque souffrir. Elle s'était retrouvée seule, jour après jour, à la bibliothèque, tellement captivée par le mystère du livre de son père – le traduisant, prenant des notes, feuilletant soigneusement ses pages fragiles – qu'elle n'avait pas remarqué le sinistre bibliothécaire à temps partiel qui devait l'épier depuis le bureau d'accueil.

Pendant qu'elle lisait son livre, il avait lu en elle. Cela avait dû être facile. Tout le monde pouvait voir qu'elle tenait à ces pages. Naturellement, Frank s'était servi d'elles pour apprendre à la connaître. Employé de la bibliothèque, il avait également eu accès à l'historique de ses prêts et avait sans doute remarqué qu'elle s'intéressait au Guatemala. Le Frank qu'elle connaissait aurait facilement pu inventer l'histoire de l'ascension furtive d'une pyramide maya à l'aube. Elle doutait fort, à présent, que cela se soit vraiment produit, ou qu'il se soit jamais rendu au Guatemala. Il avait dû s'imaginer que cela l'impressionnerait de lui raconter qu'il y était allé, et il avait eu raison.

Mais il ne s'était pas arrêté là. Lorsqu'il avait appris que le livre avait été écrit par son père décédé, l'intérêt de Frank s'était accru. Elle se demandait à présent si ce n'était pas en partie pour cette raison qu'il l'avait choisie. Comme Cristina, en rupture avec ses parents, Maya avait un vide dans son existence, et Frank y avait vu une occasion à saisir.

Il avait voulu prendre de la place dans sa vie, devenir la personne la plus importante à ses yeux, et sur-le-champ. Si elle n'était pas disponible quand il le désirait – si elle avait prévu quelque chose avec Aubrey, par exemple –, alors, il la faisait arriver en retard, la punissait, d'une certaine manière.

La première fois qu'il avait demandé à Maya de lui parler de son père, c'était lors d'une journée chaude et paisible. Ils étaient assis dans l'herbe sur le terrain communal, sirotant des granités à la cerise.

— Que veux-tu savoir ? avait-elle demandé.

— Son histoire.

Et il savait qu'elle n'avait rien de plus concret que des histoires.

Celle qu'elle lui avait racontée était sa préférée ; sa mère la lui avait racontée quand elle était petite, avant de se coucher, et, comme souvent dans ces circonstances, polie par le temps et la répétition, elle avait fini par ressembler à un conte de fées. Certains détails s'étaient estompés, d'autres avaient été exagérés, mais le cœur de l'histoire était resté le même.

Elle racontait que la mère de Maya ne connaissait presque rien du Guatemala avant de s'y rendre, et que c'était en partie ce qui l'avait attirée vers ce pays. Elle avait vingt-deux ans et n'avait jamais mis les pieds en dehors des États-Unis. Ses trois frères ayant déménagé dans d'autres États, il ne restait plus qu'elle pour s'occuper de ses parents vieillissants qui pleuraient encore la mort de leur fille aînée. Quelque part, Brenda avait toujours su qu'elle ne quitterait jamais vraiment Pittsfield, et c'était peut-être pour cette raison qu'une partie d'elle, moins soumise, avait désespérément envie de partir. Et rien ne lui paraissait plus éloigné de Pittsfield que le Guatemala.

Le voyage avait été organisé par un groupe affilié à l'Église, à qui elle avait faussé compagnie à la première occasion. Non pas qu'elle ne soit pas spirituelle, mais elle avait du mal à avaler toutes les salades de l'Église. Elle était allée au Guatemala non pas pour prêcher la parole du Christ, mais pour voir ce qu'elle pouvait y apprendre. De quelle manière elle pouvait laisser la vie la changer. En d'autres termes, elle était allée faire tout le contraire d'un travail de missionnaire, ce qui lui ressemblait tout à fait. C'était une rebelle. Elle l'avait toujours été, à sa manière, tranquille.

Brenda était censée rester un mois. Elle avait été placée dans une famille d'accueil à Guatemala, chez un couple d'un certain âge avec deux enfants : une fille qui était partie et un fils, qui étudiait à l'université et vivait encore chez eux.

C'étaient les grands-parents de Maya. Le fils s'appelait Jairo.

Face à lui, Brenda avait aussitôt été intimidée. Il était également timide avec elle, ce qui signifiait que, même s'ils se retrouvaient souvent ensemble au salon, ils ne s'étaient pratiquement pas parlé, la première semaine de son séjour. C'était ainsi qu'ils avaient appris à se connaître, lentement, par des regards furtifs, des bribes d'espagnol et des silences de moins en moins gênants. Il était vite devenu évident qu'ils éprouvaient des sentiments l'un pour l'autre, mais il semblait que cela n'aboutirait à rien. Ils venaient d'univers différents. Et ils n'étaient jamais seuls.

Une nuit, Brenda avait été réveillée par un bruit curieux, à sa fenêtre. Comme des coups de bec rapides ponctués de moments de silence, à la manière d'un pivert. Mais ce bruit n'avait rien de naturel et ressemblait plutôt à un bruit mécanique. Il était juste assez fort pour la réveiller, mais pas au point de l'empêcher de dormir. Malgré sa curiosité, elle s'était aussitôt rendormie.

Elle l'avait oublié jusqu'à la nuit suivante, où le phénomène s'était reproduit. Cette fois, Brenda s'était levée et dirigée vers la fenêtre. Elle avait passé la tête à l'extérieur – il n'y avait pas de moustiquaire – et tendu l'oreille. Le bruit venait du toit. Elle avait regardé en l'air, mais n'avait rien vu. Elle s'était recouchée et rendormie en écoutant le bruit. Elle avait rêvé d'un oiseau mécanique avec des plumes de cuivre et des engrenages à la place du cœur, l'avait imaginé donner des coups de bec dans une branche, tentant de lui dire quelque chose dans son curieux code saccadé. Il s'était envolé en faisant grincer les charnières de ses ailes.

Le lendemain matin, elle avait essayé d'expliquer ce qu'elle avait entendu à sa famille d'accueil, mais son espagnol était médiocre, et personne n'avait pu l'aider. La troisième nuit, dès qu'elle avait entendu les coups de bec, Brenda s'était levée, avait longé le couloir sur la pointe des pieds et gravi les échelons rouillés qui menaient au toit.

L'atmosphère était différente, là-haut, plus libre et aérée qu'en bas, où un mur de parpaings ceignait la maison de tous les côtés. Se demandant ce qu'elle allait découvrir, Brenda avait eu peur en regardant autour d'elle, mais sa crainte s'était dissipée en s'apercevant que c'était lui.

Jairo. Il était assis au bord du toit, face à elle, les jambes pendant sur le côté. Il tenait quelque chose sur ses genoux. L'origine du bruit. En s'approchant, Brenda avait vu que ce n'était pas un oiseau mécanique qui faisait tout ce vacarme, mais une vieille machine à écrire. Ses doigts volaient sur les touches.

Jairo attendait que tout le monde dorme, puis il montait sa machine à écrire sur le toit, où le bruit ne réveillait personne. C'était du moins ce qu'il croyait.

Il s'était excusé d'avoir réveillé Brenda, mais cela ne la dérangeait pas. Elle était restée, et ils avaient discuté jusqu'à ce que les étoiles s'éteignent et que le soleil se lève. Par la suite, elle avait pris l'habitude de le rejoindre là-haut plusieurs nuits par semaine. C'était ainsi qu'ils étaient tombés amoureux l'un de l'autre. Sur le toit d'une maison de Guatemala, face à un mur coiffé de barbelés. Ils abordaient toutes sortes de sujets, et tout le monde complimentait Brenda sur ses progrès en espagnol.

Personne n'était encore au courant de leur union, mais ils prévoyaient de l'annoncer bientôt à la famille de Jairo. Ils souhaitaient rester ensemble et se seraient fiancés si Jairo n'avait pas été tué trois semaines après que Brenda l'avait découvert en train d'écrire sur le toit.

Lorsqu'elle avait fait ses valises et dit « au revoir » à sa famille d'accueil en pleurant, Brenda ignorait qu'elle était enceinte. Ce n'était que trois semaines plus tard, quand elle s'était mise à vomir tous les matins, qu'elle l'avait appris.

Elle avait toujours voulu des enfants, mais n'avait jamais imaginé que cela se passerait ainsi. Elle savait qu'il serait difficile d'élever un enfant seule, sans compter qu'il faudrait des années avant que ses parents catholiques lui pardonnent, mais elle le garderait, cela n'avait jamais été un sujet de doute. L'histoire s'achevait sur ce que sa mère appelait « le plus beau jour de sa vie ». Le jour de la naissance de Maya.

— Je comprends pourquoi ce livre est si important pour toi, lui avait dit Frank.

Il avait eu l'air de quelqu'un à l'écoute, mais Maya comprenait à présent qu'il percevait simplement la valeur des histoires qu'on lui racontait. Celles qui racontaient qui nous étions et d'où nous venions. Nos mythes personnels, ceux pour lesquels nous soufflions des bougies chaque année. Le jour où elle lui avait rapporté l'histoire de son père, Maya aurait tout aussi bien pu remettre à Frank la clé de son esprit et de son cœur.

Elle s'en rendit compte aux premières lueurs du matin, lorsqu'elle cessa de faire les cent pas pour boire un peu d'eau à l'évier de la cuisine. Elle se dit qu'elle devait rester concentrée. Elle avait espéré que la lecture du livre ferait remonter de vagues souvenirs. C'était le cas, mais pas assez. Elle posa son verre, ferma les yeux et pressa la paume de ses mains contre ses orbites. Elle se remémorait l'odeur agréable d'un feu et le bruit d'un ruisseau, mais, lorsqu'elle tentait de se rappeler ce qu'elle avait réellement vu ce soir-là – ce qui s'était passé après qu'elle se fut lancée à la recherche de la cabane –, la seule image que son cerveau lui renvoyait était celle de la clé de Frank.

# Chapitre 26

« *Tu ne comprends vraiment pas, hein ?* »

Alors que Maya rentre chez elle, les paroles d'Aubrey résonnent dans son esprit. Elle est tellement distraite qu'elle passe devant une voiture qui sort d'une station-service. Le conducteur klaxonne. Il règne une odeur d'essence. Elle avait prévu d'arranger les choses avec Frank, mais c'est le contraire qui s'est produit. Il lui en voulait, quand il a quitté le *Dunkin' Donuts*, mais c'était lui qui avait tenu à revoir Aubrey !

*Pourquoi ?*

Lorsque Maya franchit la porte d'entrée, sa mère lève les yeux. Elle est sur le canapé, les pieds sur la table basse, en train de se vernir les ongles des pieds en jaune. La télévision diffuse un documentaire animalier.

— Qu'est-ce qu'il y a ? demande-t-elle.

— Rien.

Maya ne veut plus entendre que Frank n'aura plus aucune importance une fois qu'elle sera à l'université de Boston. Elle va dans sa chambre.

Sa mère frappe doucement à la porte.

— Coucou. (Elle passe la tête à l'intérieur.) C'est à propos de Frank ?

Maya fond en larmes. Elle n'a jamais su garder les choses à l'intérieur. Elle explique à sa mère qu'elle a surpris Aubrey avec Frank au *Dunkin' Donuts*.

— C'est d'Aubrey que tu parles…, lui rappelle sa mère. Depuis quand vous vous chamaillez toutes les deux pour un mec ? (Ses paroles lui font mal, parce que Maya sait qu'elle a raison.) Tu le connais depuis… quoi ? Deux semaines ?

— Et ? demande Maya, même si elle comprend le point de vue de sa mère. Et alors ?

— Tu ne trouves pas que tu es un peu trop à fond sur lui ?

Incapable de la contredire, Maya garde le silence. Sa mère renonce et retourne à son documentaire animalier, au salon.

*C'est une bonne chose qu'elle ne soit pas au courant que je risque de repousser ma rentrée à l'université*, songe Maya, car elle s'en voudrait que sa mère partage sa terrible incertitude quant à son avenir. Elle n'a jamais fait partie de ces adolescents qui ont hâte de quitter leur famille. Sans doute parce que la sienne lui paraît toute petite : sa mère est souvent en désaccord avec ses parents, qui continuent de trouver des raisons d'être déçus par son attitude, même s'ils lui ont désormais pardonné d'avoir eu Maya. C'est toujours elle et sa mère contre les autres. Dans d'autres circonstances, ces dernières soirées passées chez elle auraient été émouvantes, mais, plutôt que d'essayer de savourer ces moments qu'elle passe à préparer le dîner et à manger avec sa mère, Maya ne pense qu'à Frank. Elle goûte à peine le basilic frais dans le sauté d'aubergines et le lait de coco dans le riz.

Au lieu de cela, elle repense au sourire que Frank adressait subrepticement à Aubrey, comme s'il la conduisait vers la liberté après un casse romantique. Maya avait cru qu'il lui réservait ce sourire ; à présent, elle ne sait plus quoi en penser. L'avant-veille au soir, Frank s'est montré extrêmement vulnérable avec elle, lui racontant des choses douloureuses sur son enfance, et il lui a semblé des plus sincère lorsqu'il lui a avoué ses sentiments pour elle. « Je passe tout ce temps avec toi parce que je n'ai envie de le passer avec personne d'autre. » Elle a mémorisé ses paroles dès qu'il les a prononcées. Mais les pensait-il vraiment ?

« Tu ne comprends vraiment pas, hein ? » lui a demandé Aubrey. Et elle avait raison. Maya ne comprend rien du tout. Mais, après avoir ruminé cela tout au long du dîner avec sa mère, dans le jardin, au crépuscule, Maya comprend qu'il lui faut des réponses. Parce que, si Frank croit qu'il peut l'embrasser et la rejeter pour son amie (plus jolie), il va devoir le lui dire en face. Maya ne quittera pas la ville sans en avoir le cœur net. Si la bibliothèque était ouverte demain, elle attendrait, mais, comme elle est fermée, elle n'aura qu'à aller chez Frank lui poser directement la question.

Elle sait à peu près où il habite (à la lisière de la forêt) et pourrait sans doute trouver l'adresse exacte dans l'annuaire. Le seul problème est de s'y rendre. C'est trop loin pour y aller à vélo. Elle devra emprunter la voiture de sa mère, mais celle-ci la lui prêtera-t-elle en connaissant ses projets ?

— Tu as senti ? lui demande sa mère.

— Quoi donc ?

Une goutte de pluie sur sa joue. Maya lève les yeux vers le ciel. Il est légèrement nuageux.

— Tu veux qu'on rentre ?

Elles patientent. Plus aucune goutte. Elles ont sorti une table pliante, un pichet de limonade et des gobelets.

— J'ai l'impression que ça va aller, déclare sa mère.

Maya a une idée.

— Eh, je pourrai te déposer au travail, ce soir, et t'emprunter la voiture ?

Sa mère la dévisage.

— Tu sais, dit Maya, parce qu'il pourrait pleuvoir. Je pensais aller chez Aubrey.

— Bien sûr, répond sa mère, qui ne se doute de rien.

Une autre goutte de pluie tombe sur l'épaule de Maya. Elle se sent rougir.

Tandis que Maya dépasse le lac Onota, où les maisons sont de plus en plus distantes les unes des autres et les arbres de plus en plus proches, la météo se maintient. Ces routes étroites ne sont presque pas éclairées. Elle a découvert les coordonnées du père de Frank dans l'annuaire, puis les a comparées au numéro que Frank lui avait donné, celui de la ligne fixe à laquelle personne ne répond.

Elle manque presque de dépasser Cascade Street. Longeant la forêt d'État, cette voie ressemble plus à un chemin pavé qu'à une rue. Elle est entourée d'arbres de part et d'autre. Maya se sent nerveuse. Frank ne lui a jamais dit ce qui n'allait pas chez son père. Il a employé des termes comme « maligne » et « phase terminale », mais n'a jamais nommé la maladie. Elle n'a jamais insisté sur ce point. Car qui est-elle pour l'obliger à parler de quelque chose d'aussi douloureux ?

À présent, elle regrette de ne pas savoir ce qui l'attend. Là, sur cette route sombre et boisée, elle se sent moins gonflée à bloc que chez sa mère. Elle repense aux problèmes auxquels Frank a fait allusion, aux disputes qui l'ont poussé à se réfugier dans la forêt quand il était petit. Il y a tant de choses que Maya ignore à son sujet, tant de choses sur lesquelles il a évité de s'attarder…

Elle envisage de faire demi-tour lorsqu'elle aperçoit la boîte aux lettres, sur sa droite. Elle voit le numéro qui y figure ; la maison en soi est invisible depuis la route, en retrait au bout d'une longue allée. Quand on choisit de vivre là, on doit tenir à son intimité. Le fait de se présenter ainsi pourrait être perçu comme une intrusion.

Pourtant, elle a fait tout ce chemin. Et Frank s'est toujours senti libre d'aller la voir.

Elle se dit qu'elle frappera doucement pour éviter de réveiller le père de Frank, au cas où il serait endormi. Si personne ne répond, elle fera demi-tour et rentrera chez elle.

La maison est plus grande et plus impressionnante qu'elle l'avait imaginé. Elle était partie du principe que les vêtements usés de Frank et son emploi de bibliothécaire à temps partiel étaient la preuve que lui et, par conséquent, son père n'étaient guère fortunés. Mais elle s'aperçoit maintenant qu'ils vivent dans une imposante maison coloniale aux hautes fenêtres et au toit à pignon pentu. La voiture de Frank est garée devant la maison et toutes les lumières du rez-de-chaussée sont allumées.

Maya se gare au bord de l'allée et range son téléphone portable dans sa poche arrière avant de descendre de la voiture. Maintenant qu'elle est là, elle a du mal à croire ce qu'elle fait. Malgré leur dispute, elle aurait bien aimé qu'Aubrey soit avec elle.

En traversant la pelouse, elle sent les herbes hautes lui effleurer les mollets. Personne ne l'a tondue depuis longtemps. Elle entend des grillons. Le vent dans les feuillages. La lune est pleine, mais en grande partie cachée, et il fait lourd. Elle prend une profonde inspiration avant de frapper.

Elle entend aussitôt des pas. Ils se précipitent vers la porte, avant de s'immobiliser. *Je vous en prie, faites que ce soit Frank, je vous en prie, faites que ce soit Frank.*

Une version plus âgée, plus trapue et plus pâle de Frank ouvre la porte. C'est son père. Des cheveux blancs et un ventre plus prononcé, mais le même petit menton. Les mêmes lèvres fines. Il plisse les yeux, tentant vainement de la remettre.

— Qui êtes-vous ?

— Bonjour, je m'appelle Maya. Je me demandais si…

— Que faites-vous là ?

Il s'exprime doucement, mais d'un ton pressant.

— Je cherche Frank.

Son père est perplexe.

— Frank ? Vous êtes là pour Frank ?

— Oui, mais… si le moment est mal choisi…

Elle est incapable de déterminer ce qui ne va pas chez lui. Il est nerveux et étrange, mais il n'a pas l'air malade.

— Il n'est pas là. Je lui dirai que vous êtes passée.

*Mais sa voiture…*, songe-t-elle. *Elle est là, dans l'allée.*

— Je peux vous demander où il est allé ?

Il tend dédaigneusement la main en direction des bois.

— Oh, quelque part derrière.

*Quelque part derrière ?*

— Il est dans sa cabane ?

Cette question semble le prendre au dépourvu. Puis sa surprise fait place à un sourire qui ressemble étrangement à celui de son fils, mais sans la chaleur. Sans comprendre pourquoi, elle a l'impression qu'il se moque d'elle.

— Ouais. Sans doute.

— Comment fait-on pour y aller ?

Elle tente d'avoir l'air sûre d'elle, mais le père de Frank la rend nerveuse.

— À la cabane ? Il faut y aller à pied, mais il fait nuit.

— Je sais.

Même si elle est en grande partie masquée, la pleine lune est brillante, et il y a une mini-lampe de poche sur le porte-clés de sa mère.

— La route commence juste derrière, lui indique-t-il, avec une curieuse hilarité dans la voix qui ne lui dit rien qui vaille. (Il désigne le côté de la maison.) Suivez-la jusqu'à ce que vous arriviez à un ruisseau, puis traversez-le. Vous trouverez mon fils de l'autre côté. Ce n'est pas loin, mais il vous faut vraiment une lampe. Vous en avez une ?

Elle brandit le porte-clés.

— Ça ne suffira pas. Attendez ici.

En son absence, elle jette un coup d'œil, par la porte entrouverte, sur le hall d'entrée encombré. Un petit bureau trône au pied d'un large escalier plongé dans l'obscurité. Il est couvert d'enveloppes encore fermées. Des piles de journaux et de ce qui ressemble à des magazines ou des revues spécialisées se dressent contre le mur. Elle a un mauvais pressentiment. Elle sait qu'elle ferait mieux de partir, mais elle se sent poussée par un sentiment plus méprisable que la curiosité, un autre genre de pulsion qu'elle ne se risque même pas à nommer.

Une lumière aveuglante – un puissant faisceau blanc – lui arrive directement dans les yeux. Éblouie, elle recule en trébuchant, portant les mains à son visage.

— Navré, s'excuse le père de Frank, qui se tient à présent devant elle. Je voulais juste vérifier qu'elle fonctionnait.

Il éteint la lampe, mais elle ne voit qu'une image rémanente. Il lui met la lourde torche électrique dans la main. Elle est désorientée lorsqu'il la raccompagne à l'extérieur et lui indique la route abandonnée à l'arrière. Un ancien chemin forestier recouvert par la forêt, mais qui est resté praticable. Il règne une odeur de pluie, riche et terreuse. Personne n'a roulé sur cette route depuis longtemps, son vieux bitume est couvert de feuilles mortes et de végétation. De jeunes arbres, des fougères, de la mousse... Elle lui est reconnaissante pour la torche, car les arbres s'épaississent autour d'elle. Elle fait courir la lumière devant elle en marchant. Un lapin s'élance sur le sentier, la faisant sursauter. Ici, se perdre n'est pas le seul danger, et, pourtant, elle se sent incapable de rebrousser chemin.

Elle tente d'anticiper la réaction de Frank lorsqu'elle débarquera à l'improviste. Pourquoi est-il si secret à propos de cet endroit ?

*« Tu ne comprends vraiment pas, hein ? »*

Maya accélère le pas. Elle entend le ruisseau avant de le voir, un léger filet d'eau juste devant elle. Cela lui rappelle l'histoire de Frank, qui lui a raconté que c'était ce bruit qui l'avait ramené sur la route lorsqu'il s'était perdu. Il lui a décrit le son de l'eau de façon si limpide qu'elle a l'impression de le reconnaître en approchant du pont.

Un nuage masque la lune. La torche vacille dans sa main.

La porte se referme derrière elle.

— Ouah, s'exclame-t-elle.

Frank vient de la faire entrer et, même si elle avait su à quoi s'attendre, rien n'aurait pu la préparer à cela. La quantité de travail et d'amour qu'il a dû mettre dans cet endroit… La qualité de son œuvre. Elle a du mal à croire que c'est la première cabane qu'il ait construite. Penchant la tête en arrière, elle lève les yeux et se souvient qu'il a utilisé l'expression « plafond cathédrale ». Elle n'a pas compris ce qu'il voulait dire, mais, à présent, elle voit de quelle manière un simple plafond peut donner à un lieu une atmosphère de sacré. La hauteur, les poutres vertigineuses, le tout semble fait de pin et d'or rose à la lueur du feu. Entre l'éclat des flammes, les nombreux cierges qui scintillent sur le rebord des fenêtres et les plans de travail, et le clair de lune qui illumine la pièce, Maya voit tout, et c'est magnifique.

— Qu'en dis-tu ?

— C'est… (Elle se tourne vers lui.) C'est incroyable.

Elle n'avait pas l'intention de s'exprimer si lentement. Quelques instants auparavant, elle filait à travers bois, bouleversée d'avoir surpris Frank et Aubrey ensemble. (Mais ensuite, quoi ? Pourquoi ne se souvient-elle pas d'avoir franchi le pont ? Ni d'avoir frappé à la porte, ni du fait que Frank l'a fait entrer ? Comme si elle avait sauté les dernières minutes, comme une piste sur un CD.)

Mais cela ne semble plus avoir la moindre importance. Tout ce que Maya sait, c'est qu'elle se sent mieux là. En sécurité. Elle est prête à laisser tomber tout le reste.

Elle est tellement heureuse d'être là avec lui.

— Viens, dit-il en lui tendant la main. Je vais te faire visiter.

Elle trouve sa main étrangement difficile à soulever, alors il la saisit pour elle. Il entrecroise ses doigts avec les siens. Tandis qu'il lui fait faire le tour de l'espace ouvert et aéré, elle le suit d'un pas incertain. Elle se sent lourde. Agréablement somnolente. Ce doit être le feu.

La cheminée est encastrée dans le mur. Les pierres grises, lisses et rondes, de la taille de son poing à celle d'un melon, montent jusqu'au plafond. Maya et Frank s'arrêtent au coin du feu. Les yeux clos, elle sent la chaleur sur son visage. L'odeur du bois qui brûle.

Il l'invite à gravir une échelle en bois au centre de la pièce. Elle est faite du même pin couleur miel que les murs. Entre ses doigts, les barreaux polis à la perfection lui semblent solides, mais, comme dans le reste de la cabane, les irrégularités naturelles du bois ont été préservées. Les échelons lui font penser à des branches d'arbre.

Le grenier ressemble à la cabane qu'elle aurait rêvé d'avoir quand elle était petite. De part et d'autre d'un lit surdimensionné couvert d'oreillers et de couvertures, le plafond descend jusqu'au plancher. C'est l'endroit idéal pour s'allonger et regarder les étoiles par la lucarne ronde du toit. Là aussi, Frank a allumé des chandelles, et elle voit des fleurs disposées dans un bocal de verre sur la table en bois, près du lit. Il devait savoir qu'elle venait.

Quand elle sent sa main sur son épaule, elle se dit qu'il va la conduire jusqu'au lit. Et qu'elle va y aller. Mais, au lieu de cela, il lui fait redescendre doucement l'échelle, prétextant qu'il a quelque chose sur le feu.

Il leur prépare à dîner, et, lorsqu'il retire le couvercle de sa cocotte, un nuage de vapeur parfumée s'en échappe. L'odeur de la viande cuite et des aromates, des légumes et des épices réconfortantes. De la sauge. De l'ail. Même si elle a déjà dîné, elle en a l'eau à la bouche. Frank met deux bols sur la table. C'est un ragoût, mais elle n'arrive pas à savoir de quoi. Une sorte de viande accompagnée de légumes.

— Tu te rappelles, dit-il avant de saisir sa cuillère, quand je t'ai dit que je n'avais jamais montré cet endroit à personne ?

Elle acquiesce. Elle a envie de commencer à manger, mais se dit que la politesse veut qu'elle attende.

— Eh bien, c'est vrai. (Il la regarde, face à lui, la lueur des cierges se reflétant dans ses yeux.) Tu es la seule à être venue ici.

— Oh… J'en suis… très honorée.

— Je n'invite pas n'importe qui, poursuit-il. Cette cabane… représente beaucoup, à mes yeux. C'est le seul endroit où mon père ne peut pas me trouver.

Elle repense à son père. À son regard inquiet. À son état de santé. Elle a du mal à s'expliquer pourquoi elle a un si mauvais pressentiment à son sujet.

Frank se penche vers elle. Il pose ses avant-bras sur la table.

— J'ai mis tout ce que j'avais dans cette maison. Je pensais avoir tout ce dont j'avais besoin. Mais tu sais quoi ? Elle me semblait vide, je m'y sentais seul. J'avais besoin d'amener quelqu'un d'autre ici, mais tout le monde n'aurait pas été capable de la trouver. À part toi, Maya. Dès que je t'ai vue, j'ai su que je t'y amènerais, un jour.

— Pourquoi ? demande-t-elle.

Elle pose la main sur sa cuillère, mais ne s'en empare pas.

— Pourquoi ? À cause de la façon dont je t'ai vue lire le livre de ton père, jour après jour. Pour toi, plus rien d'autre n'existait. J'ai l'impression que tu ne savais même plus où tu te trouvais.

Maya incline la tête.

— Et, bien sûr, ajoute-t-il, je t'ai choisie parce que… Eh bien, regarde-toi, Maya. Tu es belle.

Elle rougit. On l'a déjà qualifiée de « mignonne », et même de « jolie », à l'occasion, mais seule sa mère lui a jamais dit qu'elle était belle.

Frank a l'air de s'apprêter à ajouter quelque chose, quelque chose de grand, comme « je t'aime ». Il a l'air vulnérable. Débordant d'espoir.

— Je crois que tu devrais rester, déclare-t-il.

Elle cligne des yeux.

— Pardon ?

— Reste.

Souriant et détendu, il s'adosse à sa chaise. Il attrape sa cuillère et se met à manger.

— Serais-tu en train de me… demander d'emménager ici ?

— Mm-hmm, répond-il en avalant une bouchée de ragoût. Je te demande d'y réfléchir. Imagine à quel point ce serait facile. Pas besoin de payer de loyer ni de s'occuper d'un colocataire. Rien à craindre. Pas besoin d'essayer de s'en sortir dans une grande ville surpeuplée, ni de trouver un boulot. Ici… (Il lui ouvre les bras d'un air accueillant.) Ici, tu aurais tout ça.

— Frank, je…

Il y a vraiment quelque chose qui cloche. Elle a foncé jusque-là en pleine crise de jalousie, et, pourtant, la voilà qui envisage à présent de s'installer chez lui.

À la fois distrayant et alléchant, le fumet qui s'échappe de son bol lui chatouille les narines. Elle se dit qu'elle avait bien, après tout, envisagé de reporter son inscription à l'UB… Sa mère n'aimerait pas qu'elle vive avec Frank, mais Maya aura bientôt dix-huit ans et pourra faire ce qu'elle veut. Et c'est, peut-être, ce qu'elle veut. Rester avec Frank. Vivre dans la belle maison qu'il a bâtie.

Elle a l'eau à la bouche. Son estomac gronde.

— Tu n'es pas obligée de prendre ta décision tout de suite, la rassure-t-il. Profitons simplement du dîner. Tu n'y as même pas encore touché.

Maya plonge sa cuillère dans son bol, mais ne la porte pas à ses lèvres.

Elle le regarde, et il y a quelque chose d'étrange dans la vision qu'elle a de lui de l'autre côté de la table, sur son visage voilé de vapeur. Elle y voit des personnes déambulant dans les nuages. Des visages émergeant de la brume.

Où a-t-elle vu cela ? Dans un film ?

— Maya ?

Elle le dévisage, incapable d'expliquer son malaise grandissant. L'image, quand elle se souviens d'où elle vient, lui semble pressante, comme si on avait accidentellement laissé le gaz allumé dans la cuisine. Il faut qu'elle l'exprime, qu'elle s'en occupe avant que quelque chose de grave se produise.

— À quoi penses-tu ?

— Il y a quelque chose… qui cloche.

— Ah, ma chérie… (Il lui adresse un sourire affectueux.) Tout va bien.

Quand elle ferme les yeux, le malaise fait place à de la crainte. *« Caras en la niebla. »* Sans qu'elle sache pourquoi, les mots lui viennent en espagnol. *« La niebla »* : elle n'a appris que récemment ce terme qui désigne la brume, en traduisant le livre de son père.

Le livre de son père ! Le village dans les nuages. C'est à cela qu'elle pense, à la vraie maison de Pixán, à l'endroit qu'il désire ardemment. En ouvrant les yeux, elle voit que Frank l'observe. Elle a la tête qui tourne.

— Écoute-moi, dit-il. Quel que soit le problème, nous trouverons une solution ensemble. Il n'y a pas de quoi s'inquiéter.

Mais l'histoire ressemble à un avertissement. Comme Pixán, Maya a oublié quelque chose. Son cœur bat plus vite lorsqu'elle repense au dernier moment dont elle se souvient avant d'être arrivée là : le bruit de l'eau à l'approche du pont. La torche qui clignote dans sa main.

— Pourquoi…, commence-t-elle, les traits crispés. Pourquoi est-ce que je n'arrive pas à me rappeler ?

Frank repose sa cuillère. Il se lève, contourne lentement la table, sans jamais la quitter des yeux, l'air calme.

Maya se met à frissonner.

Il s'agenouille à ses côtés, les yeux dans ses yeux, comme s'il avait l'intention de la demander en mariage.

Ses frissons s'intensifient. Elle a l'impression que ses os sont glacés.

— Détends-toi, lui recommande-t-il. Tu fais une crise d'angoisse.

Il lui saisit la main gauche, qu'elle a serrée en poing, et l'ouvre, doigt par doigt. Il presse quelque chose de petit et dur dans sa paume. Elle sait de quoi il s'agit avant de le voir. Elle sent ses dents métalliques.

La pluie s'abat sur son visage, ses bras et sa poitrine. Elle prend une profonde inspiration. Elle a l'impression qu'on lui déverse un seau d'eau glacée sur la tête alors qu'elle ne s'y attend pas. Chancelante, elle se tient les coudes.

Frank est là pour la rattraper. Il marche à côté d'elle, la tenant par les épaules, la torche de son père dans son autre main. Il éclaire le sol juste devant Maya pour qu'elle évite de trébucher sur quoi que ce soit pendant qu'ils longent la route abandonnée. La forêt est sombre.

— Qu'est-ce qui se passe ? demande-t-elle, sa voix se perdant dans le tambourinement de la pluie sur les feuilles, les branches et la terre.

La pluie alourdit ses vêtements, des filets d'eau s'écoulent de son short effiloché.

Elle a les mains à vif, et, quand elle les regarde, elle remarque qu'elles sont terreuses. Ses paumes et ses genoux aussi. Elle s'immobilise et repousse le bras de Frank. Elle se tourne vers lui.

Il a l'air inquiet.

— Qu'est-ce qu'il y a ?

Sa voix est mesurée, mais il a la mâchoire serrée, comme s'il était plus contrarié qu'il ne voulait bien le laisser paraître. Il n'essaie même pas de se protéger de la pluie, qui colle ses cheveux contre son crâne.

— Qu'est-ce qui se passe, bon sang ? demande-t-elle.

Il a l'air perplexe.

Elle ne peut s'empêcher de frissonner.

Il lui tend les bras pour lui offrir de la chaleur, mais elle se dérobe, ce qui a l'air de le blesser. Mais, cette fois, elle en est sûre. Cette fois, elle a de la terre sur les mains et les genoux, et le fait qu'elle ne sache pas comment elle est arrivée là la refroidit plus que la pluie glaciale.

— Qu'est-ce que tu m'as fait ?

La question le prend au dépourvu. Il lève les mains comme pour lui montrer qu'elles sont vides, qu'il ne lui veut aucun mal.

— Tu m'as dit que tu voulais partir. Tu m'as demandé de te raccompagner à ta voiture, alors c'est ce que je fais.

Déconcertée, elle jette un coup d'œil derrière elle par-dessus son épaule, comme si le chemin qu'ils ont emprunté pouvait contenir un indice sur ce qui s'est passé ces dernières minutes, mais, tout ce qu'elle voit, c'est la route envahie par la végétation qui s'enfonce dans les bois sombres.

— Pourquoi je ne m'en souviens pas ? demande-t-elle.

Le vent se lève, accentuant la violence de la pluie. Elle n'a rien à faire là. Aubrey a raison, Frank est bizarre, et, pour la première fois, elle a l'impression qu'il pourrait même être dangereux.

Se retournant, elle se remet en route dans la direction qu'ils ont prise, croisant les doigts pour que ce soit bien celle qui mène à sa voiture.

— Attends, Maya.

Mais le soupçon d'imploration dans sa voix lui fait accélérer le pas. Il la suit, lui éclairant le chemin alors même qu'elle tente de s'éloigner de lui. Dès qu'elle aperçoit la silhouette noire de la maison de son père, elle se met à courir sous la pluie battante, soulevant de la boue avec ses baskets. Trempée et essoufflée, elle traverse la pelouse non entretenue jusqu'à la rue où est garée sa voiture et déverrouille sa portière d'une main tremblante. Elle se retourne, s'attendant à voir Frank, mais il est parti, et les seuls bruits qu'elle entend sont ceux de la pluie, de son propre souffle et de son cœur qui bat la chamade.

# Chapitre 27

*Merci beaucoup*, écrivit Maya à Steven à 9 heures du matin, heure à laquelle elle estimait pouvoir raisonnablement envoyer un SMS à quelqu'un qu'elle ne connaissait pas très bien.

*C'est magnifique*, ajouta-t-elle en faisant référence au tableau de Cristina et à la maison chaleureuse qu'il représentait. Maya avait oublié. Ces derniers temps, lorsqu'elle réfléchissait à la cabane de Frank, elle ne pensait qu'aux moments dont elle ne se souvenait plus, à la terre sur ses genoux et ses mains, et à la terreur qu'elle avait éprouvée en courant à travers les bois jusqu'à sa voiture.

Ce qu'elle avait oublié, c'était son émerveillement en pénétrant pour la première fois dans la cabane de Frank, mais le tableau de Cristina lui avait rappelé les ravissants détails de la cheminée, les poutres en bois naturel… D'une certaine manière, bien qu'elle en ait souvent rêvé, Maya se souvenait à peine (lorsqu'elle était éveillée) de l'aspect des lieux et de toutes les pensées qui lui étaient venues à l'esprit quand elle les avait découverts. La table au centre du tableau lui avait rappelé qu'elle s'était assise face à Frank, devant les bols de soupe qu'il avait préparés. Cette odeur alléchante, sa faim soudaine… comme si l'endroit lui avait jeté un sort.

Mais Maya n'avait jamais goûté la soupe, n'est-ce pas ?

À l'époque – comme maintenant –, l'histoire de son père lui était revenue à l'esprit.

Cette fois, ce fut sous la forme d'un hymne qu'elle lui apparut. *« Alors, usant de leur perfidie, ils me firent manger leur nourriture. J'oubliai que j'étais fils de rois... »*

Comme à l'époque, l'histoire lui fit l'effet d'un avertissement. Qu'avait-elle oublié ? La dernière chose dont elle se souvenait à propos de ce soir-là – juste avant de se retrouver sous la pluie –, c'était d'avoir songé à la véritable maison de Pixán, au début d'une prise de conscience qui n'avait jamais pu avoir lieu parce que Frank y avait mis un terme.

Son téléphone tinta, interrompant le fil de ses pensées.

C'était Steven. Il avait répondu à son message par un pouce levé.

Je me demandais si vous accepteriez d'en discuter, à l'occasion ? Je pourrais peut-être vous offrir un verre ? lui répondit-elle.

Elle patienta.

Elle n'avait toujours pas dormi. Malgré ses jambes douloureuses, elle fit un tour dans le quartier, espérant s'épuiser. Son corps était sans aucun doute assez fatigué, mais son esprit et son cœur continuaient à galoper. Il faisait froid dans les rues calmes. La neige dans les caniveaux avait fondu et la boue avait gelé à nouveau, formant des flaques de glace aux contours irréguliers, du même gris que le ciel.

Dan n'avait toujours pas répondu, et cela faisait désormais deux jours. Maya se serait inquiétée si elle n'avait pas eu de ses nouvelles grâce aux réseaux sociaux. Enfin, elle se serait inquiétée d'une manière différente. Au moins, elle savait qu'il allait bien, et tenta de s'en contenter. Parce qu'elle ne pouvait pas se permettre de réfléchir à son silence et à ce qu'il signifiait. Pas maintenant.

De retour chez sa mère, elle frissonna dans la douche, au milieu de la vapeur d'eau, incapable de se réchauffer. Elle tenta de se convaincre que le pire serait bientôt derrière elle. À partir de maintenant, son état de manque ne pouvait que s'améliorer.

Elle se glissa ensuite dans son lit et dormit trois quarts d'heure avant de se réveiller en sursaut en entendant tinter son téléphone.

Steven lui avait répondu : Bien sûr.

Maya repoussa les draps autour de son torse et écrivit : Génial ! À quelle heure ?

Je finis mon travail à 17 heures. Que diriez-vous du Patrick's ? Le *Patrick's* était le pub à l'angle de la rue du musée.

Parfait ! Je vous remercie !

Se risquant hors de la chambre sombre du Airbnb, elle trouva sa mère en train d'installer un sapin de Noël dans le salon.

— Te voilà ! s'exclama Brenda en souriant. Juste à temps pour m'aider à faire le sapin.

Maya grimaça.

Sa mère eut un mouvement de recul. Quand Maya était petite, elles avaient toujours décoré le sapin ensemble. Une caisse de babioles, dont s'échappaient des guirlandes argentées, était posée par terre. Brenda faisait apparemment tout ce qu'elle pouvait pour se racheter auprès de sa fille. À part s'excuser, semblait-il.

Maya lui en voulait toujours autant, mais n'avait aucune envie d'en discuter davantage. Sa mère n'était pas la seule à pouvoir faire comme si de rien n'était.

— J'ai prévu autre chose, dit-elle. Je dois voir Erica O'Rourke.

— Erica du journal de l'école ? J'ignorais que vous étiez toujours en contact.

Ce n'était pas le cas. Elle n'avait gardé le contact avec personne du lycée au-delà d'un e-mail occasionnel, mais Erica était quelqu'un avec qui elle avait été amie et qui vivait encore en ville. Un mensonge plausible.

— On va prendre un café. Et parler du bon vieux temps.

Sa mère la regarda par-dessus ses lunettes de lecture bleu sarcelle.

Maya s'était lavé les cheveux, avait fait une lessive et s'était maquillée. Elle se sentait presque fraîche, après son petit somme.

— Et si je t'emmenais en voiture ?

— Non, répondit Maya un peu trop rapidement.

Si sa mère avait appris ce qu'elle était en train de faire, elle aurait téléphoné aussitôt au docteur Barry.

Brenda plissa les yeux.

— J'ai besoin de marcher, c'est tout. On se retrouve dans ce nouveau café, sur North Street, c'est à moins d'un kilomètre. (Elle n'attendit pas que sa mère tente de l'arrêter.) Je n'en ai que pour quelques heures, ajouta-t-elle en se faufilant par la porte.

Le *Patrick's* était un pub irlandais qui existait depuis toujours, pour autant que Maya s'en souvienne. Heureusement, l'intérieur était sombre, avec des murs en brique apparente et une longue rangée de tireuses à bière. Il régnait une odeur d'*onion rings*. En avance de quelques minutes, Maya commanda un Martini extradry, même si elle avait encore la gueule de bois à cause du gin de la veille. L'alcool était la seule chose capable de desserrer l'étau dû au manque, autour de sa tête. Elle porta son Martini jusqu'à une petite table dans l'angle de la salle et en but la plus grande partie en quelques lampées qui lui brûlèrent la gorge, avant de lui procurer une chaleur agréable. Le bar était calme, la plupart des banquettes étant inoccupées. Les enceintes diffusaient du classic-rock. Lorsqu'elle vit Steven franchir la porte, elle leva la main.

Il commanda une bière et s'approcha. Il semblait moins sur ses gardes qu'au cours de leur première rencontre, mais toujours aussi réservé, ou peut-être simplement timide. Il avait au moins dix ans de plus que Cristina, et sa respiration était sifflante après qu'il avait marché depuis le musée, mais il portait une montre Fitbit et un beau manteau de laine par-dessus son uniforme d'agent de sécurité. En entrant, il avait respectueusement ôté son bonnet brun clair, révélant son crâne poli. Maya avait senti, au ton de ses réponses, qu'il avait été amoureux de Cristina, et se demandait ce qu'elle avait éprouvé pour lui.

— Salut, merci d'avoir accepté de me voir, dit-elle.

— Pas de problème, je suis ravi de pouvoir discuter du travail de Cristina. J'ai envie que plus de gens le voient. (Il posa son téléphone sur la table et afficha une photo.) Je voulais vous montrer un autre de ses tableaux.

Il s'agissait d'un paysage glacial et extrêmement ombragé qui aurait pu de nouveau représenter les plaines de sel, mais inondées, cette fois, l'eau gris d'étain reflétant un ciel inhospitalier.

— C'est mon préféré, déclara Steven. Il faut vraiment voir la toile, mais, même là, on peut constater à quel point elle est remarquable.

— C'est magnifique. Elle avait vraiment du talent.

— J'essaie de mettre la main sur l'ensemble de ses œuvres, mais c'est difficile, car je ne suis pas de la famille. Ses toiles mériteraient de se trouver dans un musée.

— Entièrement d'accord, approuva Maya avec prudence. Surtout la dernière. C'est intéressant de voir à quel point elle est différente.

— N'est-ce pas ?

Maya acquiesça d'un air songeur en savourant son Martini.

— Est-ce qu'elle vous a déjà parlé de la cabane de Frank ?

Steven poussa un léger soupir en comprenant de quoi Maya était venue discuter, et elle se demanda pourquoi il avait accepté de la revoir. Était-ce pour parler du travail de Cristina – pour continuer à le faire vivre –, ou avait-il pu croire que Maya lui proposait un rendez-vous galant ? Après tout, elle était son genre, semblait-il.

— Bien sûr, répondit-il. Elle y a fait allusion.

Maya patienta.

Il but une gorgée de bière d'un air amer.

Elle avait de la peine pour lui et, si sa vie n'avait pas été en danger, elle aurait cessé de l'interroger.

— Cristina a dû se plaire, là-bas, dit-elle en guise d'introduction. Pour l'avoir peinte de cette façon…

Résigné, Steven soupira.

— On peut dire ça. La cabane est l'une des premières choses qu'elle a évoquées, en me parlant de lui. Je me souviens que ça l'avait impressionnée, et, pour être honnête, ça m'a impressionné aussi. Enfin, qui, à notre âge, possède une maison ? Sans parler de l'avoir construite ? Mais, plus j'en entendais parler, moins j'étais impressionné. Honnêtement, ce type est un *loser*.

— Pourquoi ? demanda-t-elle en lui cachant le fait qu'elle était entièrement d'accord.

Steven grimace. Il boit une nouvelle gorgée de bière.

— Eh bien, d'abord, il n'avait pas de travail. Cristina ne savait pas comment il gagnait sa vie, mais, apparemment, il avait des patients.

— Des patients ?

— Oui, mais ne me demandez pas ce qu'il faisait pour eux. J'ai l'impression qu'il vivait, en fait, grâce à un héritage. Son père était un professeur émérite à l'université Williams. Il est mort il y a quelques années.

Maya ne fut guère étonnée d'apprendre que son père était décédé. Même si cela lui rappela qu'elle n'avait jamais découvert ce qui n'allait pas chez lui.

— Sans compter, ajouta Steven, que Frank allait au bar tous les soirs. Au *Whistling Pig*. Cristina l'y accompagnait parfois. Avant Frank, elle ne traînait jamais dans les bars.

Maya mit de côté cette information pour plus tard. Elle baissa les yeux sur son verre, où une olive brillante baignait dans sa dernière gorgée de Martini.

— A-t-elle jamais mentionné quelque chose… d'étrange qui se serait passé à la cabane ?

Steven eut l'air ennuyé.

— Pas que je sache. Pourquoi ?

— Une autre tournée ? demanda la serveuse.

— Oui, s'il vous plaît, répondit Maya en même temps que Steven disait : « Non, merci. »

Il n'en était même pas à la moitié de sa bière. En avalant la dernière gorgée saumâtre de Martini, elle le vit la regarder à travers le fond de son verre.

— Je demande ça parce que Frank m'a aussi amenée là-bas, lui confia-t-elle. Une seule fois, mais il m'y a fait quelque chose. J'ai eu un trou noir.

— Quoi ?

— En arrivant et en repartant, dit Maya. (Elle n'avait jamais vu le pont ni l'extérieur de la cabane.) J'avais de la terre sur les mains et les genoux, et je ne sais toujours pas pourquoi.

— Bon Dieu, c'est… Je ne sais pas quoi dire. Je suis navré pour vous. (Il avait l'air sincère.) Que pensez-vous qu'il vous a fait ?

— C'est ce que j'essaie de découvrir.

Quand la serveuse revint avec le Martini, Maya en but une gorgée fortifiante avant de poursuivre.

— Frank gardait très discrète l'existence de sa cabane. Je n'ai jamais su pourquoi. Il prétendait que j'étais la seule personne qu'il y avait emmenée, et voilà qu'il y a emmené Cristina aussi. Et je ne peux m'empêcher de me dire que ce qu'il m'a fait… il le lui a probablement fait aussi.

Cela bouleversa manifestement Steven. Son crâne chauve rougit entièrement.

Maya se pencha vers lui.

— Quoi qu'il cache, dit-elle, c'est là, dans sa cabane. Il faut que j'y retourne. C'est le seul moyen. Mais j'ai peur. Je ne veux pas y aller seule.

— Vous me demandez de vous y accompagner ?

Il eut l'air à la fois décontenancé et pas du tout surpris qu'elle lui fasse une telle demande.

Elle acquiesça.

Il garda le silence un long moment. Le pub commençait à se remplir, et quelqu'un avait mis la musique plus fort. Finalement, après mûre réflexion, il afficha sur son téléphone la toile de Cristina représentant la cabane.

— Écoutez, dit-il, je ne doute pas que Frank vous ait fait souffrir. J'ai eu un mauvais pressentiment dès que je l'ai vu. Mais je ne crois pas que Cristina aurait peint ce tableau s'il lui avait… fait quelque chose. Comme vous l'avez fait remarquer, elle avait l'air de se plaire, là-bas.

Maya sentit les larmes lui monter aux yeux, mais elle parvint à les retenir.

— Je sais que c'est le cas, ajouta Steven d'un ton plus doux, parce qu'elle m'a donné quelque chose d'autre, avant de mourir. Plusieurs choses, en fait. Comme je vous l'ai dit, elle souhaitait se débarrasser de certains objets. Elle s'est souvenue que ma vieille cafetière était cassée, alors elle m'a offert la sienne.

À présent, c'était lui qui était au bord des larmes.

Maya baissa la tête.

— Elle avait l'air gentille.

— Je n'ai fait du café que le lendemain matin, poursuivit-il. Et, alors que je m'apprêtais à la remplir d'eau, j'ai découvert le mot qu'elle m'avait laissé à l'intérieur du petit réservoir. (Ses lèvres tremblèrent.) Je ne vais pas vous dire tout ce qu'elle m'a écrit. Mais je dirai qu'elle s'excusait pour son attitude. Elle me remerciait d'être son ami. Et elle m'annonçait qu'elle allait vivre avec Frank dans sa cabane.

Le sang de Maya se figea.

— Ça n'a peut-être aucun sens, aussi bien pour vous que pour moi, mais elle aimait ce type.

Elle sentit de l'amertume dans la voix de Steven. Il but une petite gorgée de bière, puis reposa son verre sur le bord de la table, comme s'il l'avait terminé.

Maya tendit la main vers le sien, mais elle s'aperçut qu'il était vide.

— Si je suis venu ici, poursuivit Steven, c'est parce que vous m'avez dit que vous souhaitiez discuter de la peinture de Cristina. De son art. Mais je ne crois pas qu'il soit bon pour moi de spéculer sur ce qui a pu se passer entre elle et Frank. Je ne peux rien y faire, de toute façon.

— Je comprends, admit Maya en attrapant son sac à main. Je suis désolée.

Elle laissa tomber son portefeuille par terre.

— Ça va ?

Il avait l'air fatigué. Elle eut l'impression qu'il lui avait posé la question uniquement parce qu'il s'y sentait obligé.

— Très bien.

— Vous êtes venue en voiture ?

Elle secoua la tête. La serveuse revint avec l'addition.

— C'est pour moi, déclara Maya.

— Vous êtes sûre de ne pas vouloir que je vous ramène ?

— Non, merci. Ça me fera du bien de marcher un peu.

— Soyez prudente, lui recommanda-t-il.

— Je n'habite pas loin, lui assura-t-elle.

— Si vous allez à la cabane de Frank, je veux dire. Je sais que vous ne m'avez pas demandé mon avis, mais, à votre place, j'éviterais cet endroit.

# Chapitre 28

À son réveil, Maya est fraîche et dispose, les oiseaux chantent à sa fenêtre. L'horloge indique qu'il est 10 h 42, bien plus tard qu'à son habitude. Elle bâille, se retourne, ravie d'avoir dormi un peu plus longtemps, parce que, pourquoi pas, c'est l'été… Mais elle aperçoit alors ses vêtements mouillés en tas sur le sol de sa chambre et se souvient de la nuit précédente.

Elle se redresse d'un bond. Elle avait prévu de raconter à sa mère sa soirée, quand elle s'est perdue dans les bois avec Frank. Elle se lève et se précipite dans le couloir. La maison est silencieuse. Sa mère est dans sa chambre, la porte close.

Alors qu'elle s'apprête à frapper, Maya songe à la nuit que sa mère vient de passer à travailler. Elle aurait bien besoin de dormir, et, maintenant qu'elle y pense, Maya se demande ce qu'elle va lui dire.

Elle est moins sûre d'elle, maintenant, et la nuit précédente lui semble déjà lointaine. Elle n'en a plus qu'une vague impression, comme si Frank l'avait droguée. Mais comment ? Elle n'a même pas goûté à sa soupe. Ni à quoi que ce soit d'autre, dans sa cabane. Elle n'a ni bu ni fumé. Elle s'est donc juste un peu perdue dans ses pensées de temps en temps, est-ce vraiment si inhabituel, pour elle ? Après tout, il lui est déjà arrivé de regarder par la fenêtre au lieu d'écouter ses professeurs, et elle a souvent manqué son arrêt de bus à cause de ses rêveries. Elle était comme ça bien avant de rencontrer Frank.

Est-elle vraiment bien placée pour en vouloir à Frank si elle a des trous de mémoire ?

Elle regagne sa chambre. Elle en parlera peut-être à sa mère plus tard.

Maya avait commencé à faire ses valises pour l'université il y a plusieurs semaines, puis s'est interrompue après avoir fait la connaissance de Frank. En y repensant, il est étrange qu'elle ait envisagé de reporter ses études. Après tout le travail fourni afin d'obtenir une bourse…

Qu'est-ce qui lui a pris ?

Elle recommence à faire ses bagages pour se changer les idées, et cela fonctionne. Elle pense à sa future résidence universitaire. Les Warren Towers accueillent plus de mille huit cents étudiants et, dans trois jours, elle sera l'une d'entre eux, au milieu de jeunes de son âge venus de tout le pays, voire du monde entier. Sa future camarade de chambre s'appelle Gina, elle vient de San Francisco, et Maya a hâte de faire sa connaissance.

Chacune disposera, dans sa moitié de chambre, d'un lit étroit, d'un bureau, d'une commode, d'une étagère et d'un petit placard. Ce n'est pas beaucoup d'espace, mais Maya a déjà des projets d'aménagement. Elle y accrochera son poster de Salvador Dalí, celui des éléphants dont les pattes sont comme des échasses, et son panneau en liège couvert de photos, la plupart d'Aubrey et d'elle. Maya n'aura de place que pour une sélection de ses accessoires préférés : CD, vêtements, décorations et livres, y compris, bien sûr, celui de son père.

Ce dernier est posé sur son bureau. Elle ne l'a pas beaucoup regardé, depuis qu'elle a rencontré Frank. En le prenant, elle se souvient de la soirée de la veille, de la vapeur qui s'échappait de leurs bols, à table. Le livre de son père est la dernière chose à laquelle elle se souvient d'avoir pensé avant de se retrouver à déambuler sous la pluie avec Frank.

Avant, ces pages lui faisaient penser à son père, mais, à présent, elles lui rappellent l'odeur de la cabane de Frank – sa soupe, le feu, la fraîcheur de l'air nocturne –, alors elle les laisse. Elle se dit qu'elle n'aura, de toute façon, pas le temps de lire ce livre lorsque les cours auront commencé.

Elle se dirige vers son armoire et en tire un gros pull qui sera parfait pour la saison, et ses pensées se tournent vers l'automne à Boston. Les journées fraîches, les nuits glaciales et humides. Le feuillage dans la ville. Les fêtes d'Halloween. C'est comme si toute l'excitation qu'elle aurait dû ressentir ces dernières semaines était enfin arrivée, et, désormais, elle a hâte. Il est curieux, trouve-t-elle, que, depuis le jour où ils se sont rencontrés, elle n'ait plus eu que Frank à l'esprit, alors que, aujourd'hui, elle a l'impression que tous les sentiments exagérés qu'elle a eus pour lui – le désir, la jalousie – formaient un château de cartes qui s'est brusquement effondré.

Aubrey avait raison. Elle s'est méfiée de lui dès le début. C'est probablement – Maya en prend soudain conscience – la raison pour laquelle elle a porté cette robe rouge : pour faire apparaître ce qu'elle avait pressenti chez lui avant même de le rencontrer. Qu'il était mauvais pour sa meilleure amie. Maya serait incapable d'expliquer et encore plus de justifier la façon dont elle s'est conduite ces derniers jours, mais elle peut toujours présenter ses excuses. Il leur est déjà arrivé de se disputer pour des babioles (comme le choix du DVD à louer au vidéoclub), mais jamais pour une chose pareille.

Elle lui exprimera ses regrets au concert de Tender Wallpaper, ce soir même. Elle a accroché son billet sur son panneau de liège, et fixé un autocollant du groupe sur sa table de chevet. Vers midi, elle se rend à la cuisine pour prendre des céréales et un verre de jus d'orange. Le téléphone clignote en rouge pour signaler des appels manqués ; la sonnerie est en mode silencieux, comme c'est généralement le cas lorsque sa mère travaille de nuit.

Avant même de savoir de qui proviennent les dix-sept appels, elle a un mauvais pressentiment.

Alors qu'elle s'apprête à vérifier le numéro, le combiné s'allume : encore un appel.

*C'est lui.*

Reconnaissant le numéro du téléphone fixe du père de Frank sur l'afficheur, elle repose le combiné comme s'il était vivant. Elle n'a aucune envie de répondre, mais elle sait que, si elle ne le fait pas, il continuera à appeler jusqu'à ce que quelqu'un décroche. Et Maya préfère éviter que cette personne soit sa mère.

— Allô ?

— Salut, Maya… (Il a toujours été très assuré, détendu, mais, à présent, il a l'air à vif et anxieux.) Comment ça va ?

— Bien.

Elle aurait dû réfléchir davantage à ce qu'elle allait dire. Et à la façon dont elle allait le lui dire.

— Tu avais l'air contrariée, hier soir. J'étais inquiet.

Elle envisage de lui expliquer pourquoi elle était contrariée, mais se ravise, car à quoi cela servirait-il ? Frank est un menteur. Il faut juste qu'elle l'oblige à arrêter.

— Maya ?

— Je suis là.

Elle emporte le téléphone sans fil sur le perron pour éviter de réveiller sa mère.

— Qu'est-ce que tu fais, aujourd'hui ?

— Je suis plutôt occupée…, répond-elle aussi gentiment que possible. J'ai beaucoup de choses à faire avant de partir… Écoute, je crois qu'on ferait bien de ne plus se revoir.

Cela lui semble être la façon la plus facile de s'en sortir. Rapide et directe. Et il est vrai qu'elle souhaite passer le peu de temps qu'il lui reste avec les personnes qui vont le plus lui manquer : sa mère et Aubrey. Maya regrette seulement de ne pas l'avoir compris plus tôt.

Frank garde le silence un long moment.

— D'accord, finit-il par lâcher. C'est bon. Pas de problème.

Elle pousse un soupir.

— Ah, alors, l'autre raison pour laquelle je t'appelais…, ajoute-t-il. J'espère que ça ne va pas te sembler trop bizarre, mais je me demandais si tu pouvais me donner le numéro d'Aubrey.

Bien sûr, elle ne peut éviter de ressentir un soupçon d'envie par réflexe – la veille encore, cette question lui aurait transpercé le cœur –, mais, désormais, il lui est difficile de ne pas rire de la tentative pitoyable de Frank pour la rendre jalouse.

— Bien sûr, répond-elle avec une indifférence aussi agréable que délibérée. Je ne vois pas pourquoi je ne te le donnerais pas. Tu as un stylo ?

— Mm-hmm, marmonne-t-il entre ses dents serrées.

— Quatre-un-trois…, commence-t-elle.

Mais il lui vient à l'esprit qu'Aubrey n'a probablement aucune envie que Frank l'appelle.

— Allô ?

— Tu sais, dit Maya, je crois bien que je ferais mieux de lui demander son avis avant de te donner son numéro.

Frank laisse échapper un éclat de rire aussi sarcastique que sinistre.

— Comment se fait-il, demande-t-il, que tu puisses être jalouse d'Aubrey tout en la méprisant de manière aussi évidente ?

— Je ne vois pas du tout de quoi tu parles, rétorque-t-elle avec colère. Écoute, Frank, il faut que…

— Tu sais très bien de quoi je parle. Tu ne veux pas que je l'appelle, hein ?

Maya se cramponne au téléphone.

— Honnêtement, je me contrefiche de ce que tu fais, Frank.

— Tu ne veux pas que je l'appelle, mais, en même temps, tu ne veux pas l'appeler non plus. J'ai très bien vu de quelle façon tu la traites, comme si elle n'avait pas d'importance. Comme si elle était bloquée ici et pas toi. Comme si tu étais plus intelligente, que tu allais quelque part, et que c'était la *lose* pour elle de devoir rester là toute sa vie.

— Quoi ?! Mais je...

— Et voilà que tu fais la même chose avec moi. Tu m'envoies balader parce que je ne suis pas assez bien, tout comme je t'ai vue envoyer balader ta meilleure amie et ta propre mère chaque fois que tu avais quelque chose de mieux à faire.

Elle sent les larmes lui monter aux yeux.

— Je me demande s'il existe quelqu'un envers qui tu es loyale ?

— Va te faire foutre, Frank ! Ne m'appelle plus jamais.

Elle raccroche.

Mais Frank rappelle. Inlassablement.

Elle finit par en parler à sa mère, qui a pris un jour de congé et qui est soulagée d'apprendre que sa relation est terminée.

— Nous allons laisser la sonnerie éteinte, la rassure sa mère. Je suis sûre qu'il comprendra le message. Sortons, allons nous promener.

Cet après-midi-là, alors qu'elles escaladent le mont Bousquet, Maya sent qu'il flotte un air de départ. Elle se souvient de l'époque où elle était petite et que sa mère devait la porter sur une partie du trajet. Aujourd'hui, elles gravissent la pente sans s'arrêter, entrant et sortant de l'ombre gelée du télésiège. Comme à son habitude, lorsqu'elles atteignent le sommet, sa mère fait du iodel. Cela a souvent embarrassé Maya, mais, à présent, cela la fait sourire, et, quand elle contemple la mer de tsugas et de pins blancs, distinguant sa ville natale dans le lointain, elle trouve ce paysage plus beau que les Alpes. Elle ne peut expliquer la tendresse qu'elle éprouve aujourd'hui, non seulement envers sa mère, mais aussi envers Pittsfield. Être du coin, c'est connaître le Housatonic, s'être promené le long de ce fleuve, l'avoir peut-être traversé tous les jours sur le chemin de l'école, mais ne pas avoir pu s'y baigner parce que General Electric l'a contaminé aux PCB. C'est avoir grandi soit avant le départ de GE – à l'époque des vitrines de Noël d'England Brothers, du chariot de pop-corn sur Park Square et des promenades sur North Street le jeudi soir –, soit après. Voilà très longtemps que Maya souhaite quitter Pittsfield, mais, aujourd'hui, elle a l'impression de voir la ville avec les yeux de quelqu'un qui est déjà parti.

L'été se fane, la lumière se teinte d'orange et, pour la première fois depuis longtemps, il ne fait pas très chaud lorsque Maya se gare devant chez Aubrey. Il est assez tard pour que la plupart des oiseaux se soient tus, mais un merle moqueur solitaire chante dans le tsuga devant la maison.

Aubrey tricote encore sur son perron, pieds nus sur la balustrade en bois. Elle est vêtue d'un short et d'un tee-shirt antidrogue D.A.R.E., pas encore habillée pour le concert, mais Maya est en avance.

— Salut ! dit Maya.

Le perron grince lorsqu'elle va s'asseoir sur l'autre chaise de jardin en plastique.

— Salut, répond Aubrey.

Elle pose son tricot. Elle travaille encore sur l'écharpe qu'elle a commencée le jour où elles sont allées à Wahconah Falls, le jour où Maya a découvert qu'Aubrey tricotait. À présent, l'écharpe est presque terminée et son motif est visible.

Des rayures citron vert et vert émeraude.

— Jolies couleurs, la félicite Maya.

— Je suis contente qu'elles te plaisent. (Aubrey se détend et se fend d'un sourire sincère.) C'est pour toi. Un cadeau d'adieu.

Une fois de plus, Maya est sur le point de fondre en larmes. Elle a ressassé les paroles de Frank toute la journée, chacune d'elles étant comme une lourde pierre qu'elle considère comme un châtiment, parce que la vérité, c'est qu'elle est jalouse de la beauté d'Aubrey, et, bien qu'elle ne s'en soit pas rendu compte, pas avant que Frank le lui fasse remarquer, au fond d'elle, Maya a méprisé son choix de rester à Pittsfield.

— Ouah ! souffle-t-elle. Je te remercie. Désolée d'avoir été une vraie connasse, ces deux dernières semaines.

Aubrey garde le silence un moment.

— Je ne sais pas si tu as été une connasse, mais oui, tu as été un peu conne.

Elle s'exprime d'un ton léger. Elle boit une gorgée d'une canette de soda à l'orange posée sur la table en plastique, puis en propose à Maya, qui accepte de bon cœur.

*« Existe-t-il quelqu'un envers qui tu es loyale ? »*

— Mais, ajoute Aubrey, on ne peut pas dire non plus que j'ai été la meilleure amie du monde.

*C'est vrai*, pense Maya. Cela dit, elle a saisi dès le début que c'était la façon d'être d'Aubrey. Elle n'a jamais eu d'autres amies à long terme. Et n'est-il pas plus facile de faire ses adieux à quelqu'un que l'on a hâte de quitter ?

— Alors, ouais, poursuit Aubrey. Moi aussi. Désolée.

Leurs excuses n'appellent aucun commentaire. Maya n'envisage même pas de parler de la robe rouge.

Aubrey pousse un éclat de rire sonore.

— Ce qu'on peut être connes !

Maya rit aussi, jusqu'à ce qu'il n'y ait plus la moindre gêne entre elles.

Alors que le soleil se couche, Eric, le petit frère d'Aubrey, rentre chez lui en serrant des cartes entre ses doigts.

— Salut, dit-il en flânant sur le perron. (Il se tourne vers sa grande sœur, sachant qu'il risque d'être chassé à tout moment.) Devinez quoi ? J'ai récupéré mon Dracaufeu !

— Pas possible ! s'exclame Aubrey. Bien joué, mon gars.

Rayonnant, Eric leur montre une carte Pokémon avec un petit monstre orange au recto. Maya le connaît depuis qu'il a six ans, avec ses yeux bleus écarquillés de curiosité devant tout ce que sa grande sœur cool et son amie font. D'ordinaire, Maya le trouve embêtant, mais elle a désormais envie de le serrer dans ses bras.

— Joli ! le félicite-t-elle à propos de la carte.

— Il y a des macaronis au fromage, le prévient Aubrey.

— Qu'est-ce que vous faites ? demande-t-il.

— On discute, Nabot. Rentre et mange.

Il a l'air déçu, mais lui obéit.

Maya s'apprête à lui parler de Frank quand Aubrey déclare :

— J'ai décidé de m'inscrire à LSU, l'université d'État de Louisiane. Pas cette année, évidemment, mais l'année prochaine.

— Quoi ? Oh, mon Dieu !

— Ouais !

— Pourquoi LSU ?

Aubrey trouve que la Louisiane, c'est cool, avec les bayous, la mousse espagnole et le Mardi gras à La Nouvelle-Orléans... Elle veut attraper des perles au cours d'une de ses parades bruyantes. L'autre raison, c'est qu'elle a un plan pour payer le même tarif subventionné que les habitants de l'État.

— Ma mère a une cousine, Justina, qui vit à Lafayette, et, à partir d'aujourd'hui, je fais envoyer mon courrier chez elle. Le mois prochain, j'irai la voir pour m'inscrire sur les listes électorales et obtenir une carte de bibliothèque. J'ai également consulté les petites annonces à la recherche d'un travail temporaire ponctuel que je pourrais faire pendant que je serai là-bas, comme coller des enveloppes ou quelque chose comme ça, pour établir un historique de travail.

— Tu penses que ça va fonctionner ?

Aubrey a l'air d'espérer.

— Peut-être ?

— Je parie que tu seras acceptée.

— Ils ont un taux d'acceptation assez élevé. Soixante-quinze pour cent, par là. Il faut encore que je trouve ce que je veux étudier.

— Ce n'est pas le plus important. Beaucoup ne le savent pas en s'inscrivant.

— Toi, tu le sais.

Maya hausse les épaules. Elle veut, bien entendu, étudier la littérature pour pouvoir tout apprendre sur les réalistes magiques, comme l'a fait son père, et devenir l'écrivain de renom qu'il aurait dû être.

— Tu écris de la poésie, dit-elle. Peut-être que tu pourrais aussi faire de la création littéraire ?

— Je pensais plutôt à de la psychologie. J'ai toujours été intéressée par ce qui motive les gens à faire ce qu'ils font. Et puis, il y a la philosophie… Honnêtement, je n'y connais rien, mais j'ai envie de m'y intéresser. J'ai l'impression que ça me plairait.

— Absolument, dit Maya. Tu es quelqu'un de très philosophe.

Aubrey sourit, plus heureuse qu'elle n'en a eu l'air de tout l'été.

— Et, ajoute-t-elle avec désinvolture, au cas où je ne serais pas acceptée à LSU, je compte également postuler à l'université du Massachusetts à Amherst et à Lowell, et, hum… à l'université de Boston.

Maya va aussitôt dans le sens de sa meilleure amie : Aubrey détesterait que quelqu'un, même Maya, s'imagine qu'elle cherche à l'imiter.

— Excellente idée, mais je suis sûre que tu seras prise à LSU. Ce sera génial, et je viendrai te rendre visite et…

— Et on ira à La Nouvelle-Orléans !

— Oui !

Elles se sourient mutuellement. Le ciel se couvre.

— Tu sais, dit Aubrey, je ne crois pas que j'aurais pu faire ça, sans toi.

— Ah, je ne sais pas…

— Non, vraiment. L'université m'a toujours semblé être pour les autres. Je ne me suis jamais dit que je voulais y aller, mais, quand tu as été acceptée, que tu as visité la résidence universitaire et que tu as commencé à parler des cours que tu allais suivre… ça m'a rendue si jalouse que je ne savais plus quoi faire. Et ça m'a fait prendre conscience que… eh… je voulais vraiment aller à l'université. Qu'est-ce qui m'en empêche ?

Des lucioles clignotent dans le jardin, une constellation infatigable que Maya et Aubrey observent un moment avant d'aller se préparer à l'intérieur. Quand Aubrey l'interroge sur Frank, Maya envisage de tout lui raconter – sa belle, mais curieuse maison dans les bois et les trous de mémoire qu'elle y a eus –, mais, plus les heures passent, plus tout cela semble peu plausible. Plus ses certitudes s'amenuisent. Sans compter que cette soirée est censée être amusante et qu'elle n'a pas envie que Frank y prenne une place trop importante. Elle refuse de revenir sur ce qu'il lui a dit au téléphone.

— Tu avais raison. (C'est tout ce qu'elle dit à Aubrey pour l'instant.) C'est une longue histoire, mais, oui, Frank est vraiment bizarre.

Tender Wallpaper est un trio de sœurs qui chantent en harmonie comme seules des sœurs peuvent le faire, accompagnées de synthés et de percussions. Comme leur musique, elles sont aussi mélancoliques que théâtrales, montant sur scène drapées de paillettes sous un éclairage aux ambiances sous-marines. Leur son est aussi vaguement sous-marin, comme un chant de sirènes, un gazouillis échoué sur un piano. Maya et Aubrey les ont déjà vues en concert, et, la dernière fois, les artistes s'étaient déguisées en Moires. Une bobine géante de fil de platine faisait partie de la chorégraphie : une des sœurs déroulait le fil, une autre le mesurait et la troisième le coupait avec une grande paire de ciseaux.

Mais, ce soir, Maya a du mal à discerner le thème. Aubrey et elle ont progressé jusqu'à l'avant de la salle, pas trop grande, et se tiennent près de la scène, se balançant au rythme de la musique. Les sœurs portent de longues robes et des capes, l'une entièrement vêtue de vert, l'autre de rouge, la troisième de bleu.

— Qui sont-elles censées représenter ? demande Maya à Aubrey entre deux chansons.

Aubrey sourit.

— Vraiment ? Tu ne devines pas ?

Une nouvelle chanson débute alors que Maya continue à s'interroger sur le thème du concert, mais elle n'arrive pas à trouver d'autres trios célèbres que les sœurs pourraient incarner, et elle commence à se demander si Aubrey ne se moque pas d'elle. Cela lui ressemblerait beaucoup.

Vers la fin du spectacle, les artistes se mettent à remuer les doigts en direction du public comme si elles jetaient des sorts, et les lumières deviennent folles, des faisceaux de vert, de rouge et de bleu se chevauchant pour former des teintes plus sombres, tandis que les voix des chanteuses s'élèvent dans ce qui ressemble moins à une harmonie qu'à la voix d'une créature énorme, divine et pas tout à fait humaine.

— Dis-le-moi, l'implore Maya, quand la chanson est terminée.

Aubrey met sa main sur l'oreille de son amie et lui dit :

— Flora, Pâquerette et Pimprenelle.

Bien sûr ! Les marraines-fées de *La Belle au bois dormant.* Maya n'a pas vu le film depuis longtemps, mais elle se souvient, à présent, du moment où elles jettent leurs sorts colorés à l'aide de leurs baguettes magiques. Le gâteau magique. La robe magique… Bien sûr qu'Aubrey s'en souvient. Elle adore les contes de fées et la magie. Et les chansons tristes. La dernière de la soirée est sa préférée, et, dès qu'elle en entend les premières notes, elle ferme les yeux et se laisse ensorceler par la musique.

# Chapitre 29

Maya attendit une fois de plus que sa mère s'endorme avant de prendre ses clés et de se rendre en voiture à la cabane de Frank. De nuit, ce n'était pas idéal, mais Brenda ne l'aurait jamais laissée prendre sa voiture, pas dans son état actuel, fébrile, agitée et saisie d'un sentiment d'urgence qu'elle refusait d'expliquer. Elle espérait seulement que Frank était à son bar habituel, ce soir-là, plutôt qu'à sa cabane. Elle avait l'intention de s'y rendre, d'en faire le tour, et de jeter un coup d'œil par la fenêtre s'il n'y avait personne. Elle s'imaginait que le simple fait de se trouver sur place la rapprocherait de la vérité, puisque le tableau, une simple représentation, avait ravivé des souvenirs qu'elle pensait avoir perdus.

Elle accéléra en quittant le centre-ville, les feux de circulation et les autres véhicules. Deux heures s'étaient écoulées depuis son second Martini au *Patrick's* ; elle s'en était assurée avant de prendre le volant, et s'était même forcée à avaler un bol de restes de chili tout en garantissant à sa mère, entre deux bouchées, qu'il était toujours aussi délicieux. Mais elle n'avait pas faim.

Sept ans auparavant, Maya avait failli rater Cascade Street, mais, cette fois, son téléphone lui avait facilité la tâche, énonçant ses indications depuis le siège passager. Pour l'instant, en tout cas, tant qu'elle avait encore du réseau. Les arbres se firent de plus en plus nombreux. La forêt d'État, si verte en été, était squelettique à cette époque de l'année, et, en approchant de sa destination, Maya n'eut aucun mal à repérer la boîte aux lettres, sur sa gauche. Elle semblait avoir plus de souvenirs qu'elle ne l'avait imaginé.

Elle se gara au bout de la longue allée sinueuse et parcourut à pied le reste du chemin jusqu'à ce qui avait jadis été la maison du père de Frank. Quelqu'un d'autre avait dû l'acheter depuis, mais Maya se dit qu'il était également possible que Frank l'ait conservée, s'il avait reçu un héritage important. En voyant l'une des fenêtres allumée, à l'étage, lorsqu'elle s'approcha de la maison, elle sentit son cœur s'accélérer. La bâtisse n'était pas aussi belle que dans ses souvenirs, à moins qu'elle se soit dégradée au fil des sept dernières années. Le perron s'affaissait, la peinture s'écaillait, et il manquait deux volets.

Elle ralentit son allure et marcha d'un pas léger, comme si la personne qui se trouvait à l'intérieur pouvait entendre le crissement de ses baskets dans la neige. En été, elle aurait pu traverser le grand jardin en restant baissée, dissimulée dans les hautes herbes, mais, si quelqu'un avait regardé par la fenêtre à ce moment-là, il l'aurait vue aussi nettement qu'une tache noire sur un drap blanc. Un vieux peuplier se dressait à l'entrée de la route abandonnée, sa masse arrondie de branches grises recroquevillées lui rappelant un cerveau.

Elle passa sous ses lobes, les rameaux se divisant comme des artères au-dessus de sa tête, et s'enfonça dans la forêt. Cette fois, elle avait emprunté une lampe torche à sa mère, mais elle s'aperçut qu'elle n'en avait pas besoin. La neige étincelait, et elle n'aurait su dire s'il faisait froid ou non. L'adrénaline la réchauffait. Elle songea à tous les efforts qu'elle avait déployés pour refouler ses souvenirs de la dernière fois, à tous les comprimés qu'elle avait pris pour finalement s'apercevoir que la vérité continuait à bouillonner sous cette fausse tranquillité qui ne lui convenait jamais entièrement. Elle aurait dû être terrifiée à ce moment-là, et c'était le cas, mais elle était également soulagée de sentir qu'elle touchait enfin à l'origine du secret de Frank. Elle en était proche, elle pouvait presque l'effleurer du bout des doigts.

Cette fois, à l'approche du pont, elle n'entendit pas le ruisseau – il avait dû geler –, mais cela n'avait plus d'importance. La route, bien que clairement abandonnée, était assez facile à suivre. Un chemin direct à travers bois.

Cependant, maintenant qu'elle l'empruntait à nouveau, elle trouvait que cette route avait quelque chose d'étrange, qui remettait en question sa simple existence. Soudain, elle eut du mal à croire qu'elle n'y ait pas pensé plus tôt. Comment avait-elle pu être aussi bête, à dix-sept ans ?

Il était évident – aussi bien à l'époque qu'aujourd'hui – que personne n'avait emprunté cette route depuis des années.

« Il faut y aller à pied », lui avait dit le père de Frank.

Tout à coup, elle comprit la cruauté de son sourire. Il s'était vraiment moqué d'elle. Frank n'aurait jamais pu transporter à pied le matériel nécessaire à la construction d'une cabane – le bois, le poêle, les deux éviers, toutes les pierres de la cheminée – sur une si longue distance…

Était-elle vraiment aussi idiote à l'époque ?

Elle l'avait déjà compris, elle s'en souvenait, à présent. Tout lui revint au moment où elle aperçut le pont.

# Chapitre 30

Maya s'arrête net en distinguant devant elle un pont que même un vélo ne pourrait franchir en toute sécurité. La lueur de la lampe torche du père de Frank qu'elle tient à la main vacille. Un vent frais souffle dans les feuilles, dispersant les dernières chaleurs de la journée alors qu'elle tente de reconstituer le paysage.

Un frisson lui parcourt l'échine.

Le pont devant elle n'est pas seulement abandonné, il tombe en ruine. Oublié de l'histoire, c'est un pont d'os rouillés aux tourelles à nu, semblable à la cage thoracique d'un géant. De gros morceaux de béton s'en sont détachés, ne laissant qu'un bout de route praticable, en son centre.

Bouleversée, elle s'apprête à faire demi-tour lorsqu'elle aperçoit une lumière de l'autre côté du cours d'eau. Elle plisse les yeux. La lueur est plus intense, plus stable et plus diffuse que celle d'une lampe de poche. Maya fait quelques pas de plus, et, désormais, elle en est convaincue. Il y a quelqu'un là-bas, de l'autre côté du pont en ruine. Même si elle ne le voit pas, elle part du principe qu'il s'agit de Frank.

Son instinct lui ordonne de fiche le camp, mais elle n'en fait rien. Cette même curiosité qui s'apparente à une pulsion se renforce à chacun de ses pas, comme si elle avait été attirée ce soir par une corde invisible. Et puis, si Frank l'a traversé, le pont doit être suffisamment robuste. Elle le traverse avec une infinie prudence, marchant comme sur une corde raide lorsqu'elle atteint la partie centrale, où les bords de la route se sont effondrés de chaque côté.

Le pont n'est large que d'un mètre, et en dessous l'eau est rapide et noire. Elle semble profonde. Quand elle atteint l'autre rive et qu'elle traverse un dernier bosquet débouchant dans une clairière, Maya tremble. Elle comprend à présent pourquoi Frank se comporte de manière si singulière quand il est question de sa cabane, mais ce qu'elle voit lui coupe le souffle.

Il n'y a pas de cabane. Il n'y a que les restes érodés de fondations en béton, un vaste rectangle fissuré au milieu de la clairière. C'est là qu'elle trouve Frank, étendu sur un sac de couchage rouge doux et moelleux, à quelques mètres de l'endroit où semblait se trouver une cheminée. Il y a installé une lampe sur batterie, à l'origine de la lueur orangée qu'elle a aperçue depuis l'autre côté du pont, réplique grossière des feux douillets qui ont jadis pu brûler là, quelle que soit l'époque à laquelle cette maison avait été bâtie.

Ébloui par la torche de Maya, il plisse les yeux, mais ne semble guère étonné de la voir. D'un air désolé, il lui adresse un léger sourire sans même quitter sa position confortable. Elle jette un coup d'œil sur ce qui l'entoure. La lampe portative et son sac de couchage, un pichet d'eau, son sac à dos et une orange à moitié pelée.

Il porte une chemise en flanelle et un jean, mais pas de chaussures. Celles-ci sont posées à plusieurs mètres de là, au bord des fondations, comme s'il les avait laissées à la porte d'entrée, comme s'il voulait éviter de salir le sol, et l'idée qu'il puisse jouer à faire semblant ici, se comporter comme si la maison existait vraiment, est à la fois si absurde, triste et étrange qu'elle se sent gagnée par un fou rire, qu'elle ne contient qu'à peine.

— Salut, dit-il.

Il a l'air penaud, ou fatigué, ou les deux.

— Frank...

— Je sais... Je suis vraiment désolé, Maya.

Mais elle est trop déconcertée pour lui en vouloir.

— Pourquoi m'as-tu menti ?

Il pousse un long soupir.

— Je crois bien que je n'ai aucune excuse, hein ?

Peut-être pas, mais elle désire malgré tout une réponse. Elle le regarde fixement, attend, la torche à son côté illuminant la dalle fissurée.

— La vérité, explique-t-il, c'est que je ne suis qu'un type qui passe son temps chez lui à s'occuper de son père. Je n'ai même pas de voiture, et mon travail est humiliant. Et toi... eh bien, tu pourrais manifestement trouver mieux.

Elle réprime un nouvel éclat de rire.

— Tu veux dire que tu as inventé cette cabane... pour m'impressionner ? (Il baisse les yeux.) C'est une blague...

— Désolé, répète-t-il.

Mais elle a l'impression d'être Dorothy révélant en tirant le rideau un homme qui se fait passer pour un magicien.

— Tu n'avais vraiment... vraiment pas besoin d'en arriver là, lui reproche-t-elle. J'étais complètement à fond sur toi.

Elle n'avait pas eu l'intention de s'exprimer au passé, mais ils prennent tous les deux conscience que c'est le cas. Le vent s'est levé, faisant voler les feuilles, et, lorsqu'il reprend la parole, il parle avec une si petite voix que Maya doit s'approcher pour l'entendre. Elle se tient à présent devant son sac de couchage et le regarde dans ses yeux tristes.

— C'est juste que tu t'en vas à Boston, tente-t-il de se justifier. Je ne voulais pas que tu me prennes pour un glandeur qui ne fait rien de sa vie. J'ai vingt ans et je vis encore chez mon père...

— Je ne t'ai jamais considéré de cette façon, lui garantit-elle.

Mais, à présent, elle ne sait plus quoi penser. Elle s'est précipitée là parce qu'elle était terriblement jalouse et avait besoin de savoir pourquoi il était avec Aubrey, mais, quand elle l'a vu – pieds nus et seul dans les bois –, le charme a été rompu. Il a peut-être menti à propos de sa cabane pour l'impressionner, mais cela n'explique pas pourquoi il s'y trouve en ce moment. Ni le sac de couchage et les chaussures laissées près d'une porte imaginaire.

— Ça va ? Depuis combien de temps es-tu là ?

— Pas longtemps, marmonne-t-il en détournant le regard.

— Et pourquoi…

Il prend une inspiration tremblante.

— Parce que je me sens à l'abri, ici.

— À l'abri ? À l'abri de quoi ?

— De mon père.

Maya repense à l'allusion de Frank aux problèmes qu'il a eus chez lui quand il était jeune.

— Il a fait quelque chose ?

Frank souffle brièvement. Il pourrait s'agir d'un soupir de chagrin ou d'un pouffement moqueur… Il baisse les yeux, à présent. Il est donc impossible de le déterminer.

— Il a fait beaucoup de choses. À moi… à ma mère… et à de parfaits inconnus. C'est la raison pour laquelle ma mère m'a éloigné de lui quand j'avais douze ans. Il est dangereux.

Maya jette un coup d'œil par-dessus son épaule, comme si son père avait pu la suivre jusque-là. Elle sait désormais, comme elle aurait dû le savoir depuis longtemps, que Frank est susceptible de mentir. Mais son père l'a bel et bien rendue nerveuse.

— Pourquoi restes-tu avec lui, alors ? demande-t-elle. S'il est dangereux, tu devrais aller voir la police.

Frank secoue la tête.

— Ils ne comprendraient pas. Mon père n'a jamais levé le petit doigt sur qui que ce soit. Il blesse les gens d'une autre manière.

C'est quelqu'un de manipulateur. De tyrannique. Il était professeur de psychologie, mais il a eu des ennuis et a perdu son poste, sa licence de psychologie, tout. Il était ruiné. Il s'en est pris à moi et à ma mère.

— Désolée de l'apprendre, Frank…

Mais, sentant qu'il évite le problème, le caractère étrange de la situation, elle tente de le ramener à la réalité. Elle n'a aucune envie de se laisser entraîner dans une autre de ses histoires.

— Je ne comprends toujours pas ce que tu fais ici.

Frank ramène ses genoux contre sa poitrine, se recroquevillant sur lui-même. Il parle si doucement qu'elle ne l'entend pas. Elle doit s'approcher juste au-dessus de lui. De là, il a l'air petit. Vulnérable.

— Qu'est-ce que tu as dit ? demande-t-elle d'une voix douce.

— J'ai dit que c'était réel, pour moi. Quand j'avais dix ans, cette nuit-là, j'étais perdu. J'ai cru que j'allais mourir seul dans les bois. Je sais que ça paraît fou, mais la cabane… m'a sauvé la vie. J'avais besoin qu'elle soit là pour moi. Et ça a été le cas.

» Je me l'imaginais distinctement, dans les moindres détails, et, quand je fermais les yeux, j'avais l'impression d'y être. Je m'y sentais comme chez moi. Une maison plus sûre et plus aimante que celle que j'avais quittée. Un endroit sans mon père. Par la suite, je suis revenu souvent, les jours et les nuits où il me fallait m'échapper. C'est ici que je venais, le foyer le plus authentique que j'aie jamais connu. Je m'asseyais là, comme ce soir, et j'imaginais la porte de ma cabane. Il me fallait vraiment la voir avant de pouvoir y entrer. La couleur du pin, la poignée en laiton. Je devais la sentir dans ma main. Si j'y parvenais, je pouvais la tourner et tout m'attendrait de l'autre côté. La maison. Quelque chose de bon sur la cuisinière, un feu dans la cheminée. Le grand canapé moelleux…

Maya acquiesce. Elle s'imagine facilement ce qu'il décrit. Elle l'a déjà fait par le passé, et se le permet à présent.

Il est triste de savoir que ce n'est pas réel, mais ce qui est encore plus triste, c'est de comprendre de quelle manière il l'a fait paraître ainsi. Si la cabane lui semble réelle, c'est parce que Frank a passé des heures et des heures à la bâtir dans son esprit. Là, dans cette clairière. Seul. Il connaît chaque lame de plancher et chaque armoire comme s'il les avait martelées en personne. Il connaît toutes les nervures du pin. Il connaît si bien les lieux que, lorsqu'il en parle, comme c'est le cas à présent, ils prennent vie. La chaleur du feu. Son odeur. Elle ne voit pas pourquoi il lui raconte cela, maintenant qu'elle sait que ce n'est pas réel. Pourtant, cela la détend de l'entendre. Elle comprend. Elle ne lui reproche rien de ce qu'il a fait. Tout le monde a besoin d'un endroit où se réfugier.

Elle a perdu le fil de ce qu'il disait, et, désormais, il se tait.

Elle entend ce qui ressemble à une porte qui claque dans son dos. Un bruit qui n'a aucun sens ici, mais qu'on ne peut pourtant pas confondre avec un autre – un grincement de gonds suivi du claquement sourd d'une porte qui se referme contre son chambranle –, juste derrière elle. Quelque chose lui dit de ne pas se retourner, mais elle n'en a cure. Il faut qu'elle sache. Se retournant lentement, elle voit Frank debout derrière elle.

Devant la porte. C'est le vent qui a dû la refermer.

Elle reste bouche bée devant son travail. Il était trop modeste en parlant de sa cabane. Elle est parfaite. Ses doigts entrelacés aux siens, il lui fait faire le tour du propriétaire, et Maya ne peut s'empêcher de sourire. Puis vient l'alléchante soupe parfumée qu'elle n'a pas le temps de goûter, car le souvenir soudain du livre de son père menace de rompre l'illusion.

Et Frank ne veut pas la laisser partir. Il pense qu'elle devrait emménager avec lui.

Il lui dit de se détendre, de manger sa soupe, et, comme elle ne le fait pas, il pose bruyamment sa cuillère sur la table. Il met un genou à terre, comme s'il allait lui demander sa main, mais la rage bouillonne dans son regard, et, au lieu d'une bague, il lui met dans la main un objet un peu plus gros. Sentant les dents métalliques contre sa paume, elle baisse les yeux sur la clé de la maison. Et, l'espace d'un instant, elle est confuse.

Pourquoi Maya aurait-elle besoin d'une clé pour une maison dans laquelle elle se trouve déjà ?

Mais, dès qu'elle y pense, l'idée se dissipe, et ce qui se passe au cours des minutes suivantes restera enfoui sept ans dans le recoin le plus inaccessible de son esprit.

Elle se détend.

Sa respiration ralentit.

Son cœur aussi. C'est si bon d'être là… Elle s'enfonce un peu plus dans son siège, devant la table.

— Bien, dit Frank. Bien. (Il se redresse et lui sourit.) Tu te sens mieux, à présent. Plus calme.

Elle se sent mieux, à présent. Plus calme.

— Peut-être aimerais-tu t'asseoir près du feu ? (Cela ne ressemble pas à une question.) Mets-toi à l'aise. Détends tes jambes fatiguées.

Maya n'a plus qu'une envie : s'asseoir près du feu, se mettre à l'aise et détendre ses jambes fatiguées.

— Tu te sens en sécurité ici.

Elle a un petit frisson lorsque quelque chose de froid et humide vient lui frapper la nuque. Elle fronce les sourcils.

— Tu te sens en sécurité ici.

Une seconde goutte glacée s'abat sur son genou. Le liquide vivifiant coule le long de son mollet nu, et Maya se focalise dessus. La sensation de picotement se déplace vers sa cheville. Puis une autre goutte, et encore une autre – sur son épaule, son front, son poignet –, qui la ramènent à elle. La pluie prend juste assez le dessus sur la voix de Frank pour qu'elle comprenne qu'elle doit rapidement partir de là.

Il se lève.

— Suis-moi.

Elle n'a pas l'intention de lui obéir, mais *(oh, mon Dieu !)* c'est ce qu'elle fait. Elle se lève de table comme si ses jambes et ses pieds appartenaient à quelqu'un d'autre. Elle ne peut les empêcher de le suivre tandis qu'il la conduit plus près du feu, la lumière orange vacillant sur son visage. Elle sent l'odeur du bois qui brûle.

*Regarde les flammes*, croit-elle l'entendre dire, à moins qu'il ne s'agisse du ruisseau, dont le chuchotement l'apaise et l'attire de plus en plus, jusqu'à ce que le feu devienne tout ce qu'elle peut voir. Goûter. Et sentir. Elle a l'impression de revenir du froid, de soudain mettre la main sur tout ce qu'elle a toujours poursuivi. L'assurance. L'approbation. L'amour. La lumière lui procure une sensation de contentement, comme les rayons du soleil sur son visage, et dégage une odeur de neige fondue. Elle chante comme des cloches. « Tu n'as plus rien à craindre, désormais, dit le ruisseau. Tu es chez toi. » Et c'est exactement ce qu'elle ressent, comme si elle rentrait chez elle. Mais elle le sait. Même si elle a envie de la chaleur du feu, des flammes qui scintillent de rouge, d'orange, de bleu et d'or, une partie d'elle sait que « chez soi » n'est pas l'expression qui convient pour décrire cet endroit.

Comme dans l'histoire. Comme Pixán, qui s'est fait avoir par des imposteurs et qui contemple la brume, Maya sait que son véritable foyer est ailleurs.

— Tu…, chuchote-t-elle, bien qu'elle ait eu l'intention de crier.

Une goutte de pluie sur sa joue !

Tout en elle semble vouloir se dissoudre dans la lumière. Mais elle détourne les yeux des flammes et lance un regard noir à Frank.

— Tu m'as piégée.

— Détends-toi, insiste-t-il.

Mais il n'a plus l'air aussi sûr de lui.

Elle secoue la tête, la colère monte, menaçant de briser le sort qu'il lui a jeté.

— Qu'est-ce que tu m'as fait ?

— Écoute-moi, Maya. Tu dois te calmer…

— Je sais.

Et, d'un coup, les rondins grossièrement taillés qui forment le mur derrière elle lui paraissent encore plus rustiques. Ils commencent à ressembler à des arbres. Les mauvaises herbes poussent entre les planches, et ce n'est plus le toit qu'elle voit au-dessus d'elle, mais l'abîme sans fin du ciel nocturne. Cela lui fait le même effet que si, en baissant les yeux, elle se retrouvait soudain au bord du Grand Canyon. Elle ressent un grand tourbillon de terreur. Une immensité écrasante.

— Maya, l'implore-t-il.

Elle se tourne vers lui. Il lui parlait. Depuis le début. Pendant qu'elle contemplait le ciel, regardait le mur, le feu, ou la soupe.

Mais Maya n'a plus besoin de l'écouter. Elle est au courant, désormais. Frank la supplie du regard de ne pas le dire, mais cela l'encourage à parler.

— Il n'y a pas de cabane, déclare-t-elle.

Et, tout à coup, ce qu'il en reste se dissout, le plafond redevient ciel et le sol terre.

Lorsqu'elle tente de s'enfuir, elle s'aperçoit qu'elle a perdu le sens de l'orientation. Ses jambes ne fonctionnent plus, elle semble avoir oublié comment les utiliser. Avec ce qu'il lui reste de forces, elle essaie d'avancer, mais elle a l'impression que la moitié inférieure de son corps est figée dans une position peu confortable.

Elle comprend le problème en baissant les yeux : Maya n'est pas debout devant la cheminée, mais assise dans le noir, sous la pluie. Il n'est pas étonnant qu'elle ne puisse pas courir, ses jambes sont croisées.

Frank et elle sont installés sur son sac de couchage, éclairés par la faible lueur de sa lampe sur batterie, et sont trempés. Des fourmis dans tous ses membres, elle se lève avec difficulté, le sac de couchage glissant sous ses mains.

— Maya, attends…

Un vertige obscurcit sa vision, mais elle insiste, manquant de trébucher sur l'orange que Frank était en train d'éplucher à son arrivée. Elle descend de la dalle de béton sur la terre humide et se met à courir. La lune est désormais masquée par les nuages. Elle a oublié sa torche et ne voit qu'à quelques mètres devant elle lorsqu'elle s'enfonce dans les arbres autour de la clairière.

Elle s'élance sur le pont alors qu'elle n'en voit pas les contours.

— Stop !

Elle ignore son avertissement. La chaussée est caillouteuse et humide. Des alarmes retentissent dans sa poitrine, et, tandis qu'elle approche du milieu du pont, quelque chose lui ordonne de ralentir. Mais elle n'écoute pas son intuition, son désir de s'éloigner de Frank étant plus fort. Malgré le bruit de l'eau, elle entend ses pas se rapprocher.

— Attention ! lui crie-t-il.

Un faisceau lumineux surgit de derrière elle, révélant la partie du pont qui s'est effondrée juste devant elle, la chute abrupte qu'elle s'apprêtait à faire.

Effectuant des moulinets avec ses bras, Maya pousse un cri. Elle recule en titubant et tombe directement dans les bras de Frank.

— Chut…, murmure-t-il en la serrant contre lui. Tout va bien, à présent, détends-toi. Tu n'as plus rien à craindre.

Mais Maya refuse de se faire avoir une deuxième fois. Elle se libère de son étreinte en se tortillant et s'apprête à s'élancer sur le passage étroit du pont lorsqu'il éteint la lampe de son père.

L'obscurité est totale.

Le vent se lève, la pluie aussi. Les gouttes intermittentes du début ont fait place à un véritable déluge, le genre de pluie durant laquelle il faut crier pour se faire entendre. Sans la lampe, les bords de la route disparaissent dans l'obscurité, et si elle devait traverser cet étroit tronçon maintenant, chaque pas la rapprocherait soit de la sécurité, de la voiture, de sa mère, de sa maison, soit d'un torrent tumultueux qui n'a plus rien du ruisseau placide qu'il lui semblait être peu de temps auparavant.

Elle s'accroupit donc par terre et se fraie un chemin à tâtons. Elle passe ses paumes sur les bords, le béton brisé est râpeux sous ses mains et ses genoux. Elle sait qu'elle peut facilement chuter et qu'elle n'a jamais été bonne nageuse, mais cela n'aura pas la moindre importance si elle s'écrase la tête la première sur un rocher.

Elle avance prudemment, mais aussi vite que possible, car il est toujours derrière elle. Elle entend sa voix, mais s'efforce de ne pas l'écouter, se focalisant uniquement sur la pluie qui s'abat sur le pont et le cours d'eau, transformant la terre en boue. Finalement, la bande de bitume s'élargit de nouveau. Elle se relève en un instant, sans voir grand-chose, mais il lui suffit de rester sur cette route qui la ramènera à sa voiture.

Elle se met à courir, le sentant sur ses talons – elle entend ses pas lourds –, sans ralentir, même lorsque la route s'enfonce à nouveau dans la forêt.

Elle entend alors le tintement de clés derrière elle.

Son cœur se serre. Elle ralentit son allure. Frank s'approche au point qu'elle sent la chaleur de son corps.

— Tu les as oubliées, lui chuchote-t-il à l'oreille.

Elle ne se retourne pas. Elle pense pouvoir le distancer, mais cela n'aura pas d'importance si c'est Frank qui a ses clés de voiture.

— Donne-les-moi, lui ordonne-t-elle avec force.

Mais, avec la pluie, elle a l'impression d'avoir une toute petite voix.

— Bien sûr, répond-il d'un ton légèrement indigné.

Elle tend la main pour récupérer le volumineux porte-clés alourdi par les nombreuses clés de sa mère – pour la maison, la voiture, le casier du travail, l'abri de jardin – et la mini-lampe de poche, mais ce n'est pas ce que Frank dépose dans sa paume.

La seule clé qu'il lui donne est la sienne.

# Chapitre 31

Du pont abandonné à la voiture de sa mère, les larmes de Maya firent des trous dans la neige bleutée. Elle se remémora la dernière fois qu'elle était passée là, le bras de Frank autour de ses épaules alors qu'elle s'efforçait de comprendre ce qu'ils faisaient sous la pluie. Elle se souvenait d'avoir jeté un coup d'œil derrière elle, incapable d'apercevoir le pont ni de se souvenir de lui et de la façon dont elle l'avait traversé, la route envahie par la végétation s'enfonçant dans l'obscurité.

Frank avait tenté de lui faire croire que c'était elle qui se comportait bizarrement, qu'il ne faisait que la raccompagner à sa voiture comme elle le lui avait demandé, mais, dès qu'elle avait retrouvé ses repères, elle s'était élancée, convaincue qu'il lui avait fait quelque chose, s'apprêtant à le dire à sa mère une fois de retour chez elle.

Mais pour… dire quoi, exactement, à sa mère ?

Brenda travaillait, ce soir-là, et Maya, trempée jusqu'aux os, lessivée et l'esprit embrumé après son séjour à la cabane, avait décidé de laisser passer la nuit et de lui expliquer au mieux la situation le lendemain matin. Mais, à son réveil, le doute s'était immiscé dans son esprit, comme si Frank avait planté une graine qui avait poussé en elle durant la nuit. Elle n'était plus si sûre d'avoir compris ce qui s'était passé.

À présent, Maya pleurait d'avoir été, à l'époque, si prompte à remettre en question ce qu'elle avait vécu. Bien sûr que Frank lui avait fait quelque chose ! Il l'avait convaincue de l'existence d'un lieu qui n'existait pas et lui avait fait croire qu'elle y était allée. Il lui avait retourné le cerveau. Sentant les larmes couler sur son visage, elle fut ravie de retrouver ses sensations, bien que le reste de son corps soit encore engourdi. La neige pénétrait dans ses chaussures tandis qu'elle traversait de nouveau la pelouse de la maison qui avait jadis appartenu au père de Frank. L'identité de celui qui y vivait désormais semblait évidente.

À quel autre endroit Frank aurait-il pu dormir ? Comment aurait-il pu s'abriter sous un toit qui n'existait que dans son esprit ? La fenêtre n'était plus allumée et, en montant dans sa voiture, elle l'imagina dormant dans sa chambre d'enfant, sans défense, seul, aussi vulnérable en cet instant qu'elle à dix-sept ans.

Elle s'imagina au-dessus de lui avec un couteau.

Maya cherchait le mot pour décrire ce que Frank lui avait fait, comme un chien cherche sa queue, en décrivant des cercles vertigineux. La réponse était toute proche, mais toujours un centimètre trop loin. Tenant le volant à deux mains, elle freinait à chaque virage. Épuisée comme elle l'était, elle devait rester prudente sur la route, à cette époque de l'année.

Le flot de souvenirs qui avaient resurgi l'avait épuisée. Elle était prête à s'effondrer et, pourtant, elle savait que lorsqu'elle s'allongerait, elle ne dormirait pas. Telle était la cruauté du manque de benzodiazépine. La flasque de gin qu'elle acheta sur le chemin du retour était à vocation purement thérapeutique. Elle avait besoin de réfléchir, mais ses pensées ne cessaient de s'enchevêtrer sans qu'elle puisse les démêler. Sans doute parce qu'elle manquait de sommeil.

En arrivant chez elle, elle fut soulagée de constater que sa mère ne s'était pas réveillée. Elle se servit un verre de jus d'orange pour la vitamine C, puis y ajouta environ la même quantité de gin pour que ça l'aide à dormir. Elle apporta son cocktail au lit, le but rapidement, puis se jeta sur son matelas moelleux. Ses mains et ses pieds lui picotèrent à mesure que son sang se décongelait et, peu après, elle commença à s'endormir.

Elle fut tentée de ne pas tenir compte de la sonnerie de son téléphone, de laisser la personne qui l'appelait tomber sur sa messagerie vocale, de laisser le gin l'entraîner vers le fond, mais il lui vint soudain à l'esprit qu'elle n'avait pas appelé son travail, ce matin-là, pour prévenir qu'elle était encore malade. Si c'était son patron au téléphone, il fallait que Maya réponde. Elle ne pouvait pas se permettre, en plus de tout le reste, de se faire virer. Elle sortit sa main de sous les couvertures.

Lorsqu'elle vit l'identité de celui qui l'appelait, le soulagement la frappa aussi fort que le gin.

— Dan ! s'exclama-t-elle.

— Salut...

— Comment... comment ça va ?

— Bien, j'ai l'impression. J'en suis à la moitié de mes examens.

Il n'avait pas l'air aussi heureux ou soulagé qu'elle.

— Je suis sûre que tu t'en sors à merveille, dit-elle faiblement.

— Écoute, je suis désolé de ne pas avoir répondu à ton SMS.

Elle sentit sa poitrine se serrer.

— Ce n'est pas grave, je sais que tu as beaucoup de travail.

Il garda le silence.

Elle retint son souffle. Peut-être que si aucun d'eux ne parlait, la conversation s'arrêterait, et tout rentrerait dans l'ordre.

— Qu'est-ce qu'il se passe, Maya ?

Elle voulait lui raconter les souvenirs qui étaient remontés à la surface, ce soir-là – elle les avait portés trop longtemps toute seule.

Mais lui en parler maintenant serait revenu à prendre le même risque que sept ans plus tôt, quand on l'avait prise pour une folle. Qu'aurait-il dit si elle lui avait laissé entendre que Frank lui avait jeté une sorte de sort, lui avait fait voir des choses qui n'existaient pas ? Il n'en restait pas moins vrai que ce qu'il lui avait fait ressemblait à de la magie.

— Tu vois ? dit Dan. Tu ne veux rien me dire, hein ?

— Je t'en prie, l'implora-t-elle, sa voix se remplissant de larmes. Si, je le veux, c'est juste que…

— Très bien, déclara-t-il d'un ton définitif. Je suis sûr que tu as tes raisons, et je les respecte. Mais, honnêtement, ce n'est pas ce pour quoi je me suis engagé. Je n'ai pas envie d'une relation où l'on a l'impression qu'il faut cacher des choses à…

— Je suis en manque de Rivotril.

— Pardon, comment ?

Elle avait cherché le bon moment pour le lui annoncer, toujours plus tard, mais le moment n'était jamais venu. Et, même si ce que Frank lui avait fait était toujours aussi confus, le reste de ce qui se passait dans son esprit lui parut étonnamment clair quand les mots s'échappèrent de ses lèvres.

— Bon sang, jura Dan quand elle en eut terminé. Je ne comprends pas. Pourquoi tu m'as caché ça ?

— Je ne sais pas, avoua-t-elle. Ça n'avait pas l'air important quand on s'est rencontrés, alors je n'en ai pas parlé, et puis j'ai… continué à ne pas en parler jusqu'à ce que ça devienne bizarre. Je me demandais pourquoi j'avais attendu si longtemps…

Dan soupira.

— Je regrette de ne pas avoir eu cette conversation en personne, reconnut-elle, rêvant de le serrer dans ses bras, mais soulagée qu'il ne puisse pas la voir dans cet état.

— C'est donc pour ça que tu es tombée malade chez mes parents ?

— Oui.

Il se tut de nouveau.

— Je suis vraiment désolée…

— J'aurais pu t'aider à surmonter cette épreuve.

— Le fait est que je me mentais à moi-même aussi. Je ne voulais plus prendre les cachets de Wendy. J'étais consciente qu'ils obscurcissaient ma pensée, qu'ils me rendaient distraite. Je savais qu'il était risqué de les mélanger avec de l'alcool, mais c'est ce que je faisais pratiquement tous les soirs depuis des années. Et je refusais de le voir, alors j'ai fait comme si ce n'était pas le cas.

— Oh, Maya…

— Je suis désolée.

— Tu as bu ce soir, n'est-ce pas ?

La déception dans sa voix la piqua au vif. Bien sûr qu'il entendait les quatre verres de gin qu'elle venait d'avaler. Elle envisagea de lui expliquer qu'elle en avait eu besoin pour dormir, mais elle se sentait suffisamment lucide pour comprendre que c'était une piètre excuse.

— Oui, chuchota-t-elle.

Cette fois, il garda le silence un si long moment qu'elle eut le temps de réfléchir aux deux voies qu'il pouvait emprunter. Comme elle avait manifestement besoin d'aide, il pouvait, d'une part, choisir de la soutenir quoi qu'il arrive, de l'aider à surmonter cette épreuve. D'autre part, il pouvait lui dire que c'était trop, qu'elle exagérait, lever les bras au ciel et partir.

— Tu as un problème, déclara-t-il lentement. Que comptes-tu faire ?

Elle pleurait à chaudes larmes, à présent, son nez coulant sur son visage, mais sa poitrine se remplit de gratitude parce qu'elle sentit de la gentillesse dans sa voix.

— Je vais chercher de l'aide, lui promit-elle. Vraiment. Dès mon retour à Boston.

— Quel genre d'aide ?

— Je ne sais pas, un psychiatre ? Ou un psychothérapeute. Un médecin…

— J'ai un oncle aux Alcooliques anonymes. Je crois que c'est ce que tu devrais faire.

— Mais je ne suis pas alcoolique, répondit-elle, instinctivement sur la défensive.

— Vraiment ? Tu t'es soûlée à l'anniversaire de ma mère, l'autre soir. Et voilà que tu recommences.

Elle ne peut pas dire le contraire.

— Et toute cette semaine… Bien sûr que je savais que quelque chose n'allait pas. Et toi, tu me l'as caché. Tu as pris des comprimés dans mon dos, tu t'es rendue malade en buvant beaucoup. Tu te fais du mal, Maya. Tu ne peux plus le cacher.

Maya se recroquevilla, ramenant ses genoux contre sa poitrine.

— De toute façon, ajouta-t-il, ces programmes ne sont pas réservés aux alcooliques. Il y en a pour toutes sortes de toxicos.

Le mot la fit grimacer. Le premier pas d'un voyage que Maya n'avait aucune envie de faire. Cela ne lui disait rien de se rendre à des réunions, ni de trouver Dieu, et quant à s'imaginer sobre en permanence, elle n'était pas sûre que la vie vaudrait la peine d'être vécue. Elle avait envie de rappeler à Dan que c'était un médecin qui avait rédigé sa première ordonnance de Rivotril, que c'était sa faute. Que, jusqu'à ces derniers jours, elle avait considérablement réduit sa consommation d'alcool. Qu'elle pouvait – qu'elle allait – s'en sortir toute seule, sans recourir à quelque chose d'aussi spectaculaire que les Alcooliques anonymes.

Mais elle se contenta de lui répondre :

— D'accord, j'irai.

Le problème avec le terme « toxico », c'était qu'il signifiait que vous étiez censé remédier au problème. Comme si Maya n'avait pas déjà suffisamment à faire comme cela. Mais elle avait promis à Dan qu'elle le ferait, alors, après être restée étendue dans le noir un moment, n'étant plus fatiguée, elle chercha des réunions des Alcooliques anonymes sur son téléphone. Elle trouva un groupe non loin de leur appartement à Boston et envoya un message à Dan pour l'en informer. Il lui répondit par un cœur, et elle lui en renvoya dix, en se disant qu'elle se rendrait aux réunions, si cela lui faisait plaisir. Elle était prête à faire beaucoup pour lui.

Même si elle n'était pas disposée à reconnaître que c'était une toxico. Elle était physiquement juste dépendante à un médicament. N'y avait-il pas une différence ?

La nuit fut longue, et elle était parfaitement consciente du gin qui restait dans la bouteille, sur sa table de chevet. Elle le vida dans l'évier de la cuisine. Cela n'allait pas être facile, mais c'était mieux ainsi. Elle devait rester concentrée. Elle s'installa à l'antique bureau de son ancienne chambre avec le stylo et le bloc-notes à fleurs que sa mère avait laissés à la disposition de ses futurs clients, et se mit à dresser la liste de ce qu'elle avait appris ce soir-là, à commencer par ce que Steven lui avait dit au *Patrick's*.

1. Cristina avait l'intention de s'installer dans la cabane de Frank.

Une idée qui faisait froid dans le dos, maintenant que Maya savait que cet endroit n'existait pas.

2. Il a des patients.

Elle frémit à l'idée des services qu'il pouvait offrir. Elle se pencherait sur la question.

*3. Son père était professeur à Williams.*

Elle ne savait presque rien du père de Frank, si ce n'était son nom, « Oren ». Elle avait fait des recherches en ligne sept ans auparavant, mais n'avait rien découvert et avait abandonné après que le docteur Barry l'avait convaincue de laisser tomber. Depuis, elle n'avait pas beaucoup pensé à Oren Bellamy.

*4. Oren…*

Elle se souvint du plaisir manifeste qu'il avait pris, le soir où elle l'avait rencontré, à la diriger vers une cabane dont il savait certainement qu'elle n'existait pas.

Frank ne lui avait-il pas parlé de lui dans la clairière ? Maya fronça les sourcils. Elle avait encore du mal à appréhender ces souvenirs récemment retrouvés, d'autant plus qu'il s'agissait d'une soirée vécue sept ans auparavant. Pourtant, d'une manière ou d'une autre, le fait de les écrire l'aidait à réfléchir, à faire remonter à la surface ce passé enfoui. Elle écrivit :

*Oren…est la raison pour laquelle Frank a construit la cabane.*

Elle s'en souvenait, à présent. Frank avait construit sa maison pour s'éloigner de son père.

Elle attrapa son téléphone. En ajoutant « université Williams » à sa recherche sur « Oren Bellamy », elle ne découvrit rien de plus, mais elle finit par trouver des références à deux articles qu'il avait publiés dans les années 1980. L'un d'eux s'intitulait « Traits de personnalité observables associés à des scores d'absorption élevés sur le TAS », mais, lorsque Maya cliqua sur l'article, elle vit qu'il avait été supprimé.

L'autre publication avait également été supprimée, mais les anciens numéros de la revue étaient disponibles en version imprimée sur le site Web. Elle s'appelait *Neuropsychologie expérimentale*, et son site n'avait pas été mis à jour depuis plus de dix ans. Maya prit sa carte de crédit et acheta le numéro 17 d'octobre 1983, dans lequel l'article du docteur Bellamy avait été publié.

Oren avait été psychologue… Donc soit l'université Williams avait effacé toute trace de lui, soit il n'avait jamais vraiment enseigné là-bas.

Elle chercha « docteur Oren Bellamy », « psychologue » et, jetant un coup d'œil à sa liste, ajouta le mot « patients ». Il était là. « Oren Bellamy, docteur en psychologie, CHT ». Non seulement son nom, mais aussi son visage, un gros plan de lui dans une veste écossaise, souriant à son bureau, une étagère derrière lui. Sur la photo, il semblait avoir une cinquantaine d'années, plus jeune que lorsqu'elle l'avait rencontré.

Le site était celui d'un établissement du nom de Clear Horizons Wellness Center. Il avait l'air à jour, mais pas très professionnel. La conception était bâclée, la police de caractères criarde et le logo – un soleil orange sur un horizon bleu – ressemblait à un *clip-art*. Difficile de savoir exactement quels types de services proposait ce centre.

La lecture de la section « À propos » ne lui fut pas d'un grand secours. La « méthode thérapeutique exclusive » du docteur Oren Bellamy avait apparemment un taux de réussite de cent pour cent lorsqu'il s'agissait de guérir une longue liste de « maladies invalidantes » telles que la dépendance, les phobies, l'anxiété et la dépression, ou de faciliter la perte de poids, le sevrage tabagique et le « dépassement de la peine ».

Plusieurs patients avaient témoigné : « Il n'est pas exagéré de dire que Clear Horizons m'a sauvé la vie » – Carol M. « Enfin quelque chose qui fonctionne » – Mike R. « Je n'aurais jamais cru pouvoir me remettre de la disparition de ma sœur, mais j'ai rencontré le docteur Hart » – Susan P.

Le dernier témoignage était sous forme de vidéo. Maya cliqua dessus, et un homme âgé se mit à parler. Il était assis dans ce qui ressemblait à un bureau de psychothérapeute, devant une fenêtre donnant sur une forêt. Une musique paisible était diffusée en arrière-plan.

« Quand ma Diane est morte, disait-il, je pensais que je ferais bien de mourir aussi. Je me disais : "À quoi bon ?" (L'homme esquissa un sourire, le regard dans le vague. Maya sentit son sang se glacer.) Sans le docteur Hart, je ne serais plus là. C'est lui qui m'a aidé à retrouver goût à la vie. »

Aucun autre élément sur le site ne lui permit de déterminer l'identité du docteur Hart – bien que Maya ait des soupçons –, ni la nature du traitement proposé. Tout ce qu'elle découvrit, ce fut que la méthode thérapeutique exclusive du docteur Oren Bellamy continuait d'être appliquée au Clear Horizons Wellness Center, et uniquement dans cet établissement. Les mutuelles n'étaient pas acceptées.

Maya lut toutes les pages du site sans trop savoir ce qu'elle espérait y trouver, mais elle continua à chercher. Sur la page « À propos », elle étudia le sigle après le nom d'Oren et s'aperçut qu'elle ignorait ce que signifiait « CHT ». Elle effectua une recherche sur Google, et la première chose qui apparut fut « *Certified Hand Therapist* » (thérapeute de la main certifié).

*Thérapeute de la main ? Vraiment ?*

Elle ajouta « psychologie ».

Ce qui se produisit ensuite amena Maya à se demander si son téléphone n'avait pas un problème. Un bug d'affichage. Il y avait une ligne, au milieu des résultats de sa recherche, qu'elle était incapable de déchiffrer... Deux ou trois mots, un titre professionnel.

« ...thérapeute certifié »

La première partie était impossible à lire. Ses yeux semblaient incapables de la saisir, comme si les lettres se dérobaient à sa vue. Quelle que soit la façon dont elle tenait son écran et, quel que soit le bouton sur lequel elle cliquait, elle ne parvenait pas à lire ce qui précédait le mot « thérapeute ».

La vision de Maya avait déjà trébuché sur certains termes, ces dernières années, mais cela s'était révélé suffisamment rare pour qu'elle le mette sur le compte de la fatigue oculaire et passe à autre chose.

Mais, à présent, il lui paraissait évident que le problème concernait juste un mot très spécifique – ou la partie d'un mot – qu'elle ne pouvait pas lire. Elle se leva de son lit, alluma et jeta un coup d'œil autour d'elle. Pour autant qu'elle le sache, elle n'avait aucun problème de vision. Ni taches sombres ni zones floues. Pourtant, lorsqu'elle consulta de nouveau son téléphone, le problème persista. « ...thérapeute certifié ». Cela lui fit penser à une illusion d'optique. Quelque chose l'empêchait de voir. Elle commença à avoir la nausée. Rien de tout cela ne lui paraissait possible. Peut-être devenait-elle vraiment folle.

Elle se laissa tomber sur le bord du lit. Elle se prit la tête à deux mains. Puis, ayant une idée, elle reprit son téléphone.

Elle créa un document en ligne, copia « ...thérapeute certifié » et le colla dans le document.

Elle sélectionna l'option « Lecture à voix haute ».

Ce qu'elle entendit lui glaça le sang. Le premier mot était confus. Elle ne l'entendait pas plus qu'elle ne pouvait le lire sur son écran. « *#@^thérapeute certifié ». La déformation était subtile – elle ne l'aurait peut-être pas remarquée si elle ne l'avait entendue qu'une seule fois –, mais elle se reproduisait constamment. « *#@^thérapeute certifié ». Maya sentit son cœur s'emballer. Elle ralentit la vitesse de lecture. Elle plaqua son téléphone contre son oreille, ferma les yeux et écouta la voix à de nombreuses reprises. Jusqu'à ce qu'elle finisse par entendre. Un trou noir se forma alors dans sa poitrine.

Oren Bellamy était « hypnothérapeute certifié ».

# Chapitre 32

Maya n'a toujours pas parlé à Aubrey de ses trous noirs.

D'heure en heure, elle est de moins en moins sûre d'elle. Elle n'a aucune blessure à montrer, et serait incapable d'affirmer avec certitude que ce n'était pas sa faute. Elle n'a donc pas parlé de Frank après le concert de Tender Wallpaper, hier, ni avant de se coucher, après qu'elles se sont rendues chez elle. Mais, ensuite, elle a rêvé de la cabane. Il ne s'est pas passé grand-chose, dans ce rêve – Frank était assis face à elle, la table était garnie de bols –, mais, pourtant, elle était terrorisée et paralysée : elle n'a pas pu ouvrir la bouche pour faire jaillir le cri qu'elle avait dans la gorge. Son rêve a été si bouleversant que, pour la deuxième fois de suite, elle n'est pas parvenue à se rendormir.

Elle se dirige en silence vers la cuisine. Sa mère et Aubrey dorment encore. La fenêtre au-dessus de l'évier est restée ouverte. La pièce est fraîche. Se servant un verre de jus d'orange, elle tente d'oublier son rêve angoissant, mais elle voit alors le numéro clignoter sur le téléphone sans fil. Huit. Huit appels manqués, et elle sait de qui ils proviennent. L'historique le lui confirme : Frank l'a appelée toute la matinée.

La peur obscure qu'elle gardait enfouie quelque part lui revient en mémoire. Elle s'aperçoit qu'elle ignore qui est vraiment Frank.

— Tu t'es levée tôt.

Maya sursaute.

Sa mère pénètre dans le salon, vêtue d'une chemise de nuit en coton ornée de roses, ses boucles blondes formant un halo désordonné autour de sa tête.

— Je ne voulais pas te faire peur.

Maya pose un doigt sur ses lèvres.

— Aubrey dort.

— Elle est ici ?

Sa mère semble reposée après une nuit complète de sommeil, un luxe dans son métier. Elle va de pièce en pièce, ouvre les rideaux, remplit la maison de lumière.

— Aubrey ! Quel plaisir de te voir.

Maya les entend dans le couloir. Aubrey devait être en route pour la salle de bains, espérant probablement se rendormir après, mais elle s'est fait surprendre.

— Bonjour, Brenda.

La voix d'Aubrey est endormie, mais chaleureuse. Elle a passé beaucoup de temps ici ces dernières années, y compris un mois entier l'année dernière, après que sa mère l'a mise à la porte parce qu'elle avait fait entrer un garçon dans sa chambre.

Brenda leur prépare du pain perdu, qu'elle sert avec du sirop d'érable local qui lui a coûté une fortune. Le pain perdu est croustillant à l'extérieur et moelleux au centre. La maison sent la pâte frite et le café que Maya a récemment commencé à boire avec sa mère au petit déjeuner, en grande partie parce qu'elle n'avait pas le droit d'en boire quand elle était plus jeune. Mais la façon dont elle se sentait après lui a plu, et elle a rapidement appris à aimer son goût amer.

Elle fait ensuite la vaisselle, et Aubrey l'essuie. Elles parlent fort à cause de l'eau qui coule, une odeur de Palmolive dans les narines.

— Donc, à propos de Frank…

— Enfin ! s'exclame Aubrey. J'avais fini par croire que tu n'allais jamais m'en parler.

Maya a préféré éviter de s'attarder sur ce sujet hier, mais elle a à présent besoin de déterminer à quel point elle devrait avoir peur.

— Tu avais raison. C'est vraiment un sale type.

Aubrey n'est pas du genre à dire « je te l'avais bien dit ». Elle se contente d'une moue compatissante.

— Qu'est-ce qu'il a fait ?

Maya fait mousser une fourchette en racontant à Aubrey les trois fois où elle a eu l'impression d'avoir des absences en présence de Frank. La première fois, à Balance Rock, mais elle était partie du principe que c'était à cause de l'herbe médicinale de son père ; c'était réputé pour être fort. La deuxième fois, la nuit où elle a embrassé Frank, elle avait tellement le tournis qu'elle ne s'est pas inquiétée de ces heures d'absences.

— « Ces heures » ? (Gênée, Maya ne quitte pas des yeux ses mains savonneuses.) Mais comment…

— Je n'en ai pas la moindre idée…

Elle attend qu'Aubrey lui dise qu'elle ne la croit pas, mais, comme ce n'est pas le cas, Maya lui parle de la nuit dernière. De la maison dans les bois. Des minutes d'absence à son arrivée et à son départ. De sa fuite sous la pluie, sans savoir comment elle était arrivée là. Des appels téléphoniques. L'impression d'avoir le cerveau à l'envers.

— Je vais courir, annonce alors sa mère, soudain derrière elles, vêtue d'un short et d'un tee-shirt sur lequel on peut lire « Pumpkin Fever Triathlon ».

Aubrey manque de faire tomber l'assiette qu'elle essuie depuis plusieurs minutes.

— La vache, vous êtes un peu nerveuses, toutes les deux.

Brenda laisse la porte de la cuisine ouverte derrière elle.

Maya n'aurait pas reproché à Aubrey de se montrer sceptique. Mais, lorsqu'elle parvient à croiser son regard, elle n'y décèle pas l'ombre d'un doute. Aucune critique. Elle croit Maya, et cela se voit : elle a l'air d'être effrayée. Plus encore que Maya jusqu'à présent, jusqu'à ce qu'elle remarque la peur dans les yeux de sa courageuse amie et sa façon de se tenir figée devant l'évier.

— Je le savais, lâche Aubrey à voix basse. Je pense qu'il m'a fait la même chose.

Maya la regarde fixement.

— Au *Dunkin' Donuts*, juste avant que tu tombes sur nous. J'avais l'impression qu'il s'était passé quelque chose de bizarre, ce jour-là, mais je me suis dit que… (elle secoue la tête) que je l'avais imaginé.

— Oh, mon Dieu ! Moi aussi !

Elles ont désormais toutes les deux l'air effrayées.

— C'était après avoir mis ce livre de côté pour moi… (Aubrey semble se perdre dans sa réflexion.) La biographie d'un médecin qui vivait dans le Londres victorien. Un mesmériste…

— Un quoi ?

— Le mesmérisme… c'était une pratique thérapeutique, dans les années 1800. En gros, des calembredaines. Ce médecin est devenu célèbre pour l'avoir pratiqué sur scène. Il avait une patiente, une servante, et il la soignait sous le regard des spectateurs. C'était un peu comme un spectacle de magie, mais, au lieu de faire des tours de passe-passe, il se faisait payer pour qu'on le regarde altérer les sens de la pauvre fille, probablement inconsciente pendant tout ce temps.

Maya fronce les sourcils, bloquée sur les calembredaines.

— Désolée… quoi ?

— À quel sujet ?

— Des calembredaines ?

— Des calembredaines, répète Aubrey. Tu sais, comme des fariboles.

Maya manque d'éclater de rire. Quand elle coupe l'eau, le silence règne.

— Est-ce que tu as bien dit…

Aubrey commence à avoir l'air agacée.

— Sérieusement ?

Maya ne lui demande pas de se répéter. De toute façon, le livre que Frank a prêté à Aubrey n'a aucune d'importance. Elle souhaite simplement savoir ce qu'il lui a fait, ce qu'il leur a fait à toutes les deux. Elle secoue la tête comme pour s'éclaircir les idées.

— Que s'est-il passé au *Dunkin' Donuts* ?

— On a parlé de magie, répond Aubrey. Il m'a dit qu'il pratiquait un peu lui-même, des tours de passe-passe, de manipulation, ce genre de choses. Comme s'il croyait que ça m'impressionnerait.

Maya se sent devenir écarlate. Elle-même s'est facilement laissé impressionner.

— Il m'a demandé, poursuit Aubrey, si ça me disait de voir un de ses tours. Et il m'a vraiment convaincue, tu sais ?

Maya le sait.

— Il m'a dit que c'était un très vieux tour et que très peu de gens le verraient. Eh bien, forcément, je voulais le voir. J'ai accepté, il a sorti une clé de sa poche et l'a posée sur la table.

— La clé n'était pas bizarre ? Elle n'avait pas l'air tranchante ?

— Il t'a fait voir son tour ?

Maya secoue la tête.

— Qu'est-ce qu'il a fait, avec ?

— Il m'a dit qu'il allait la faire léviter. Il m'a demandé de concentrer toute mon attention dessus. Il m'a promis que je verrais la clé s'élever de la table.

— C'est ce qui s'est passé ?

— On n'en est jamais arrivés là. Il m'a d'abord parlé du tour, du fait qu'il n'avait jamais été écrit et que les magiciens se le transmettaient de bouche à oreille depuis des générations. *Bla-bla-bla.* Je savais que rien de tout ça n'était vrai. Les tours de magie commencent généralement par une histoire. Mais celle-là n'en finissait pas… (Elle a soudain l'air bizarre.) J'ai continué à l'écouter, m'imaginant que quelque chose allait se passer. Mais rien ne s'est jamais produit. La clé est restée là où elle était, je… la regardais fixement… et puis, tu es arrivée.

Maya cesse de faire la vaisselle. Elle coupe l'eau.

— Je suis rentrée chez moi, après, ajoute Aubrey. Et, à mon arrivée, je me suis aperçue que j'étais restée plus d'une heure au *Dunkin' Donuts.*

— « Toc, toc », dit Frank, à la moustiquaire.

Elles se retournent, les yeux écarquillés de frayeur.

Impossible de savoir depuis combien de temps il est là. Tout ce qu'il a entendu…

Maya saisit machinalement un couteau qui traîne près de l'évier.

— Qu'est-ce que tu fais là ?

Frank regarde le couteau. Elle ne sait pas trop pourquoi elle l'a pris, et ça lui semble un peu excessif, mais elle essaie de le tenir d'un air assuré.

Il lève les mains en signe de reddition.

— Je veux simplement discuter.

— Je t'ai dit que je ne voulais plus te voir.

— Je voudrais juste dissiper les malentendus, à propos de l'autre soir.

Aubrey, qui se tient plus près de la porte, lui fait face à travers la moustiquaire. Elle fait un ou deux centimètres de plus que lui et, contrairement à Maya, n'a pas l'air d'avoir peur.

— Il faut que tu partes, Frank. Immédiatement.

— Ça n'a rien à voir avec toi, Aubrey. Ne t'en mêle pas.

— Sinon quoi ? (Aubrey le regarde fixement.) Je suis au courant, ajoute-t-elle.

Une lueur d'effroi s'allume dans son regard, faisant rapidement place à de la fureur. Il garde un ton calme.

— Je ne sais pas de quoi tu parles.

— Je sais ce que tu nous as fait.

Maya se demande si elle bluffe.

Ouvrant la moustiquaire, Frank se jette sur elle. Il s'arrête à un centimètre de son visage.

— Comme je te l'ai dit, je ne sais pas de quoi tu parles.

Ses paroles sont teintées d'avertissement.

Maya sent retentir une alarme dans sa poitrine. Elle se demande si Aubrey dit vrai.

Quoi qu'il en soit, il est clair que Frank se sent menacé.

— Va-t'en, lui ordonne Maya, ou j'appelle la police.

— Appelle-les, approuve Aubrey.

Personne ne bouge.

Les yeux de Maya se tournent vers le téléphone accroché au mur de la cuisine, mais quelqu'un a oublié de remettre le récepteur sans fil sur sa base. Le couteau à la main, elle jette un coup d'œil dans le salon. Ne voyant pas le téléphone, elle se précipite à l'étage pour aller chercher son portable. Elle le trouve dans sa chambre, dans la poche arrière du jean qu'elle portait hier au concert. Elle ouvre le clapet et s'apprête à composer le numéro des urgences lorsqu'elle se demande ce qu'elle est vraiment en train de faire.

Qu'a-t-elle l'intention de dire, exactement ? Quelle est son urgence ? Un homme qu'elle connaît parle à son amie à la porte de derrière ? Frank n'est pas armé et n'a rien fait pour les menacer. Maya se dirige vers la fenêtre et tire le rideau. Lorsqu'elle presse son visage sur la vitre pour regarder en bas, elle voit Frank discuter avec Aubrey à travers la moustiquaire. Elle ne voit pas Aubrey, qui est à l'intérieur, mais ils semblent parler calmement. Puis il sort quelque chose de sa poche et le lui montre.

*La clé.*

Maya n'a aucune raison de penser qu'il va faire du mal à Aubrey, mais elle réagit instinctivement comme s'il avait sorti un pistolet et le lui braquait dessus. Maya serre le couteau entre ses doigts. Elle s'éloigne de la fenêtre. Elle doit ramener Aubrey à l'intérieur. Même si elle semble aller bien. Même si Maya n'a qu'un mauvais pressentiment, il faut qu'elle essaie. Elle se précipite en bas, mais ses pas ralentissent lorsqu'elle pénètre dans la cuisine.

Elle les voit à travers la moustiquaire, Aubrey et Frank. Ils ont l'air détendus, côte à côte, mais sans se toucher. Le ciel est bleu et les oiseaux chantent. Maya baisse les mains de chaque côté, le téléphone dans l'une d'elles, le couteau dans l'autre. En s'approchant, elle entend le bourdonnement grave de la voix de Frank. Elle ne distingue pas ses paroles, mais elle perçoit un rythme étrange, semblable à celui d'une chanson. Elle est presque à la porte quand Aubrey s'écroule sur le côté. Elle ne fait aucun effort pour amortir sa chute. Son épaule heurte le béton, puis sa tête.

Frank se tourne vers elle, l'air choqué. Maya ouvre en grand la moustiquaire. Elle se rue dehors.

— C'est quoi ce bordel ? s'affole Frank. Qu'est-ce qui lui est arrivé ?

Maya laisse tomber le couteau et le téléphone et s'agenouille auprès de son amie.

— Aubrey ! Aubrey ! Réveille-toi !

— Elle a un problème de santé ?

Maya ne lui prête aucune attention.

Quand Maya l'attrape par les épaules et la secoue, Aubrey a les yeux ouverts.

— Oh, mon Dieu, oh, mon Dieu…

La tête d'Aubrey se balance contre le béton, inerte, telle une poupée de chiffon.

Maya lève les yeux vers Frank.

— Qu'est-ce que tu lui as fait ?

Frank a l'air abasourdi.

— Qu'est-ce que tu racontes ? On discutait et elle… elle est juste…

Il désigne son corps sur le perron, courbé de façon anormale à la taille, ses yeux verts refusant le regard de Maya, alors qu'ils semblent la fixer.

— Ce n'est pas ma faute ! panique Frank. Ce n'est pas ma faute !

— Aubrey ! Réveille-toi ! Réveille-toi ! hurle Maya, le visage dégoulinant de larmes.

Frank, lentement, recule.

# Chapitre 33

Non seulement Maya n'avait ni vu ni entendu le mot « hypnose » depuis des années, mais elle ne l'avait pas non plus pensé, et n'avait pas réfléchi à sa signification. « Induction d'un état de transe durant lequel on est extrêmement influençable. » Comme si on avait effacé ce concept de son esprit. Mais, maintenant qu'elle avait réussi à en entendre une partie, « hypno », le reste du mot lui revenait avec sa signification. Et cela lui parut évident.

Frank l'avait hypnotisée, à plusieurs reprises, et avait dissimulé ses souvenirs dans son esprit. Avec le recul, Maya avait l'impression d'avoir longtemps tourné autour du pot, mais l'idée même avait été brouillée, et elle avait enfin remis la main dessus. En lisant des articles sur l'hypnose, elle découvrit de nouvelles recherches dans le domaine des neurosciences, de nouveaux développements dans la compréhension de la manière dont ce qui se passait dans l'esprit pouvait avoir des effets réels sur le corps.

Lorsqu'elle tomba sur un article à propos de la suggestion posthypnotique, cela lui donna le vertige. Elle réarrangea la couette autour de ses épaules. Ayant tour à tour chaud et froid, elle s'était d'abord déshabillée, mais s'était ensuite enroulée dans des couvertures. Ses longs cheveux collaient à son dos trempé de sueur.

Elle lut que les suggestions faites durant l'hypnose pouvaient affecter le comportement du sujet dans sa vie quotidienne. L'hypnotiseur pouvait par exemple faire croire à une personne qui souhaitait arrêter de fumer que sa cigarette suivante aurait le même goût que la pire chose qu'elle ait jamais mangée. Pour certains, cela fonctionnait : une suggestion faite sous hypnose, semblait-il, avait le pouvoir de modifier leur perception par la suite.

Était-ce la raison pour laquelle les yeux de Maya avaient sauté le mot « hypnose » et que ses oreilles ne l'entendaient pas ? Frank avait-il implanté dans son esprit une suggestion posthypnotique destinée à l'empêcher de comprendre ce qu'il avait fait ? Elle avait l'impression de pouvoir la sentir, là, étrangère, envahissante. Une graine qui avait germé dans son cerveau.

Maya laissa tomber son téléphone sur le lit. Elle ne supportait plus de le regarder.

Sentant les paroles de Frank s'insinuer en elle, elle aurait voulu frotter l'intérieur de son crâne. Elle mettait désormais un mot sur ce qu'il lui avait fait.

Mais l'hypnose pouvait-elle tuer des gens ? Était-ce possible ? Malgré toutes les recherches scientifiques récentes qu'elle avait découvertes en ligne, l'hypnose lui faisait toujours penser à des spectacles, à un type en costume qui faisait cancaner des volontaires. Cela évoquait pour elle les tours de magie qu'Aubrey avait adorés et que Maya avait toujours trouvés ringards. Mais ce n'était clairement pas le type d'hypnose que le père de Frank avait pratiqué. Steven avait dit qu'il enseignait à Williams. Si c'était le cas, l'université ainsi que les deux revues qui avaient publié ses recherches semblaient avoir gommé toute mention de leur relation avec Oren Bellamy.

Pourtant, selon le site Internet de Clear Horizons, il avait développé à lui seul une « méthode thérapeutique exclusive » pour traiter les patients, avec un « taux de réussite de cent pour cent ».

Frank lui avait dit que son père était brillant, mais dangereux, qu'il avait blessé des gens, mais pas physiquement. À présent, Maya pensait avoir compris. Oren n'avait pas besoin de toucher quelqu'un pour le blesser. Il s'en chargeait avec des mots, tout comme son fils. Frank avait appris de son père.

Il fallait que Maya en parle à quelqu'un. À sa mère. À Dan. À la police... Elle alluma la lumière, enfila de nouveau son jogging et son tee-shirt.

Lorsque Maya passa la tête dans l'entrebâillement de la porte de la chambre de sa mère, celle-ci ne se réveilla pas. Elle dormait sur le dos, la bouche ouverte, les couvertures remontées jusqu'aux épaules. D'après l'horloge, il était 21 h 17. Maya réfléchit.

Prétendre que Frank l'avait hypnotisée la ferait passer pour aussi délirante que sept ans auparavant. C'était comme s'il détenait une sorte de pouvoir. Personne ne l'avait crue, à l'époque, et personne ne la croirait aujourd'hui, pas même sa mère, à moins d'avoir des preuves.

Elle regagna sa chambre en réfléchissant. Elle éteignit, puis ralluma. Elle se balança d'avant en arrière sur le lit, se serrant dans ses bras. Il ne suffisait pas de dire que le père de Frank était hypnothérapeute. Elle devait prouver que c'était également le cas de Frank, et que l'hypnotisme qu'ils avaient pratiqué était, d'une façon ou d'une autre, mortel. Elle fondit en larmes. Elle avait l'impression qu'un animal en cage s'était libéré de sa poitrine. La vérité qui l'empêchait de dormir, tapie juste à côté d'elle au cours des sept dernières années, était enfin révélée au grand jour.

À moins qu'elle ait encore perdu la tête.

Seul Frank détenait la vérité.

Steven lui avait dit qu'elle pouvait trouver Frank au *Whistling Pig* presque tous les soirs. Le bar se trouvait à moins de deux kilomètres. Elle téléchargea un enregistreur vocal sur son téléphone. Elle le testa en parlant plus ou moins fort, le téléphone glissé dans sa ceinture, couvert par sa chemise, puis à côté d'elle, dans son sac à main. Le son était meilleur lorsqu'elle le gardait là. Elle trouva dans son sac à dos le pull en cachemire crème qu'elle avait porté au dîner avec les parents de Dan ; cela ferait mieux que son tee-shirt délavé. Elle ferait mine d'avoir décidé par hasard d'aller boire un verre au *Whistling Pig*. Elle ferait comme si elle était heureuse de le revoir.

Comme s'il ne lui était jamais venu à l'esprit que Frank ait pu tuer son amie, ni que c'était lui qui l'avait appelée sur le téléphone fixe, l'autre nuit, sans doute inquiet à l'idée que ses souvenirs lui reviennent. Elle fila dans la salle de bains pour remettre une couche du fond de teint de sa mère, mais le miroir lui fit comprendre qu'il n'y avait pas grand-chose à faire. Ses yeux étaient enfoncés, ses lèvres exsangues et gercées.

Maya avait l'air mal en point, mais elle ne s'était plus sentie aussi forte depuis des années. Elle avait enfin les mots pour expliquer ce qui lui était arrivé. Frank l'avait hypnotisée, l'avait soumise à des suggestions, puis avait effacé ses souvenirs, lui faisant croire qu'elle avait perdu la mémoire. Elle ne saurait peut-être jamais exactement ce qu'il lui avait dit durant ces moments-là, mais elle était à présent certaine que son soudain engouement pour lui, son aveuglement face aux signes avant-coureurs qui avaient été si évidents pour Aubrey faisaient partie de sa programmation. Il avait fait d'elle la compagne idéale pour habiter la cabane qui n'existait que dans sa tête.

Ou du moins avait-il tenté de le faire. Il semblait y être parvenu avec Cristina, qui, après tout, ne le quitterait jamais, ne lui ferait jamais de mal et ne le laisserait jamais tomber. Maya se passa le visage à l'eau froide, serrant les dents pour les empêcher de claquer. Elle semblait effondrée et faible, encore plus vulnérable que lorsqu'il l'avait appâtée à la bibliothèque.

Mais ce n'était pas le cas.

Cette fois, sa vulnérabilité serait un piège. Elle avait dû être une cible facile pour lui, à l'époque, pendue à chacune de ses paroles. Désormais, elle était plus avisée. Elle ne se laisserait pas entraîner dans ses histoires.

Elle rédigea un mot à sa mère au dos d'une enveloppe. « Maman, si tu lis ça, c'est que j'ai besoin d'aide. Je suis au *Whistling Pig.* » Elle déposa le billet sur le réveil de sa chambre, puis régla l'alarme sur minuit.

Elle saisit un couteau de cuisine, enveloppa sa lame luisante dans un torchon et le rangea dans son sac à main.

Elle ferma la porte sans bruit en sortant.

Le *Whistling Pig* se trouvait au rez-de-chaussée de l'ancienne Berkshire Life Insurance Company, un imposant bâtiment gris des années 1800. Le bar était niché entre un restaurant et un magasin de photocopies. Elle s'y était rendue à pied pour que sa mère ait la voiture si jamais elle avait besoin d'être secourue. Elle s'arrêta pour reprendre son souffle avant d'empoigner la lourde porte rouge.

Le bar était étroit et sentait l'IPA. Les enceintes diffusaient du Weezer. Lorsqu'elle entra, trois hommes levèrent les yeux vers elle. Ils avaient à peu près son âge, d'allure irlandaise, des types avec qui elle aurait pu aller au lycée. Le seul autre client était un homme corpulent d'une quarantaine d'années, assis seul au comptoir.

Sur une ardoise figurait à la craie le nom de bières issues de microbrasseries et de quelques whiskeys de production artisanale.

— Bonjour, la salua le barman, un adepte local du catogan.

— Je prendrai une bière blonde.

C'était ce qu'il y avait de moins cher sur la carte. Elle n'était pas allée travailler depuis plus d'une semaine, devait payer son loyer et n'avait pas vraiment les moyens de s'offrir une bière qu'elle n'avait pas l'intention de boire, mais elle ne voulait pas attirer davantage l'attention qu'elle ne le faisait déjà en étant la seule femme ici. Elle remit sa carte de crédit au barman.

L'homme assis au comptoir la dévisagea. Il avait l'air ivre, avec une lueur de défi dans ses yeux décentrés. Maya ne fit pas attention à lui.

— Vous laissez l'addition ouverte ?

— Non, merci.

Elle emporta sa pinte à une table du fond et s'installa face à la porte pour observer toutes les entrées et sorties. Elle réduisit en miettes la serviette en papier autour du pied de son verre. L'homme ivre au comptoir ne la quittait pas des yeux. Elle fit mine de ne pas l'avoir remarqué. Elle étudia les noms et les citations que les clients avaient inscrits à la craie sur les murs, ainsi que la pile de jeux de société proposés. Elle observa la déco accueillante, mais un peu vieillotte.

Elle contempla les photos collées sur la table, sous ses coudes, et s'aperçut qu'elles représentaient toutes des femmes à demi dénudées. Des femmes en lingerie, en bikini, des femmes découpées dans des magazines. Des gros plans de parties du corps, peintes à l'aérographe, rasées. Des visages couverts par les corps d'autres femmes. Maya regarda fixement le collage un moment, puis, levant les yeux, elle remarqua que l'homme au comptoir se moquait d'elle.

Le barman esquissa un sourire.

Maya comprenait pourquoi Frank aimait cet endroit. Il devait s'y sentir à l'aise.

Elle porta son attention sur la porte qui s'ouvrait. Il s'agissait d'un homme vêtu d'une veste noire à capuche, le visage dans l'ombre. Il adressa un hochement de tête au barman, qui lui rendit la pareille, lui servant aussitôt une bière.

L'homme à la capuche s'installa au comptoir, saluant d'un signe de tête le type qui s'était moqué d'elle. Il faisait la même taille que Frank, mais sa posture n'était pas la bonne. Cet homme était voûté, l'air las, mais il se redressa un peu dès qu'il eut une bière à la main. Il ôta sa capuche.

C'était lui.

Frank avait l'air fatigué. Plus maigre. Plus âgé. Plus vieux qu'il ne l'aurait dû. En le voyant à présent, il devint évident pour elle qu'il avait menti sur son âge. Il avait prétendu avoir vingt ans, à l'époque, mais c'était impossible : cet homme au regard creusé et aux cheveux poivre et sel avait facilement la quarantaine. Pas étonnant qu'il n'ait pas souhaité rencontrer sa mère.

Maya était venue là sans savoir si elle serait capable de l'affronter, craignant de perdre son sang-froid en sa présence, mais, maintenant qu'elle le voyait, elle se sentait gagnée par une bouffée de colère. Elle songea immédiatement au couteau dans son sac à main. Elle se vit le lui enfoncer dans le cou. Ce petit être pathétique avait ruiné son existence.

Elle fouilla dans son sac à main. Elle appuya sur la touche d'enregistrement de son téléphone, puis posa son sac sur le bord de la table.

Elle s'approcha du comptoir.

— Frank ? C'est toi ?

Se retournant, il écarquilla les yeux en la voyant. Son visage se décomposa. Cette fois-ci, il n'aurait pas d'histoire toute prête.

— Ouah ! (Elle sourit.) C'est bien toi ?

— Maya ! Ça fait plaisir de te revoir. Qu'est-ce que tu fais ici ?

— Je suis en ville pour Noël, j'ai eu envie d'aller boire un verre. Tu veux te joindre à moi ?

Il la dévisagea.

— Tu es toute seule ?

Elle acquiesça, puis le vit tenter de lire en elle, étudier les sept années ajoutées à son visage, les poches sous les yeux, sa pâleur. Elle avait probablement l'air aussi hagarde que lui.

— Bien sûr, finit-il par lui répondre.

Il la suivit jusqu'à sa table.

Ils prirent place l'un en face de l'autre.

— Santé, dit-elle.

— Ça faisait longtemps.

Ils trinquèrent, puis se turent, comme par respect. La dernière fois qu'ils s'étaient vus, c'était le jour de la mort d'Aubrey. D'une certaine manière, Maya n'avait jamais évolué depuis ce jour, coincée dans sa peur épaisse et brumeuse, mais, en le voyant aujourd'hui, elle comprenait que, à d'autres égards, elle était devenue une personne différente. Elle était adulte, capable de voir dans le jeu du *loser* assis face à elle, assoiffé d'amour et convaincu qu'il lui fallait berner les autres pour en obtenir.

— Tu viens souvent ici ? demanda-t-elle.

— De temps à autre. (Il haussa les épaules.) Tu viens d'où ?

— De Boston. J'y suis restée après la fac.

— Je suis content pour toi.

— Boston, ce n'est pas ce qu'on croit, commença-t-elle. En fait… (Elle prit un air peiné.) À vrai dire, je n'y vis plus. J'ai récemment quitté mon fiancé. Nous vivions ensemble, il a gardé l'appartement, alors… ouais. C'est la véritable raison de ma présence ici. Je vis chez ma mère.

Elle sourit tristement.

Frank s'adoucit.

— Navré de l'apprendre. Pourquoi l'as-tu quitté ?

— C'est une longue histoire… Mais parle-moi un peu de toi. Qu'est-ce que tu deviens ?

Frank boit une gorgée de bière.

— Crois-le ou non, je suis toujours logé à la même enseigne. Je sors tout juste d'une longue relation.

— C'est vrai ? Oh, désolée de l'apprendre. (Elle sentit qu'il la scrutait, mais elle ne laissa rien paraître.) Qu'est-ce qui s'est passé ?

— C'est une longue histoire.

Il esquissa un léger sourire.

— Décidément, c'est contagieux, plaisanta-t-elle.

Frank éclata de rire comme quelqu'un dont la petite amie ne viendrait pas de mourir et, l'espace d'un instant, il redevint comme avant. Magnétique, amusant. Il la regarda dans les yeux.

— J'ai du mal à croire que ça fait sept ans.

— Je sais. (Elle baissa les yeux.) J'ai pensé à ce jour si souvent…

— Moi aussi.

— Vraiment ?

— Bien sûr. J'ai vu une fille mourir, ce jour-là. Je ne la connaissais pas comme toi, bien sûr, mais tout de même. Je ne peux pas m'empêcher de me demander si j'aurais pu l'aider d'une manière ou d'une autre.

Le regard brillant d'émotion, Maya se pencha vers lui. Elle n'était plus une adolescente.

— Oh, Frank… J'ai eu peur que tu t'en veuilles. Après ce que j'ai dit…

— Tu m'as demandé ce que je lui avais fait ! (Il avait l'air offusqué, comme si c'était lui qui avait souffert.) C'était comme si tu croyais que c'était moi qui…

— J'avais tort. Je le sais, maintenant. (Elle lui effleure les doigts sur son verre de bière.) J'étais effrayée, quand j'ai dit ça, je n'avais pas les idées claires.

Il approcha sa main.

— Je voulais m'excuser depuis longtemps, lui assura-t-elle.

— Je te remercie. Ça me touche beaucoup.

Elle sourit.

Il se renfonça dans son siège, et elle fit de même. Il semblait la croire. Se détendre. Maya tenta de se détendre, elle aussi, mais l'adrénaline affluait dans ses veines, et son cœur battait comme un tambour de guerre. Une autre chanson de Weezer retentit.

— Qu'est-ce que tu fais, en ce moment ? demanda-t-elle.

Il but une longue gorgée de bière.

— Qu'est-ce que je fais ?

— Tu sais, comme travail.

— J'aide les gens.

— J'aimerais pouvoir en dire autant, mais je travaille dans une jardinerie. Service client.

— Tu écris toujours ?

Elle secoua la tête.

— Pourquoi ?

— Je ne sais pas. La flemme, j'imagine.

— Tu devrais t'y remettre. Je suis sûr que tu es douée.

Elle sourit.

— Comment peux-tu le savoir ?

— Tu as de l'imagination.

Il brandit son verre. Il but. Il était presque vide.

Maya avala une petite gorgée. Elle devait garder toute sa lucidité, mais elle éveillerait ses soupçons si elle ne touchait pas à sa bière.

— En parlant d'aider les gens, dit-elle d'une voix pleine de chaleur. Ton père… Je me rappelle que tu t'occupais de lui. Est-il…

— Mort.

— Oh, Frank… Toutes mes condoléances.

Il n'avait pas l'air bouleversé outre mesure.

— C'était son heure.

— Je ne l'ai vu qu'une seule fois, lui rappela-t-elle, la nuit où je t'ai rendu visite dans ta cabane, mais je me souviens d'avoir pensé qu'il avait l'air d'être quelqu'un de gentil.

Faisant mine de sourire, Frank poussa un grognement.

Maya insista.

— Qu'est-ce qu'il faisait, déjà ?

Frank prit un air plus sérieux.

— Ce qu'il faisait ?

— Oui, comme travail. Tu m'as dit qu'il était professeur ?

Il serra la mâchoire.

— Tu veux en savoir plus sur mon père.

— Oui, enfin… par curiosité.

Elle sentit une goutte de sueur s'écouler le long de ses côtes. Elle perçut un mouvement du coin de l'œil, mais soutint son regard.

— Eh bien, si tu veux savoir, répondit-il, mon père était professeur de psychologie et chercheur. Un homme brillant. Il m'a appris tout ce que je sais.

— Ouah, c'est… merveilleux.

Son regard s'embrasa.

— Il n'y a rien de merveilleux là-dedans. (Il s'exprimait calmement, mais la colère couvait.) Mon père n'a jamais voulu m'apprendre quoi que ce soit.

Maya inclina la tête. Elle jeta un coup d'œil vers le mouvement qu'elle avait perçu à la limite de son champ de vision et remarqua qu'il s'agissait de sa main sur la table, posée sur le collage. Il tenait un petit objet qu'il faisait tourner dans la paume de sa main droite, tel un prestidigitateur s'apprêtant à réaliser un tour de passe-passe.

La clé… C'était forcément ça. Elle fit exprès de ne pas regarder. La clé de la cabane de Frank était dans un angle mort. Elle se demandait encore si elle jouait un rôle dans sa méthode, et, le cas échéant, lequel.

— Alors, comment as-tu appris ? demanda-t-elle.
— À la dure. À mon corps défendant.
Ses paroles la troublèrent. Sa main continuait à tourner à la limite de son champ de vision, mais Maya ne se laissa pas distraire.
— Que veux-tu dire par « à mon corps défendant » ?
— J'étais son cobaye.
Elle déglutit. Son instinct lui hurlait de partir.
— Il a mis au point une méthode, expliqua Frank. Un système de signaux, dont la plupart sont subperceptibles.
À ce moment-là, elle reconnut le sourire qu'il lui adressa. Le sourire qui l'avait fait craquer, à dix-sept ans. Il dissimulait un grand danger.
— Ces signaux, poursuivit Frank, induiraient une sorte de transe chez certains types d'individus vulnérables. Du genre à se laisser complètement captiver par un livre ou une série télé... À avoir besoin de savoir comment se termine l'histoire. Capables de faire abstraction de tout le reste jusqu'à ce qu'ils obtiennent leur réponse. (Son sourire devint triste.) Les gens comme moi.
Elle commença à avoir la chair de poule.
— Mon père ne m'a jamais expliqué ce qu'il faisait, mais je l'ai compris. J'avais dix ans, quand ça a commencé. Il me parlait, et l'instant d'après, des heures plus tard, je regardais la télévision, ou je dînais. Et j'ai vu la même chose se produire avec ma mère. Elle avait toujours été très vive, très intelligente, mais, à cette époque, elle s'est mise à agir de manière confuse et étrangement passive. Elle ne sortait plus et ne faisait plus rien d'autre que ce que mon père lui demandait. Un jour, j'ai remarqué qu'il lui chuchotait à l'oreille. Il lui parlait et lui parlait pendant qu'elle regardait fixement le mur...
Sur la table, il se mit à remuer sa main plus vite, comme s'il était nerveux.

— À partir de ce soir-là, je me suis introduit à plusieurs reprises dans son bureau. Je parcourais ses notes, je lisais tout. J'ai commencé à comprendre ce que mon père me faisait subir. Sa méthode. Avec le temps, j'ai appris à en faire autant. C'était la seule façon pour moi de me défendre.

Maya songea que ce n'était pas bon signe qu'il lui raconte tout cela. Mais elle s'abstint de l'en empêcher.

— J'étais plus doué que lui, se vanta Frank, un sourire dans la voix. Plus intuitif, beaucoup plus subtil… Quand je m'en suis servi sur lui, mon père s'est retrouvé complètement impuissant face à sa propre méthode.

Soudain, sa main s'immobilisa. Il ouvrit ses doigts blêmes, et Maya sut ce qu'elle verrait en baissant les yeux. Elle le savait, mais elle était allée trop loin pour faire machine arrière, et elle aussi était du genre à vouloir connaître la fin des histoires.

Depuis le moment où elle était entrée dans ce bar, et même avant, tous ses nerfs étaient tendus comme des cordes de piano. Depuis qu'elle était à court de comprimés, en réalité. Mais, en voyant la clé de Frank, elle se détendit entièrement, une délicieuse chaleur se propageant en elle, une sensation qui n'était pas sans lui rappeler une forte dose de Rivotril. Une impression de confort. Une lourdeur dans les membres. Le sentiment que tout allait bien se passer, malgré l'évidence.

— J'ai gagné, dit-il.

Elle faillit éclater de rire. Elle faillit fondre en larmes. Mais elle n'avait pas suffisamment de conviction pour l'un ou l'autre. Elle regardait fixement la clé, ses dents pointues, et savait qu'elle était en danger, mais elle ne pouvait se résoudre à s'en soucier. Le silence régnait dans le bar, et, sous la main de Frank, la table avait changé. Au lieu de collages de corps nus, elle vit du pin.

Elle ne pouvait bouger que ses yeux. Elle les leva.

Elle était dans la cabane. La grande cheminée en pierre était là. Le plafond cathédrale. Les murs en bois rustique. Au lieu de la bière éventée, elle sentait le feu, et, au lieu de Weezer, elle entendait le bruit du ruisseau.

Frank était assis face à elle, la porte derrière lui.

— Parle, à présent, si tu veux, dit-il.

Une voix au fond d'elle poussa un cri, mais c'était à Frank que sa bouche obéissait.

— Tu… (Même sa langue était lourde. Même ses pensées.) Tu m'as hypnotisée.

Il avait l'air fier d'elle.

Elle songea au couteau dans son sac. Mais son sac n'était plus sur la table. L'avait-il pris ? (Ou l'avait-il emmenée ailleurs ? Et si oui, où ?) La voix en elle criait, mais elle avait l'eau à la bouche en songeant à ce que Frank préparait sur la cuisinière. Elle sentit un parfum d'ail. Des herbes fraîches. De la viande cuite.

— C'est bien que tu aies compris, la félicita-t-il. Tu me rappelles de moi.

— Tu… tu les as tuées.

Il haussa un sourcil à l'évocation du mot « les ».

— C'était lui ou moi.

Maya comprit qu'il parlait de son père. Frank l'avait tué, lui aussi. Elle demeura bouche bée. Sa mâchoire se desserra. Et cela lui fit du bien, comme une longue expiration, comme le soulagement dont elle avait besoin depuis qu'elle avait été contrainte d'arrêter le Rivotril. Ou, plutôt, depuis qu'elle avait commencé à en prendre. Depuis qu'elle avait vu Frank tuer sa meilleure amie, elle n'avait jamais souhaité autre chose que ce soupir tentant, cet apaisement paradisiaque. Mais, à présent, elle luttait contre ça aussi fort que possible.

— Aubrey, parvint-elle à articuler.

Son sourire se dissipa.

— Tu crois que je voulais la tuer ? Non. Mais elle avait tout compris. Tu te rends compte ? J'ai commis l'erreur de lui recommander un livre sur un célèbre mesmériste, et elle a fait le lien avec l'hypnose. En un clin d'œil. Aubrey était intelligente, je le reconnais. J'ai fait ce qu'il fallait.

— Et Ruby ?

Frank eut l'impression qu'elle l'avait giflé.

— Ne parle pas d'elle. Tu ne sais rien de Ruby.

Maya croisait les doigts pour que son téléphone, où qu'il soit, enregistre tout cela.

— Et Cristina ?

— Alors, tu as vu la vidéo.

Il esquissa un rictus.

— J'ai discuté avec Steven.

— Rien à foutre de ce type. Il ne la connaissait pas comme moi.

— Elle lui a écrit une lettre avant de mourir.

Son rictus se dissipa, un éclair d'inquiétude passa dans son regard.

— Une lettre ?

— Elle… lui a tout raconté.

Frank prit un air hésitant.

— Comment ça ?

Maya tenta de se lever, mais ses membres lui semblaient en béton. Elle n'irait nulle part, le contrôle qu'il exerçait sur elle était total.

Il se pencha vers elle.

— Dis-moi ce qu'il y a dans la lettre.

Elle avait l'intention de se dérober, de faire traîner les choses en longueur. De le laisser deviner.

Mais, à sa grande horreur, la vérité sortit docilement de ses lèvres. Elle n'était qu'une observatrice dans son propre corps.

— Cristina a dit à Steven qu'elle était désolée d'avoir été une mauvaise amie. Elle lui a expliqué qu'elle emménageait avec toi, dans ta cabane. Il a eu l'impression qu'elle lui faisait ses adieux.

Frank se détendit. Il s'appuya contre le dossier de son siège, et Maya l'imita. Ils étaient assis dans la même position depuis le début, mais elle ne s'en aperçut qu'à cet instant.

— Et c'est tout ce que tu as besoin de savoir, dit-il.

— Elle… (Dans son état, la réponse lui vint facilement.) Elle savait qu'elle allait mourir.

— C'est ce qu'elle voulait. Je l'ai amenée plusieurs fois dans ma cabane, et, comme toi, elle a compris. Elle savait exactement ce qu'était cet endroit. (Sa voix était empreinte d'amour, bien que l'on eût pu se demander si c'était de l'amour pour Cristina ou pour sa maison. Voire pour lui-même.) Je ne lui ai donné que ce qu'elle voulait, ajouta-t-il.

Maya avait l'impression de s'enfoncer, ses os se fondant dans le siège, le siège se fondant dans la terre.

— Elle n'a jamais voulu retourner dans le monde réel. Elle avait passé toute sa vie à tenter de s'en échapper. D'abord par la peinture, qu'elle avait apprise en autodidacte quand elle était petite. Elle prétendait que, lorsqu'elle peignait, sa toile se transformait en trappe d'évacuation. Quand j'y pense, dit-il, comme si cela lui venait seulement maintenant, elle me fait penser à toi, de ce point de vue. À la façon dont tu disparaissais dans le livre de ton père.

— Laisse-le en dehors de ça.

Frank fit comme si elle n'avait rien dit, ce qui amena Maya à se demander si elle s'était vraiment exprimée ou si elle l'avait seulement pensé.

— Puis elle a découvert la drogue, poursuivit-il. Et c'était une échappatoire plus facile. Plus amusante. Du moins, c'est ce qu'on m'a dit…

Il avait encore ce sourire, celui qui donnait à Maya l'impression qu'ils participaient ensemble à la plus folle des plaisanteries, mais elle savait à présent que cela n'avait jamais été le cas. C'était elle qui avait toujours été la cible de ses plaisanteries. Elle aurait pu rire, si elle n'avait pas été en train de lutter pour garder la tête haute.

— Le problème, dit-il, c'est qu'il faut toujours redescendre. C'était la partie que Cristina était incapable de gérer. Son cœur. Sa tête. Elle était trop sensible. C'est ce que ce connard de Steven ne comprenait pas. Cristina allait toujours chercher une échappatoire, jusqu'à l'ultime. Elle n'était jamais à sa place, dans ce monde. Chaque fois, elle me suppliait de ne pas l'obliger à y retourner, alors, je lui ai demandé de me le prouver. De me prouver qu'elle voulait rester là pour toujours. (Il se pencha vers elle.) Et c'est ce qu'elle a fait. (Il passa un doigt sur l'intérieur du poignet de Maya.) Elle a tatoué la clé de cet endroit… juste… là. Elle se l'est fait elle-même, juste devant moi.

— Je ne te crois pas, dit Maya.

Mais, quelque part, elle le croyait.

— C'est elle qui a voulu mourir devant la caméra du restaurant, pour que le monde puisse voir que je n'ai jamais levé la main sur elle. Parce qu'elle savait combien mon travail est important, à quel point mes patients ont besoin de moi. Je les guide vers les foyers qu'ils portent en eux. Je les aide à bâtir cet espace en partant de zéro.

Elle reconnut les paroles tirées du site Internet de Clear Horizons, et comprit que le docteur Hart était bien Frank. Repensant aux témoignages figurant sur son site Internet, elle éprouva une lueur d'espoir : de nombreuses personnes avaient survécu au « traitement » de Frank. Ils avaient même prétendu qu'il les avait aidés.

— Cristina le savait, poursuivit-il. Elle ne voulait pas que j'aie des ennuis. Écoute, je n'ai pas besoin de te le dire, et je ne dois aucune explication à Steven. Mais tu dois savoir que ce qui s'est passé au restaurant était sa dernière volonté. Je ne lui ai donné que ce qu'elle voulait.

La tête de Maya bascula en avant, et elle n'eut pas l'énergie de la relever.

— S'il te plaît, murmura-t-elle. (Sa voix semblait lointaine.) Je ne le dirai à personne, je te le promets.

— C'est trop tard. Tu n'aurais jamais dû venir ici, ce soir.

— Tu ne peux pas me le faire oublier ?

— Une partie de toi s'en souviendra toujours. (Sa voix était chargée de regrets.) Je le sais mieux que n'importe qui.

Elle sombra davantage. Frank avait raison : il avait gagné. Mais il se trompait s'il la croyait comme Cristina. Maya partageait peut-être l'affinité de Cristina pour les mondes imaginaires et, certes, pour la défonce, et il était sans doute vrai qu'elles avaient toutes les deux cherché à s'évader. Mais s'il y avait une chose que Maya savait – même s'il lui avait fallu attendre ce moment pour le comprendre –, c'était que sa place était bien avec Dan, sa mère et tous ceux qu'elle avait aimés et qu'elle aimerait un jour. Son foyer ne serait jamais un autre monde, une cabane idéale dans les nuages, et Maya espérait seulement que, si elle retrouvait un jour sa place, elle s'en souviendrait.

— Tu souffres, constata-t-il. Tu le sais, je peux le voir. Tu es lasse de te battre.

Elle était lasse de se battre. Elle sentit son corps ralentir.

— Ferme les yeux.

Ses yeux se fermèrent.

— Écoute, dit-il.

Et elle entendit. Le feu qui crépitait. Le gazouillis du ruisseau. Le bruit de l'eau sur les rochers. Et en dessous, elle entendit autre chose, un son qu'elle n'avait pas remarqué jusque-là. Comme un pivert qui picorait un arbre, mais plus rapidement, et sa cadence avait quelque chose d'anormal. Dans son état habituel, Maya aurait tout de suite reconnu ce bruit, même si son âge faisait qu'elle le connaissait surtout par les films. Mais, pour le moment, il la laissait perplexe, la distrayant de la voix enfouie en elle. Étouffant cette dernière.

— Regarde, dit Frank.

Ses paroles étaient des ordres. Elle ouvrit les yeux. Elle dressa la tête. Il lui souriait. Elle eut l'impression que les sept dernières années n'avaient jamais existé. Il était redevenu beau, plein de vie, auréolé de cette belle lumière qu'elle n'avait jamais vue ailleurs que dans sa cabane et dans le dernier tableau de Cristina.

Derrière lui, la porte était entrouverte, désormais, et le clair de lune pénétrait dans l'entrebâillement. Le bruit venait de l'extérieur. Quelque chose l'attirait, un désir qu'elle ne pouvait ni expliquer ni assouvir dans son état actuel.

— Vas-y, l'encouragea-t-il gentiment.

Sa lourdeur se dissipa, et Maya se leva de son siège. Elle se sentit flotter vers la porte, passant devant Frank, qui resta attablé. Elle ne se préoccupa plus de lui. Le clair de lune était lumineux, prismatique, vivant. Sans la moindre crainte, elle tendit la main vers la porte de la cabane. Le bruit s'amplifia.

Tandis qu'elle avançait à la lueur de l'astre, le perron en bois craqua sous ses pas. La neige avait fondu, la forêt environnante était verdoyante. Il soufflait une brise estivale. Elle remarqua la présence de deux rocking-chairs faits du même pin noueux que le reste de la cabane. Un homme était assis dans l'un d'eux, une machine à écrire sur ses genoux.

Il tapotait avec ses doigts.

Maya ignorait qu'il était possible de regretter quelqu'un que l'on n'avait jamais rencontré, mais elle ressentait à présent le poids de l'absence de son père. Elle eut l'impression qu'on lui ôtait ce poids. Elle s'approcha lentement de lui. Elle reconnut son visage grâce aux quelques photos qu'elle possédait et à sa ressemblance avec le sien. Les pommettes saillantes et les yeux noirs en amande. Les pattes-d'oie au coin de ses yeux et ses tempes grisonnantes lui donnaient l'air d'avoir l'âge qu'il aurait eu s'il avait vécu.

Elle tendit la main, s'attendant à le traverser de part en part, mais ce ne fut pas le cas. Son épaule était tangible. Il se tourna vers elle, plissant les yeux comme s'il tentait de la remettre.

Puis son visage s'illumina d'émerveillement, de joie et de peine.

Lorsqu'il posa sa machine à écrire et se leva pour l'enlacer, ses mains tremblaient.

Les jambes de Maya menaçaient de céder, mais les bras de son père étaient là pour la soutenir. Il ne mesurait que quelques centimètres de plus qu'elle. Elle posa sa tête lasse sur son épaule et pleura contre sa manche. Sa peau sentait le savon et l'encre.

— *Mija*, soupira-t-il.

— Papa…

— *Bienvenido a casa.*

Elle laissa échapper un léger sanglot. Elle se demanda si elle était morte.

— Assieds-toi, l'invita-t-il en désignant l'un des rocking-chairs.

Il n'avait prononcé qu'une phrase.

« Assieds-toi. »

Un ordre simple, mais qui la frappa comme une brique. Son véritable père aurait eu un accent. Il ne l'aurait pas dit de cette façon. Ce n'était qu'une phrase, une faille dans l'illusion, mais c'était suffisant pour qu'elle comprenne que c'était bien à Frank qu'elle s'adressait. Frank qui lui parlait avec la voix de son père. Frank qui, une fois de plus, la manipulait. Et cela la mit suffisamment en colère pour renâcler face à cette voix, à ces paroles qui lui mettaient des images dans la tête, des mots qui l'avaient entourée, qui s'étaient immiscés en elle. Ils s'étaient insinués dans son esprit. Elle tourna les talons et quitta le perron d'un pas mal assuré. Loin de la cabane. Loin de lui.

Elle se rua vers la forêt noire, mais ses jambes se déplaçaient comme dans de l'eau, et les arbres semblaient s'éloigner – *Maya* – à chacun de ses pas. Alors, elle s'accroupit – *Maya !* – comme un animal et s'élança à quatre pattes – *Maya !* – comme dans ses rêves.

Qu'est-ce qui lui prenait ?

La voix se fraya un chemin dans les ténèbres.

— Non, *vous*, vous vous calmez, ordonna-t-elle. Qu'est-ce qui se passe ici ? (La voix lui était familière.) Maya, viens. Allons-y.

Sa mère !

Sa mère était au bar.

Maya sursauta. Elle cligna des yeux à plusieurs reprises, puis, relevant la tête, vit sa mère debout devant la table, les mains sur les hanches. Tout le monde au *Whistling Pig* – le barman, l'homme ivre, les trois hommes assis près de la porte – les regardait. L'odeur aigre de bière lui emplit de nouveau les narines. Les enceintes diffusaient un morceau *live*.

Sa mère avait l'air à la fois furieuse et effrayée.

— Tu m'entends ?

Maya soupira en tremblant.

Face à elle, Frank fulminait. Il lui lança un regard noir.

— Tu m'entends ? répéta sa mère.

— Oui, maman. Je t'entends.

— Lève-toi. On s'en va.

Maya se toucha le visage. Il était sec, mais elle avait l'impression d'avoir pleuré. Elle se sentait comme une éponge qu'on aurait essorée. Soudain beaucoup plus légère. Même si elle savait qu'elle aurait dû avoir peur. Frank avait recommencé. Même si elle n'en avait aucun souvenir, elle le savait.

Elle se leva avec grâce, jeta son sac à main sur son épaule et lança à Frank un regard à la fois cinglant et intrigué, suivant sa mère jusqu'à la porte.

# Chapitre 34

— S'il y a quelque chose que vous ne m'avez pas encore dit, c'est le moment, insiste l'inspecteur Donnelly.

Il est assis face à Maya et à sa mère dans une petite pièce blanche du commissariat.

Brenda lance un regard interrogateur à sa fille.

Maya secoue la tête. Elle s'est expliquée du mieux qu'elle a pu, c'est-à-dire pas très bien. Elle leur a dit tout ce qu'elle savait sur Frank.

L'inspecteur Donnelly a l'air d'avoir une vingtaine d'années. Il a une moustache et des bras musclés. Il se tient droit et se penche en avant quand il s'exprime.

— Avez-vous des substances illicites chez vous, madame Edwards ? Des médicaments sur ordonnance ? Des somnifères ?

— Rien de plus fort que du Nurofen.

Brenda semble avoir pleuré. Elle est rentrée de son footing il y a deux heures, juste après le départ de Frank, et a trouvé Maya berçant le corps d'Aubrey sur le perron. Brenda a tenté de la ranimer jusqu'à l'arrivée de l'ambulance et de deux de ses collègues. Mais cela n'a pas été suffisant. Elle n'a pas pu faire repartir le cœur d'Aubrey.

— Ma collègue est avec Frank dans la pièce d'à côté, explique Donnelly. (On lui a demandé de venir après que Maya a prévenu la police qu'il avait fui les lieux.) Vous nous avez dit qu'il avait fait quelque chose à Aubrey, qu'il l'avait peut-être tuée d'une manière ou d'une autre – il jette un coup d'œil à son bloc-notes pour la citer – simplement en lui parlant.

Maya déglutit. Elle acquiesce.

— C'est une accusation très grave que vous portez là. Accuser un homme de meurtre. Vous savez que vous pouvez avoir des ennuis pour avoir menti sur ce genre de choses ?

— Ma fille ne ment pas, rétorque Brenda avec fermeté.

— Ma coéquipière l'interroge, dit Donnelly sans tenir compte de sa remarque, mais, si vous ne pouvez pas nous expliquer ce qu'il a fait, nous allons devoir le laisser partir.

Le regard de Maya brûle de frustration.

— Je vais m'entretenir avec l'inspectrice Hunt, déclare Donnelly. Attendez ici, je vous prie.

Maya se tourne vers sa mère.

— Tu me crois, hein ?

— J'essaie, Muffin, mais il faut que tu me dises ce qui s'est passé. Si tu me caches quelque chose, si tu as peur de le dire à l'inspecteur, tu peux te confier à moi.

— J'essaie ! (Maya s'essuie les yeux du revers de la main.) C'est comme s'il nous avait jeté un sort.

Sa mère la regarde avec incrédulité.

À travers la grande vitre, Maya voit l'inspecteur Donnelly discuter avec sa collègue. L'inspectrice Hunt, une femme d'une quarantaine d'années, a l'air sceptique. Elle secoue la tête.

— Je sais de quoi ça a l'air, convient Maya. Je ne peux pas expliquer de quelle manière il s'y est pris, mais je crois savoir pourquoi. Frank nous a surprises en train de parler de lui. Il est arrivé juste au moment où Aubrey me parlait de quelque chose qui s'était passé au *Dunkin' Donuts*. Il lui a dit qu'il allait lui montrer un tour de magie…

Maya se souvient de la tête d'Aubrey quand elle lui a raconté cela, comme si elle venait de comprendre quelque chose. Mais quoi ? La clé n'avait pas lévité... mais il s'était passé quelque chose, hein ? Un autre genre de tour ?

— Un tour de magie ? s'étonne sa mère. (Elle a les larmes aux yeux, mais elle s'exprime d'une voix forte.) Écoute, si Frank t'a fait quelque chose... ou à elle... alors, il faut que tu me le dises. Mais ce que tu racontes, Maya, n'a aucun sens.

L'inspecteur Donnelly revient. Il s'assied face à elles.

— D'après ma collègue, l'histoire de Frank se tient. Et elle correspond plus ou moins à ce que vous m'avez décrit.

*Plus ou moins ?* Maya sent son estomac se serrer. Le ton de l'inspecteur lui donne l'impression d'avoir fait quelque chose de mal.

— Vous avez eu un désaccord avant-hier, reprend Donnelly. Frank est allé chez vous pour en discuter. Vous ne vouliez pas lui parler, mais il n'y a pas eu de dispute. Vous êtes d'accord là-dessus. Personne n'a haussé le ton. Puis vous avez quitté la cuisine. Vous dites que c'était pour appeler les urgences, mais Frank dit qu'il ignorait que c'était votre intention.

— Il ment, j'ai dit que j'allais appeler la police. Ils l'ont tous les deux entendu.

En le disant, Maya s'aperçoit que personne ne saura jamais ce qu'Aubrey a entendu, ni ce qu'elle a pensé, ni si elle a vraiment compris ce que Frank leur avait fait.

— C'est vrai, dit Donnelly. C'est là que vous commencez à être en désaccord. Vous dites que vous êtes allée appeler la police parce que vous aviez peur que Frank vous fasse du mal. Mais vous ne pouvez pas expliquer de quelle manière vous pensiez qu'il allait s'y prendre. Et aucun appel n'a été passé à la police. Est-ce que j'ai oublié quelque chose ?

Les épaules de Maya s'affaissent. Elle secoue la tête.

— Frank et Aubrey ont continué à discuter à travers la moustiquaire, poursuit Donnelly, puis elle a décidé de le rejoindre à l'extérieur. Ils se sont assis sur les marches, ont bavardé, et, encore une fois, personne n'a haussé le ton, et il n'y a eu aucun contact physique pour autant qu'on puisse en juger.

Maya acquiesce.

— Ils étaient récemment allés prendre un café tous les deux, poursuit Donnelly. C'est ce qui a provoqué la dispute entre vous et Frank.

— Non ! Enfin… oui, en quelque sorte… Mais ça n'a rien à voir avec ce qui s'est passé.

— Ne l'avez-vous pas surpris avec Aubrey au *Dunkin' Donuts* ?

— Si, mais…

— Ça vous a contrariée ?

— Sur le moment, mais je m'en suis remise.

L'inspecteur Donnelly vérifie ses notes comme pour s'assurer qu'il a bien compris la suite, puis regarde Maya droit dans les yeux.

— Pourquoi ne m'avez-vous pas parlé du couteau ?

Le couteau. Elle l'avait oublié.

— Ça n'a rien à voir avec tout ça.

Le visage de sa mère s'assombrit.

— Alors pourquoi l'aviez-vous ? demande l'inspecteur.

— Parce que j'avais peur, je savais qu'il allait lui faire du mal. Je voulais nous protéger toutes les deux contre…

— Contre quoi ?

— Je suis désolée, intervient Brenda, mais je crois que ma fille est en état de choc. Nous avons besoin de temps, s'il vous plaît.

— Je comprends, madame, il me reste juste quelques questions à lui poser…

— Plus de questions, rétorque sa mère. Pas sans la présence d'un avocat. Ma fille… ne va manifestement pas bien.

# Chapitre 35

L'inspectrice Diaz était différente de l'inspecteur Donnelly.

Elle était plus âgée et ne parlait pas beaucoup. Et, bien que Maya ne l'ait encore jamais vue sourire, ses traits étaient plus doux que ceux de Donnelly. Elle portait ses cheveux grisonnants en une longue tresse. Elle venait d'écouter tout ce que Maya avait à dire et ne donnait aucune indication sur ce qu'elle en pensait, si elle y croyait ou non. Mais elle avait tout noté, y compris la date et l'heure des appels passés sur le téléphone fixe de Brenda. Elle était assise face à Maya et à sa mère dans une petite pièce blanche qui ressemblait beaucoup à celle où elles s'étaient trouvées avec l'inspecteur Donnelly sept ans auparavant.

Elles écoutèrent l'enregistrement. Le son capté par le téléphone de Maya n'était pas aussi bon qu'elle l'avait espéré – Frank parlait doucement, et la plupart de ses paroles étaient inaudibles, à cause de la musique du bar –, mais elles purent distinguer une portion de la conversation.

Après la partie dont Maya se souvenait, elle cessait de parler. Frank prenait le relais. Sa voix avait changé. Il s'exprimait de moins en moins fort, comme si quelqu'un baissait le volume.

Il se mit à parler avec la même voix que le jour de la mort d'Aubrey. Avec un rythme de comptine. D'incantation.

Aujourd'hui encore, malgré tout ce qu'elle savait, elle trouvait toujours sa voix envoûtante. Elle reconnut les mots « bras », « jambes » et « tête ». Entre deux chansons, elles l'entendirent convaincre Maya que ses membres étaient trop lourds pour être soulevés. Puis il se lança dans une description précise de l'endroit qu'il appelait sa maison – la table, la cheminée, le grenier –, et elle comprit que, bien qu'elle ne soit jamais allée dans la cabane de Frank, une partie d'elle s'y était rendue.

L'inspectrice Diaz prenait des notes en écoutant, transcrivant les paroles étranges qui résonnaient dans la pièce. L'air sereine, elle ne laissait rien transparaître.

Frank poursuivit quelques minutes, avant de se taire, et elles n'entendirent plus que la musique du bar. Un homme éclata de rire, dans le lointain. Quelqu'un posa un verre. Finalement, Maya se remit à parler, mais sa voix était presque méconnaissable.

Ses paroles dégoulinaient du téléphone comme du sirop, prononcées d'une voix basse et inarticulée. Inintelligible. On aurait dit qu'elle bavait.

Sa mère en demeura bouche bée.

— C'est vous ? demanda Diaz.

— Sans doute, mais je ne m'en souviens pas.

Elles continuèrent à écouter pendant qu'elle et Frank échangeaient des propos, à plusieurs reprises. Puis Maya crut s'entendre dire « Cristina ». Elle se pencha, espérant pouvoir saisir la réponse de Frank, mais la musique l'étouffa.

— Nous devrions être en mesure de nettoyer tout ça, la rassura Diaz. Et de récupérer une partie de l'audio.

Frank parlait encore à la fin de la chanson, et elles entendirent « détends-toi », « ralentis » et « respire » d'une voix encore plus mélodieuse. Maya se mit à trembler de peur. Brenda et Diaz regardaient fixement le téléphone, toute leur attention concentrée sur l'enregistrement. Et, soudain, Maya comprit que les paroles de Frank avaient opéré leur magie sur elles. Sur chacune d'entre elles. Elle se remémora l'air absent d'Aubrey, puis celui de Cristina. Il les avait toutes mises en transe.

« Laisse-toi aller », ordonna l'enregistrement. « Détends ton cœur. »

Maya jeta un coup d'œil à sa mère. À l'inspectrice. Elles avaient le regard vide.

Tendant la main à l'autre bout de la table, elle stoppa l'enregistrement.

— Maman, dit-elle, affolée, terrifiée à l'idée que les paroles de Frank aient pu arrêter le cœur de sa mère, de la même manière qu'elles avaient dû arrêter celui d'Aubrey, de Ruby, de Cristina… tout comme elles avaient failli avoir raison du sien.

Brenda la regardait fixement.

— Ça va ? demanda Maya.

Sa mère cligna des yeux.

— C'est pour toi que je m'inquiète. Tu vas bien ?

Maya soupira.

— Vous souhaitez faire une pause ? s'enquit Diaz.

— Non, dit Maya. Je vais bien.

Elle redémarra l'enregistrement, et, peu après, elles entendirent arriver sa mère.

« Qu'est-ce qui lui arrive ? » (La voix de Brenda était distincte et puissante.) « Non, vous, vous vous calmez. »

« Oui, maman. Je t'entends. »

Maya semblait redevenue normale. L'enregistrement s'acheva quelques secondes plus tard.

Diaz consulta ses notes. Elle plissa ses yeux noisette d'un air songeur, même s'il était impossible de deviner ce qu'elle pensait.

— Vous avez dit avoir bu une bière, là-bas, reprit-elle. Avez-vous bu autre chose ?

Maya perdit espoir. C'était reparti.

— J'ai bu du gin. Peut-être deux verres, mais c'était avant. Je n'étais pas ivre, au bar.

— Prenez-vous des médicaments ?

Maya sombra encore un peu plus. Elle savait de quoi cela avait l'air. La paranoïa était un des symptômes du manque de benzo. Elle était incapable de croiser le regard de l'une ou l'autre.

— Je prenais du Rivotril, mais j'ai arrêté.

— Depuis combien de temps ?

— Depuis la semaine dernière.

L'inspectrice le nota sur son carnet. Puis elle s'appuya contre le dossier de son siège et tapota son bloc-notes avec son stylo.

Maya n'était ni blessée ni en colère en comprenant que Diaz risquait de ne pas la croire. Elle était trop épuisée pour cela. Elle ne discuterait pas, cette fois-ci. Si personne ne la croyait, elle serait heureuse d'avaler les comprimés que le docteur Barry lui prescrirait. Et plus il y en aurait, mieux ce serait.

Pendant que Diaz tapotait avec son stylo, Maya s'imagina passer le restant de ses jours à se cacher de Frank. Changer de nom. D'État. Elle se figura en train d'expliquer à Dan pourquoi il n'était plus sûr de vivre avec elle. Elle songea à la douleur qu'elle ressentirait, mais, au moins, elle serait sous traitement. Il le faudrait.

— J'aimerais avoir une copie de cet enregistrement, déclara finalement l'inspectrice.

Maya leva les yeux. Elle sécha ses larmes.

— Bien sûr.

— Ça fait vingt ans que je fais ce métier. Je n'ai jamais rien entendu de tel. (Elle secoua la tête.) Je ne sais pas quoi en penser, pas encore. Mais je vais éclaircir le son, voir ce que j'entends d'autre. Et je vais me renseigner sur l'entreprise dont vous avez parlé, Clear Horizons. J'aimerais aussi que vous parliez à quelqu'un, à un psychologue, du traitement que vous avez pris. Faites-lui faire une évaluation.

— Pas de problème, répondit Maya, qui commençait à se sentir pleine d'espoir.

Diaz semblait la prendre au sérieux. Elle posa quelques questions complémentaires, puis raccompagna Maya et sa mère dans le hall désert du commissariat. Il était presque 2 heures du matin et le poste était calme. Un plateau de biscuits en forme de sapin de Noël trônait sur le bureau d'accueil.

— Faites-moi savoir s'il tente de vous joindre, lui recommanda Diaz.

— Je n'y manquerai pas, lui promit Maya. Je vous remercie.

Un éclair de chaleur traversa le regard neutre de Diaz.

— Désolée pour ce que vous avez subi, dit-elle.

Brenda démarra la voiture, mit le chauffage à fond et souffla sur ses doigts en attendant que la buée se dissipe sur le pare-brise. Partie précipitamment dès qu'elle avait vu le mot de Maya, elle était encore en pyjama. Elle avait toujours fait de son mieux pour protéger sa fille, Maya en avait conscience. Brenda avait juste peur des mauvaises choses. Elle avait cru l'aider en trouvant le docteur Barry et en prenant un premier rendez-vous pour Maya, puis en achetant les médicaments qu'il lui avait prescrits.

Mais, ce soir-là, elle avait sauvé la vie de sa fille. Même si elle l'ignorait – même si elle pensait n'avoir fait qu'interrompre une conversation –, Maya le savait et lui en était reconnaissante. Elle était en vie.

— Je prendrai un congé maladie demain, déclara sa mère. Je ne veux pas que tu restes seule.

— Je vais bien.

Cette fois, Maya était plutôt sincère. C'était sans doute le soulagement, ou le fait d'être restée éveillée si longtemps, ou l'air chaud qui s'échappait des aérations, mais elle avait l'impression de pouvoir enfin sombrer dans le sommeil qui l'avait fuie depuis qu'elle avait cessé de prendre du Rivotril. Le sommeil d'un nourrisson dans un siège auto. Elle cligna des yeux, et, l'instant d'après, elle s'aperçut qu'elles étaient arrivées à destination.

Ce ne fut qu'une fois à l'intérieur qu'elle remarqua que sa mère sanglotait, des larmes coulant de son menton sur ses bottes alors qu'elle s'agenouillait pour les ôter. Maya l'avait rarement vue pleurer et trouva cela inquiétant.

— Qu'est-ce qu'il y a ? demanda-t-elle.

— J'aurais dû te croire.

Maya se laissa tomber sur le canapé. Elle n'avait pas pleuré au commissariat, mais elle ne pouvait plus se retenir. Elles pleuraient toutes les deux. Puis elles se serrèrent dans les bras l'une de l'autre, avant de rire d'elles-mêmes. Sa mère drapa une couette autour de ses épaules et la regarda avec tant d'amour et de tristesse que Maya eut presque envie de la réconforter. Parce que sa mère était aussi une victime de Frank. Rien ne lui faisait plus mal que de voir souffrir sa fille.

— Je ne t'en veux pas, lui garantit Maya. Ce que je disais n'avait aucun sens…

Elle avait parlé de tours de magie. De sortilèges.

— J'aurais pu faire plus d'efforts pour essayer de te comprendre. Et même si je n'y arrivais pas, j'aurais pu accepter qu'il… (Une vague de colère s'empara de Brenda.) Il t'a fait souffrir. Je ne pouvais pas supporter l'idée que quelqu'un puisse te faire du mal. Que je… (elle n'avait jamais eu l'air aussi brisée) que je sois incapable de te protéger.

— Tu m'as sauvé la vie, maman.

Une ombre passa dans les yeux de Brenda tandis qu'elle assimilait l'information. Croire sa fille revenait à croire que Frank avait tué Aubrey et qu'il avait failli tuer Maya. Cela revenait à croire qu'il en était toujours capable.

# Chapitre 36

— Je ne vais pas vous prescrire du Rivotril, déclara le médecin du centre de soins d'urgence.

— Je ne vous le demande pas, rétorqua Maya.

Elle venait juste de finir de lui expliquer la raison de sa présence, et le médecin avait désormais les bras croisés. Il la regarda d'un air sévère, comme s'il l'avait surprise en train de tenter de lui dérober son portefeuille. Elle avait envie de lui dire qu'il aurait fallu la payer très cher pour qu'elle reprenne du Rivotril, mais, comme elle n'avait pas de médecin traitant ni de mutuelle, elle contint son indignation. Elle avait besoin des soins de cet homme.

— J'espérais pouvoir tenter autre chose. Quelque chose pour m'aider à dormir ?

Le médecin lui prescrivit de la mirtazapine, un antidépresseur qui, d'après lui, devrait lui donner envie de dormir.

Dan fut soulagé d'apprendre qu'elle avait consulté un médecin, et Maya d'apprendre qu'elle lui avait manqué.

— Sans toi, je ne me sentais pas à la maison, lui dit-il au téléphone.

Ils se mirent d'accord pour qu'il aille la chercher le lendemain de Noël.

Elle reprenait le travail le 27 et se réjouissait presque de retrouver la normalité, les plantes et même les clients, dont certains avec qui elle s'était liée d'amitié au fil des années. Son patron s'était montré compréhensif quant aux jours manqués, et le poids qu'elle avait perdu donnerait de la crédibilité à son histoire de grippe.

Cette nuit-là, dans son ancienne chambre, sur son nouveau lit, elle dormit douze heures d'affilée. Le médecin des urgences avait eu raison au sujet de la mirtazapine. Ce médicament l'avait assommée comme un coup de poêle à frire sur le crâne. Ses rêves avaient été réalistes, mais, comme d'habitude, elle ne s'en était pas souvenue à son réveil, et tout ce qui lui restait, c'était la mémoire musculaire de la peur. Une mâchoire crispée. Des jambes fatiguées comme si elle avait couru. Il était midi quand elle se réveilla, et elle bavait sur son oreiller. Elle se leva.

En descendant, elle remarqua pour la première fois que sa mère avait joliment décoré le petit sapin, dans l'angle du salon. Maya reconnut toutes les boules brillantes et les décorations faites maison. L'ange en plastique. Le petit bonhomme de neige qu'elle avait fabriqué en argile quand elle avait huit ans. Sa mère et elle avaient toujours décoré le sapin ensemble, mais, comme Maya n'était pas rentrée chez elle ces dernières années, la tradition était tombée à l'eau. Elle se dit qu'il n'était pas trop tard pour recommencer.

L'odeur du bacon lui redonna de l'appétit. La mirtazapine, en plus de l'endormir, l'affamait. C'était la veille de Noël, et elles arrosèrent leurs pancakes à la banane de sirop d'érable. Le soleil tapait sur la fenêtre. Après le petit déjeuner, Maya s'étendit sur le canapé et commença à somnoler.

—Allons nous promener, proposa sa mère. Il fait un temps magnifique.

L'air vif et le ciel bleu eurent raison de la brume dans l'esprit de Maya. Des cristaux de glace scintillaient dans la neige. Elles passèrent devant les maisons de leurs voisins, saluant Joe Delaney, qui déblayait son chemin, et Angela Russo, que Maya avait autrefois gardée, qui promenait son chien. Elles passèrent devant le garage, avec son lot de voitures en piteux état, et quelques vieux bâtiments industriels, puis sous le pont de chemin de fer pour rejoindre le quartier où vivaient encore les grands-parents de Maya.

Atteignant Silver Lake, elles longèrent sa rive nord sur le chemin qui avait été tracé après le départ de Maya. Le lac avait fait l'objet d'un nettoyage massif en 2013, et, bien qu'il ne soit toujours pas autorisé à la baignade et que ses poissons ne puissent toujours pas être consommés, on pouvait de nouveau y faire du bateau ou se promener sur le sentier goudronné. De nouveaux arbres avaient été plantés, ainsi que des fleurs sauvages. Maya se demandait ce que sa tante Lisa aurait pensé de cela, le fameux étang retrouvant peu à peu son état naturel.

Pourtant, il était étrange de marcher si près de l'eau. De voir les vieux panneaux d'avertissement remplacés par des bancs publics. De ne pas devoir retenir son souffle. Elle avait l'impression que chacun de ses pas était un acte de foi envers le lac et cette municipalité.

— J'ai lu l'hymne, ce matin, déclara sa mère. *L'Hymne de la perle.*

— Qu'en as-tu pensé ?

Sa mère réfléchit un moment. Au contact de l'air frais, son souffle se changeait aussitôt en vapeur blanche.

— Honnêtement ? J'aimais mieux l'histoire quand je ne savais pas sur quoi elle était fondée.

— Pourquoi ?

— Je crois que je préfère les récits qui ne tentent pas de m'apprendre quelque chose.

Maya n'avait pas beaucoup réfléchi au contexte religieux de l'hymne, mais elle comprenait que sa mère, qui avait refusé de convertir qui que ce soit lors de son voyage de missionnaire, puisse le considérer de cette façon.

— Qu'est-ce que tu crois qu'il essaie de t'apprendre ? demanda Maya.

Sa mère prit un air songeur. Puis elle sourit.

— Et toi ?

Maya tenta de chasser les brumes de mirtazapine pour se remémorer ce qu'elle avait lu sur Internet, sur la façon dont l'hymne avait été adopté par diverses religions.

— On dit que c'est à propos de l'âme, dit-elle, qu'elle naît dans cet autre endroit… où nous nous trouvons avant de venir au monde, je suppose. Mais, après notre naissance, nous oublions cette maison et nos parents d'origine.

En s'exprimant, s'adressant aussi bien à sa mère qu'à elle-même, Maya s'aperçut que sa réaction était à l'opposé de celle de Brenda. Depuis qu'elle connaissait la signification de l'hymne, elle l'appréciait encore plus. Elle comprenait pourquoi il avait perduré pendant tout ce temps.

— Exactement, approuva sa mère.

Mais elle l'avait dit comme si c'était une mauvaise chose. Elles suivirent un virage autour du lac.

— Je ne suis pas d'accord avec ça. Je ne crois pas que mon véritable foyer soit ailleurs. Je pense qu'il est ici.

Ses paroles résonnèrent chez Maya à un niveau qu'elle aurait eu du mal à expliquer, comme si elle les avait elle-même dites ou pensées un jour.

— Regarde ! dit soudain sa mère.

Se retournant, Maya vit qu'une dizaine d'oies s'étaient posées sur le lac et glissaient silencieusement sur l'onde, formant un gracieux « V ».

— Ouah ! s'exclama-t-elle. (Elle n'avait jamais vu d'oies ni d'animaux sauvages d'aucune sorte à Silver Lake.) Tu penses qu'elles ne risquent rien, ici ?

— Oui, répondit sa mère. Je suis même persuadée qu'un jour, nous nous baignerons tous dans ce lac.

# Chapitre 37

Dan serra si fort Maya dans ses bras qu'il la souleva du sol du salon de sa mère. Elle se blottit dans son cou. L'odeur musquée de sa peau mêlée au cèdre et au pin de son déodorant naturel lui avait manqué.

— Je suis vraiment désolé, murmura-t-il dans ses cheveux.

Elle lui avait tout raconté par téléphone et lui avait envoyé l'enregistrement du *Whistling Pig*. Comme tous ceux qui l'avaient écouté, Dan avait trouvé la cadence étrangement rythmée de Frank profondément sinistre.

— Moi aussi, dit-elle.

D'avoir brisé sa confiance. Pour le dîner avec ses parents.

Il la redéposa, et ils s'embrassèrent. Elle avait pris une douche, s'était lavé les cheveux et portait un pull jaune que ses grands-parents lui avaient offert la veille pour Noël. Dan avait l'air d'avoir mal dormi et il fronçait les sourcils d'inquiétude.

— Il n'a pas essayé de te recontacter, hein ?

— Non.

— Des nouvelles de l'inspectrice ?

— Elle enquête sur le centre de bien-être Clear Horizons et la thérapie que son père a mise au point.

Cela lui fit du bien de pouvoir lui dire que l'inspectrice Diaz l'avait prise au sérieux, de même que sa théorie, et qu'elle la tenait informée.

L'enregistrement de son téléphone avait été nettoyé, et, bien que la plupart des paroles de Frank soient restées masquées par la musique, l'inspectrice en avait suffisamment entendu pour se laisser convaincre que Frank avait sans doute quelque chose à voir avec la mort de Cristina. « C'est elle qui a voulu mourir devant la caméra du restaurant », disait-il dans l'une des rares phrases complètes de l'enregistrement. Ce n'était pas vraiment une confession, mais c'était tout de même suspect.

Diaz avait également identifié l'origine des appels nocturnes passés sur la ligne fixe de Brenda. Ils provenaient de la maison du père de Frank, qui lui appartenait désormais, et qui était également le siège du centre de bien-être Clear Horizons. L'inspectrice avait aidé Maya à demander une ordonnance de protection.

Consterné, Dan secoua la tête.

— Je n'arrive pas à croire que je t'ai laissée affronter ce psychopathe toute seule.

— Tu ne savais pas qu'il était dangereux.

— J'aurais dû. (Il avait l'air de s'en vouloir.) Tu as essayé de me le faire comprendre.

Maya détourna le regard.

Elle savait que c'était compliqué. À l'époque, Dan aurait menti s'il avait dit qu'il la croyait. L'accusation de meurtre lui avait semblé sortir de nulle part, et la seule preuve qu'elle avait apportée était la vidéo du restaurant, qui, au contraire, semblait prouver que Frank n'avait pas tué Cristina. Qu'il n'avait été que spectateur. Sans parler du fait que Maya se conduisait déjà bizarrement avant que tout cela se produise.

Il était logique que Dan ait douté d'elle.

Mais est-ce que cela aurait un jour un sens différent ? Un sens plus profond ? Le silence s'installa entre eux. La mère de Maya était au travail. La maison était glacée, et, sur le départ, Maya avait éteint toutes les pièces.

Dan lui saisit les mains et déposa un baiser sur ses articulations. Maya se rappela les mensonges qu'elle lui avait racontés. Les omissions. Peut-être n'avait-elle jamais mérité sa confiance, après tout.

Elle le regarda dans ses doux yeux bleus, si débordants d'inquiétude et d'amour, et se demanda si leur relation pourrait survivre à tous les dégâts qu'ils lui avaient infligés. Elle l'espérait.

Brenda avait enveloppé pour Dan une part de tarte aux noix de pécan du dîner de Noël et la lui avait laissée avec un mot : « Joyeuses fêtes de fin d'année, Dan ! Félicitations pour vos examens ! J'espère avoir l'occasion de vous voir bientôt ! » Elle avait signé de son nom accompagné d'un smiley.

Maya avait insisté pour passer chez les parents de Dan, en rentrant à Boston. Plus elle resterait longtemps sans rien dire, plus cela lui paraîtrait étrange la prochaine fois qu'elle les verrait. Elle le savait. Elle tenait trop à Dan pour laisser ses parents penser qu'elle était une catastrophe ambulante.

À leur arrivée, son père, encore en vacances, lisait le journal à la table de la cuisine.

— Maya ! la salua-t-il chaleureusement en se levant pour l'accueillir. (Il avait l'air presque aussi inquiet que son fils.) Dan nous a raconté ce qui s'est passé. Je suis vraiment désolé. Vous allez bien ?

— Je vais beaucoup mieux, à présent, répondit-elle. Je vous remercie.

Elle ignorait de quelle manière Dan avait raconté à ses parents ce qui s'était passé avec Frank, mais elle savait qu'il ne leur avait pas expliqué pour quelle raison elle avait été malade au dîner. Ils ne savaient toujours pas pourquoi elle était partie si tôt le matin, et elle craignait qu'ils s'imaginent que c'était par honte.

Mais si c'était ce que pensait Carl, il n'en laissa rien paraître.

— On s'est juste dit qu'on allait passer, puisque vous êtes sur le chemin du retour, se justifia Dan.

Carl leur proposa du café et des *biscotti*, et Maya accepta les deux avec gratitude.

— C'est Danny que j'entends ?

Sa mère, drapée d'un châle en pashmina turquoise, surgit de son bureau, au bout du couloir. La joie dans sa voix fit place à un froncement de sourcils fugace et involontaire dès qu'elle aperçut Maya, mais elle se ressaisit aussitôt.

— Quelle surprise ! s'exclama-t-elle en lançant un regard interrogateur à son fils.

Puis elle se tourna vers Maya, ses yeux noisette agrandis par ses lunettes de lecture.

— Comment allez-vous ?

— Beaucoup mieux, à présent, répéta Maya.

— Bien, dit Greta d'un air pincé. Bien.

Elle se prépara une tasse de thé vert et les rejoignit à table. Lorsque Carl lui proposa l'assiette de *biscotti*, elle la repoussa d'un geste.

Ils étaient tous les quatre assis à la même place que la semaine précédente, Greta face à Maya, et, bien que celle-ci ait l'impression que des années s'étaient écoulées depuis, et que le fait qu'elle ait frôlé la mort l'ait vraiment aidée à prendre du recul, elle se sentait toujours nerveuse. Elle attrapa un *biscotto*.

— C'est vraiment délicieux, reconnut-elle.

— J'aimerais pouvoir m'en attribuer le mérite, répliqua Carl, mais ils viennent du *Black Sheep*.

— Vous avez l'air d'aller beaucoup mieux, fit remarquer Greta en observant Maya par-dessus le bord de sa tasse, sa voix débordant de toutes les questions qu'elle était trop polie pour poser.

Comme son mari, elle semblait préoccupée, mais peut-être moins par le bien-être de Maya que par Maya en général. Par le fait qu'elle sorte avec son fils. L'idée que Dan puisse se laisser entraîner dans ses déboires.

—Je vous remercie. Navrée d'être partie si vite, la dernière fois que je suis venue.

—Ne vous inquiétez pas, la rassura Carl. L'important, c'est que vous alliez mieux.

Reconnaissante, Maya lui sourit. Elle voyait en Carl l'instinct de son fils pour arranger les choses. Désormais, elle savait d'où Dan le tenait. Pas de sa mère.

—Avez-vous pu voir un médecin ? demanda Greta.

—Oui, répondit Maya.

Elle vit Dan se redresser, prêt à mettre un terme à cette conversation s'il le fallait.

—Alors, à quoi était-ce dû... si je puis me permettre de poser la question ?

Maya avait espéré que Greta ne la lui poserait pas. Elle désirait seulement s'excuser, mettre les choses au clair, mais, bien entendu, elle se doutait que ses parents auraient des questions. Surtout sa mère. Maya jeta un coup d'œil à Dan, qui la regarda les yeux écarquillés, comme pour lui dire : « Tu n'es pas obligée de lui répondre. »

—C'est ce qui arrive quand on arrête de prendre du Rivotril, expliqua-t-elle.

—Du Rivotril ?

Greta ignorait ce que c'était.

—Un anxiolytique. J'en prenais depuis quelques années, et puis, j'ai dû arrêter. Et ça s'est révélé assez difficile... Insomnies, anxiété, ce genre de choses. C'est pourquoi je ne me sentais pas bien ce soir-là.

—Ah, dit Greta. Je craignais que ce soit à cause des daïquiris.

— Maman, la rappela à l'ordre Dan.

— Quoi ? Ton père fait un daïquiri très fort.

— C'est vrai, dit Maya, les joues brûlantes. Je n'aurais probablement pas dû boire autant non plus.

Dan prit sa défense.

— Maya a traversé beaucoup d'épreuves ces derniers temps.

Carl avala son *biscotto* en savourant son café.

— Bien sûr, dit Greta. J'imagine… Qu'est-ce que votre ancien petit ami a fait, exactement ?

— Voyons, chérie, lui reprocha Carl. Peut-être qu'elle n'a pas envie de parler de tout ça…

— Ce n'est rien, les rassura Maya.

Et c'était sincère. Elle comprenait pourquoi Greta était inquiète, et, même si les questions étaient embarrassantes, ce n'était rien par rapport à la douleur écrasante de tout garder pour soi. De prétendre que tout allait bien.

— Quand j'avais dix-sept ans, expliqua-t-elle en soutenant le regard de Greta, je suis brièvement sortie avec un homme plus âgé qui s'appelait Frank, et il… (Elle manqua de s'étouffer.) Et il a assassiné ma meilleure amie.

C'était difficile à dire, mais, dès que ce fut fait, Maya se sentit plus légère. Il y avait quelque chose de libérateur dans le fait de l'énoncer si simplement.

Greta s'adoucit.

— Je suis navrée pour vous, Maya. Vraiment.

Dan s'approcha de Maya et lui prit la main. L'ambiance était tendue, mais cela se passait tout de même mieux qu'au dîner d'anniversaire de Greta.

— J'espère juste, dit Greta, que mon fils…

— Très bien, dit Dan, ça suffit.

— Je veux simplement qu'il soit en sécurité.

Dan et son père soupirèrent en même temps, comme si Greta était allée trop loin.

— Ma mère dit la même chose me concernant, admit Maya.

Greta hocha légèrement la tête, et son regard vif s'adoucit jusqu'à ressembler à celui de son fils.

— J'imagine, dit-elle. (Sa voix débordait de chaleur.) J'imagine.

# Chapitre 38

Maya souhaitait en apprendre davantage sur l'étude que le père de Frank avait menée dans les années 1980, celle qui lui avait valu des ennuis. Et, à présent, elle avait Dan de son côté. Il avait demandé une faveur à l'un de ses amis qui travaillait au bureau du procureur et, une semaine plus tard, il avait remis à Maya un rapport de police. Ce dernier datait de 1984. Oren n'avait pas été arrêté, mais avait été interrogé à cause de ce qui s'était passé durant son étude ; la raison pour laquelle elle avait été annulée et sa carrière anéantie.

L'objectif de l'étude – comme l'avait résumé l'agent Finley, qui avait rédigé le rapport – consistait à tester une méthode expérimentale d'hypnothérapie proposée par le docteur Bellamy. Cette méthode s'appuyait sur les recherches existantes en matière d'hypnose clinique pour le traitement de la douleur, mais elle avait le potentiel pour être beaucoup plus efficace. Le docteur Bellamy affirmait qu'elle aurait constitué une avancée majeure pour la science médicale.

Elle se fondait sur une série de signaux subperceptibles, à la fois verbaux et non verbaux, pour aller au-delà de la conscience du sujet et puiser dans la partie du système nerveux responsable de la régulation des processus qui n'étaient généralement pas sous le contrôle du patient. La partie d'une personne qui recevait les informations provenant de ses sens – comme une brûlure à la main, par exemple – décidait de ce qu'il fallait faire de ces informations, puis envoyait un message à la main – « Arrête de toucher à la cuisinière ! » – sans que nous ayons besoin d'y réfléchir consciemment.

La méthode du docteur Bellamy, telle que l'avait comprise l'agent Finley, permettait de prendre le contrôle de tout ce système. Contrairement à l'hypnose traditionnelle, elle laissait l'esprit et le corps du patient – en particulier le système nerveux involontaire – ouverts à la manipulation. D'après le docteur Bellamy, il s'agissait d'un « état de transe offrant un énorme potentiel pour traiter les affections du corps et de l'esprit ». Il pensait probablement aider son fils en le soumettant à cette méthode, mais il se servait également de lui pour l'affiner, plongeant Frank dans des transes dont il n'était pas conscient, et implantant dans son esprit des suggestions destinées à manipuler son comportement.

Comme l'hypnose traditionnelle, cette méthode ne fonctionnait pas sur tout le monde. Le pourcentage de personnes très sensibles à l'hypnose était faible : un seul des participants à l'étude d'Oren avait été qualifié comme tel. Russell DeLuca, quarante-deux ans, avait obtenu des résultats supérieurs à ceux de tous les autres participants sur ce que l'on appelait l'échelle de sensibilité hypnotique de Stanford. DeLuca était hautement hypnotisable.

En lisant cela, Maya eut un mauvais pressentiment. Cherchant sur Google « échelle de sensibilité hypnotique de Stanford », elle apprit que les individus très hypnotisables avaient tendance à partager d'autres caractéristiques. Elles étaient enclines à être très imaginatives. À se laisser facilement captiver par les films et les livres. À rêvasser.

Russell DeLuca avait trouvé la mort au cours d'une séance d'hypnose avec le docteur Bellamy. La cause de sa mort avait été déterminée par la suite comme étant un accident vasculaire cérébral. Puisqu'il n'avait pas été possible de prouver que c'était le résultat direct de la transe hypnotique, le docteur Bellamy n'avait jamais été accusé de meurtre, mais il avait perdu son emploi et sa licence de psychologue.

Dan était d'accord avec Maya pour soutenir que cela pourrait s'avérer être une preuve solide dans l'affaire contre Frank. En 1984, il n'avait pas été possible de prouver que c'était la méthode du docteur Bellamy qui avait causé la mort de DeLuca, mais la recherche sur l'hypnose avait beaucoup progressé, depuis. Les études d'imagerie confirmaient désormais que l'hypnose provoquait des changements dans certaines parties du cerveau, qui pouvaient à leur tour influencer des fonctions corporelles telles que la tension artérielle et la respiration. Maintenant que les médecins des grands hôpitaux utilisaient l'hypnose pour traiter des problèmes gastro-intestinaux, l'idée que quelque chose d'aussi efficace puisse également être utilisé pour blesser, voire tuer, semblait beaucoup moins farfelue.

Maya et Dan étaient d'accord pour convenir du fait qu'il fallait démontrer que Frank avait également été formé à la méthode de son père et qu'il l'avait employée sur elle.

C'était là qu'intervenait le centre de bien-être Clear Horizons. Comme Maya l'avait soupçonné, le « centre » n'était composé que d'un seul employé, le docteur David Hart. C'était la raison pour laquelle Maya n'avait pas pu trouver Frank, durant toutes ces années. Il portait un autre nom et se faisait passer pour un médecin.

Le seul nom et le seul portrait qui apparaissaient sur le site du centre étaient ceux du docteur Oren Bellamy. C'était le seul endroit où l'on pratiquait sa « méthode thérapeutique exclusive ». La page des témoignages, tous les clients ravis, démontrait l'efficacité de Frank en ce qui concernait la « technique » de son père.

Frank avait supprimé le site, mais Maya avait fait des captures d'écran de chacune des pages et les avait toutes envoyées à l'inspectrice Diaz. Elle attendait.

L'inspectrice n'avait pas tardé à identifier la mère de Frank.

Maya avait déjà tenté de la retrouver par le passé, sans succès, et elle comprenait à présent pourquoi : Sharon Bellamy avait changé de nom, non pas une, mais quatre fois depuis qu'elle avait divorcé d'Oren et emmené son fils vivre à Hood River. Sharon – qui se faisait appeler Dana Wilson, ces temps-ci – semblait se cacher. Au cours de ces vingt dernières années, elle avait déménagé plusieurs fois et fait plusieurs séjours en asile, où on lui avait diagnostiqué une schizophrénie paranoïde.

Mais Maya doutait que la mère de Frank soit paranoïaque. Et elle comprenait pourquoi l'ancienne Sharon Bellamy avait refusé de s'adresser à l'inspecteur Diaz. Elle espérait qu'avec le temps, Dana Wilson serait capable de s'ouvrir sur les abus dont elle avait sans doute été victime de la part de son ex-mari, bien que Maya ne puisse lui en vouloir si ce n'était pas le cas. Elle savait ce que c'était que de se faire traiter de folle.

Leur nouvelle chienne s'appelait Toto parce qu'elle ressemblait au terrier de Dorothy, mais cette Toto-là était moins aventureuse que le chien du *Magicien d'Oz*. Elle frémissait de peur au moindre bruit un peu fort. Ses petits os avaient tremblé avec une telle intensité, la première fois que Maya l'avait prise dans ses bras, qu'elle avait craint qu'elle ait un problème. Mais, ensuite, en la tenant contre sa poitrine, elle avait réussi à la calmer.

« Elle vous aime bien », avait constaté l'employé du refuge.

— Non ! s'écriait à présent Maya alors que Toto aboyait et montrait les dents contre le courrier qui glissait par la fente de la boîte aux lettres.

C'était un samedi après-midi, trois semaines après que Maya avait repris le travail. Elle et Dan lisaient ensemble sur le canapé, leurs jambes enchevêtrées, au milieu, sous un doux jeté bleu qu'elle avait récemment acheté.

Toto se mit à trembler.

Maya la prit dans ses bras et la porta jusqu'au canapé, dont le velours vert était un paradis, les longues journées d'hiver. Elle déposa le courrier sur la table basse, puis caressa le chien frissonnant en lui chuchotant qu'il n'y avait rien à craindre.

Toto vivait avec eux depuis une semaine environ, et il était évident que Maya était plus douée que Dan pour la calmer. Il plaisantait en traitant Maya de thérapeute humaine du chien. Il s'approcha de Toto et la gratta derrière les oreilles. Toto souffla.

Maya remarqua une grande enveloppe en papier kraft au milieu des publicités et des catalogues d'ameublement. Elle glissa un doigt sous le sceau de l'enveloppe et en tira une revue scientifique d'aspect ancien.

*Neuropsychologie expérimentale* n° 17, octobre 1983. Elle se raidit. Elle avait presque oublié qu'elle l'avait commandée en ligne. La couverture de la revue était orange brûlé, la police blanche datait d'une autre époque. À l'intérieur, au milieu de la liste des contributeurs, elle trouva le nom du père de Frank. Elle posa la revue sur la table basse pour que Dan et elle puissent la lire en même temps. Toto s'installa à ses côtés. L'appartement était calme, les seuls bruits qui leur parvenaient étant le fracas habituel de la rue, à l'extérieur, le ronronnement du réfrigérateur et, au bout d'un moment, les ronflements de Toto.

Oren avait publié l'article un an avant l'étude qui avait entraîné la mort de Russell DeLuca. Il n'avait aucun rapport avec l'étude, mais concernait également l'hypnose. Il y était question de ce qu'Oren appelait l'« induction Bellamy », un moyen d'induire une transe hypnotique chez des sujets déjà hypnotisés.

D'après Oren, cette méthode était plus rapide que la célèbre « induction Elman », que de nombreux hypnotiseurs utilisaient actuellement en raison de sa capacité à déclencher un état de transe en moins de quatre minutes.

L'induction Bellamy était basée sur le conditionnement classique. Alors que Pavlov avait appris aux chiens à associer la nourriture au son d'une cloche, Oren proposait qu'un sujet, une fois en transe, puisse être entraîné à associer cet état de conscience à un objet.

N'importe quel objet. Une pièce de monnaie. Une montre. Un crayon.

Maya hocha la tête d'un air entendu.

— Une clé, ajouta-t-elle.

Toto tressaillit dans son sommeil.

Une fois l'objet et l'état de transe associés dans l'esprit du patient, la vue de l'objet provoquait la transe. C'était pratiquement instantané. Le docteur Bellamy soulignait ensuite l'importance de choisir un objet suffisamment commun pour éviter qu'il devienne distrayant, mais assez distinct visuellement pour qu'il ne puisse pas être confondu avec d'autres du même type.

Il concluait en suggérant une application possible de sa méthode. Celle-ci pourrait être utilisée, disait-il, pour exercer un contrôle sur des populations potentiellement instables, telles que des prisonniers ou des patients psychotiques. Les sujets pourraient être maîtrisés sans qu'on ait recours à la force. L'induction Bellamy était présentée comme une « théorie », mais Maya était convaincue que c'était bien davantage. Oren avait dû utiliser l'induction sur son fils, de même qu'il avait soumis Frank à sa méthode d'hypnothérapie.

Et, comme la méthode, Frank avait certainement appris l'induction. Il avait dû la perfectionner jusqu'à devenir plus habile que son père. Puis il avait combiné les deux procédés pour obtenir un pouvoir énorme sur toute personne susceptible d'être hypnotisée.

Maya n'était peut-être pas si loin de la vérité lorsqu'elle avait qualifié de magie ce qu'il leur avait fait subir. Il avait brandi une clé étrange devant elle et elle était tombée en transe. Il avait fait cela non seulement à elle, mais aussi à Aubrey. Et à Cristina. Et à son propre père. Comme si Frank leur avait tous jeté un sort.

Approchant de la fin du flacon qui lui avait été prescrit aux urgences, Maya se mit à couper ses pilules de mirtazapine en deux, puis en quatre. Petit à petit, elle réapprenait à s'endormir naturellement, même s'il lui faudrait un certain temps avant que son cerveau guérisse entièrement.

Elle assistait aux réunions des Alcooliques anonymes depuis près d'un mois et ne savait pas si elles l'aidaient, si c'était la mirtazapine ou si elle n'était tout simplement pas alcoolique, mais elle n'avait plus touché une goutte d'alcool depuis le soir où elle avait affronté Frank au *Whistling Pig*, et le seul moment où cela lui manquait vraiment, le seul moment où elle sentait qu'elle avait absolument besoin d'un gin-tonic ou qu'elle allait perdre la tête, c'était à l'aube, quand elle se réveillait encore d'un rêve dont elle ne se souvenait pas et qu'elle n'arrivait pas à se rendormir.

Lorsque cela se produisait, elle pensait à Frank. Elle se disait qu'il serait appréhendé d'un jour à l'autre, désormais – Diaz le lui avait presque assuré –, mais les matins comme celui-là, si tôt qu'on aurait pu croire que c'était encore la nuit, Maya s'imaginait que d'autres suggestions posthypnotiques étaient en sommeil dans un recoin de son cerveau. Un œuf maléfique attendant le bon signal, le bon mot ou la bonne image pour éclore et s'emparer de son esprit. Elle se figurait entrer en transe à l'épicerie. En s'adressant à un client au travail. En conduisant...

Ou une lame de parquet dans le couloir craquait et elle était sûre que c'était lui. Elle avait toujours eu de l'imagination. Elle se le représentait se glissant par une fenêtre pendant que Dan et elle dormaient. Se tenant au-dessus de leur lit. Frank n'aurait même pas à les toucher alors que ses paroles se répandraient dans leur chambre comme un gaz toxique.

Un matin comme celui-là, Maya savait qu'il valait mieux ne pas rester au lit à cogiter. Alors, elle se leva et se faufila dans la cuisine. Elle alluma. Elle se prépara une tasse de café et y ajouta un peu de lait. C'était dans ces moments-là qu'elle était le plus reconnaissante envers Toto. Elle entendit les griffes du chien cliqueter sur le carrelage de la cuisine.

Toto inclinait la tête comme pour lui demander ce qui n'allait pas.

Maya caressa le pelage doux sur son crâne.

— Chut… chuchota-t-elle. Ce n'est rien.

Toto trotta sur ses talons tandis qu'elle pénétrait dans la chambre jadis occupée par l'ancien colocataire de Dan. Des plantes en pot étaient alignées sur le rebord de la fenêtre. Il y avait un futon pour les invités. Le vélo d'appartement était rangé dans un angle de la pièce.

Le bureau de Maya était près de la fenêtre. C'était sur ce meuble qu'elle avait rédigé ses premières histoires, au collège. Elle l'avait récupéré dans la cave de sa mère et l'avait installé ici, dans ce qui était désormais son bureau.

Elle prit place dans le fauteuil confortable, moelleux et proche du sol, et Toto se pelotonna à ses pieds, lui transmettant sa chaleur.

Le manuscrit inachevé de son père était posé sur un coin du bureau, ainsi que le carnet marbré contenant la traduction qu'elle avait rédigée à la main à dix-sept ans.

Au-dessus se trouvait un second carnet. Il avait une couverture d'un vert profond. La couleur de la mousse, de la jungle. Il était rempli de ses écrits désordonnés, principalement des notes et des idées de scènes. Elle avait son intrigue de base, mais elle apprenait qu'il ne s'agissait que des fondations. Du squelette. Le reste – les détails, la chair – devait venir d'elle. Il lui restait beaucoup de recherches à effectuer. Elle voulait faire les choses convenablement. Elle avait commencé à mettre de l'argent de côté pour le voyage au Guatemala qu'elle envisageait de faire au printemps. Elle séjournerait chez sa tante Carolina. Maya s'apprêtait à écrire l'histoire de Pixán de retour chez lui. Quand elle ouvrit le cahier vert pour reprendre là où son père s'était arrêté, Toto se mit à ronfler à ses pieds.

## Remerciements

Merci à Jenni Ferrari-Adler de m'avoir suggéré de transformer mon mémoire de master en thriller. J'ai toujours aimé lire des romans à suspense, mais je n'étais pas sûre de pouvoir en écrire un jusqu'à ce qu'elle me suggère de tenter l'expérience. Merci à Maya Ziv pour son talent de conteuse et sa profonde connaissance des personnages. Ce livre a pris énormément d'épaisseur entre vos mains. Merci à Lexy Cassola pour ses excellentes notes, à Mary Beth Constant pour la magie de sa révision et à Sarah Oberrender pour sa magnifique couverture. Merci à Christine Ball, John Parsley, Emily Canders, Stephanie Cooper, Nicole Jarvis, Isabel DaSilva, Alice Dalrymple et à tout le monde chez Dutton pour avoir participé à la naissance de ce livre.

Merci à tous ceux qui ont lu les premières pages lors des ateliers d'écriture à l'université d'État de Louisiane. Merci en particulier à Danielle Lea Buchanan et Hannah Reed de s'être jointes à moi dans un pacte visant à écrire cinq cents mots par jour, et m'avoir ensuite contrainte à m'y tenir. Merci à mes professeurs et directeurs de thèse, Jennifer Davis, Mari Kornhauser et Jim Wilcox, pour leurs conseils tout au long de cette première version désordonnée.

Merci à Jim Krusoe pour son exemple, ses fameuses parenthèses chirurgicales autour des phrases inutiles et, surtout, pour la belle communauté d'écrivains que vous avez encouragée au Santa Monica College. Merci à tous ceux qui, au 30B, ont écouté et commenté mes écrits, et à Monona Wali, qui m'a fait entrer dans

le monde de l'enseignement aux personnes âgées à l'Emeritus College du SMC.
Merci à mon fabuleux groupe d'écriture : Catie Disabato, Anna Dorn, Jon Doyle, Maggie Murray, Robin Tung et KK Wootton. Je vous suis très reconnaissante pour tous vos commentaires et votre amitié.
Merci à ma famille. Du côté des Reyes : *Gracias a mis abuelos, Hilda y Guillermo Reyes, por todo lo que han hecho para que sus hijos, nietos, y bisnietos puedan tener oportunidades como la que yo he tenido.* À ma tante Hilda Reyes, dans la chambre d'amis de laquelle j'ai passé beaucoup de temps à rédiger ce livre : merci de m'avoir toujours fait me sentir chez moi. Merci à mes oncles. *Gracias a Ana María Ordóñez Aldana, Gabriela Villagrán Ordóñez, Juan Pablo Villagrán Ordóñez, Jose Alberto Villagrán Ordóñez, Blanca Rosa Aldana De Alvarez, Wilfredo Alvarez, Carlos Muñoz Ordóñez, y toda la familia por hacerme sentir como en casa en Guatemala.*
Merci à mon père, Paul Reyes, de m'avoir fait partager son amour de l'histoire et d'être l'une des personnes les plus gentilles que je connaisse.
Du côté des Carey, merci à mes grands-parents, Patricia et William Carey, aujourd'hui décédés. Plusieurs des lieux de Pittsfield décrits dans ce livre sont des endroits que j'ai visités avec vous lorsque j'étais petite. Merci à mes oncles et tantes qui m'ont toujours encouragée, ainsi qu'à la ville de Pittsfield, où j'ai vécu lorsque j'étais en CM1 et CM2.
Merci à ma mère, Mary Carey, de m'avoir parlé de sa ville natale, d'avoir lu plusieurs versions de ce livre et de m'avoir appris dès mon plus jeune âge à apprécier la langue et l'écriture. Merci à Brian Schultz de nous avoir rejoints à Pittsfield lorsque je faisais des recherches, et d'avoir fait tout le trajet en voiture.
Merci à mon frère, Nicolas Reyes, d'avoir discuté de certaines idées avec moi et d'avoir été hilarant.

Merci à toi, lecteur, d'avoir lu ces pages.
Et merci pour tout à Adam D'Alba. Pour rien au monde je ne voudrais me trouver ailleurs que sur le canapé avec toi, en train de parler d'histoires.

Achevé d'imprimer en janvier 2024
par Aubin Imprimeur à Ligugé
N° d'impression 2311.0032
Dépôt légal, février 2024
Imprimé en France
38122653-1